Michaela Pavelka

# Im Schatten der Stille

„Wenn Du mich lässt, zeige ich dir die Welt", flüstert Alexander Belt im Unterricht seiner noch 13-jährigen Schülerin Claudia zu und ebnet den Weg zu einer intensiven, heimlichen Beziehung.

Als ihr Bruder Tim Claudias Tagebuch liest, beschließt er zu schweigen. Im Schatten der Stille waren sie unsichtbar, hatten sie die Freiheit zu tun, was sie wollten. Und sie taten es.

Gemeinsam mit anderen Jugendlichen verleben die Geschwister eine abenteuerliche Jugend, die den Blicken der Eltern verborgen bleibt. Die Erwachsenen sind so sehr mit sich selbst beschäftigt, dass sie nicht einmal die Veränderung im Wesen ihrer Kinder bemerken.

Viele Jahre später, als sie längst selbst Mutter ist, schaut Claudia auf die vergangenen Erlebnisse zurück. Angeregt durch die Gespräche mit einem alten Patienten, dessen Erinnerungen in der Einsamkeit des Krankenzimmers zum Leben erwachen, erkennt Claudia hinter ihrer Familiengeschichte eine zweite Wirklichkeit. Während der alte Mann mit seinen Ängsten kämpft, geschehen merkwürdige Dinge auf der Station.


Michaela Pavelka, Jahrgang 1965, arbeitet seit 20 Jahren als Psychologische Psychotherapeutin in eigener Praxis.
2009 erschien ihr erster Roman „Das Land hinter dem Horizont".
Ihr dritter Roman „Ausgesprochen unerhört" erscheint im Mai 2018.

# Michaela Pavelka

# Im Schatten der Stille

Roman

Von Michaela Pavelka
sind bei BoD außerdem erschienen:

Das Land hinter dem Horizont (2016)
Ausgesprochen unerhört (2018)

Bibliografische Information der Deutschen Nationalbibliothek:
Die Deutsche Bibliothek verzeichnet diese Publikation in der
Deutschen Nationalbibliografie; detaillierte bibliografische Daten sind
im Internet über https://portal.dnb.de abrufbar.

Vollständige Taschenbuchausgabe der im Rotblatt Verlag erschienenen
Hardcoverausgabe

Herstellung und Verlag:
BoD – Books on Demand, Norderstedt

ISBN 978-3-752-83376-8

Dieser Titel ist auch als E-Book erschienen

„Ein Freund ist ein Mensch,
der die Melodie deines Herzens kennt
und sie dir vorspielt,
wenn du sie vergessen hast."

*Albert Einstein*

Für die Unterstützung und wertvollen Anregungen
bedanke ich mich bei
Norbert, Sophia, Margot und Thomas S.

# Inhalt

# Inhalt

Wenn Claudia auf all jene verwirrenden Ereignisse zurück-
blickt, deren Bedeutung sie damals nicht verstanden hat,
vielleicht nur erahnen konnte, jene Ereignisse, die sich tief in
die Seele einschreiben und im späteren Leben als Hinter-
grundmusik zu hören sind, wenn sie zurück schaut mit dem
Wissen von heute, so ist sie dabei, die Vergangenheit für
sich neu zu erschaffen, deren Geschehnisse zwar immer
noch dieselben sind, deren veränderte Deutung jedoch manches in einem anderen Licht erscheinen lässt und das Gefühl
verwandelt.

Johanna schlägt sich mit den ersten Pickeln herum. Sie nimmt es mit relativer Gelassenheit. Im Badezimmer stehen jetzt Fläschchen mit Gesichtswasser und Reinigungsmilch und auch wenn sie meint, dass ihre Mutter Claudia es noch nicht bemerkt habe, so hat diese doch längst die Zigaretten entdeckt, die ihre Tochter hinter ihre Pullover im Kleiderschrank gelegt hat und die direkt neben ihren Tagebüchern liegen.

Für Johanna ist mit ihren vierzehn Jahren alles neu, unverfälscht und unverwechselbar. Dass trotz Einzigartigkeit sich manches wiederholt und auch vorhersehbar ist, würde sie gar nicht wissen wollen. Und zum Glück sind es ja keine hundertprozentigen Wiederholungen. Sonst gäbe es keine Entwicklung, keine Hoffnung und keinen Trost.

# Kapitel Zwei
# Herbst 1979

Man kann sich der Musik, die im Elternhaus gespielt wird, kaum entziehen, so auch nicht an diesem Morgen, dem ersehnten ersten Ferientag im Herbst.

Nur allmählich dringen die vertrauten melancholischen, schwermütigen Klänge in ihr Bewusstsein. Einzelne Sonnenstrahlen fallen durch die Ritzen der Rollladen und malen Perlenketten von Lichtpunkten an die Wand und auf ihre Bettdecke.

Der braune und an den Ecken abgeschabte Ledertornister, an dessen Seite der Ärmel ihres roten Adidas-Shirts hervor lugt, lehnt ungeöffnet am verschlossenen und zerkratzten Kleiderschrank.

In der letzten Stunde war Sportunterricht.

Claudia zieht ihre Bettdecke ein Stückchen höher und versucht, wieder einzuschlafen, wenigstens für kurze Zeit. Vielleicht ist die Musik bis dahin ja verstummt und ihr Vater würde nicht dort sitzen, auf dem blass grünen, leicht abgewetzten Sofa, die Beine parallel nebeneinander mit aufrechter Körperhaltung, reglos, mit dem Blick zum Fenster hinaus oder ins Innere, jedenfalls ins Leere, die Hände auf dem Schoß und die Finger ineinander verschränkt, die Daumen nach oben gerichtet und die Zeigefinger nach vorn gestreckt.

Immer wieder dieselbe Musik, sehnsüchtig und leidvoll. Für ihn ist sie wie ein Ruf. Wenn sie erklingt, fällt er in tiefes Schweigen und seine innere Versunkenheit mutet an, als sei er von unsichtbaren Geistern verschleppt worden in eine entfernte Welt, die er mit niemandem teilen kann.

Er bemerkt sie nicht sogleich, als sie ins Wohnzimmer kommt. Ohne ein Geräusch zu machen, setzt sie sich auf den

Fußboden, darum bemüht, ihn nicht zu stören, weil sie sein Erschrecken fürchtet, dieses grelle Entsetzen in seinen weit aufgerissenen Augen mit dem verwirrten Blick, wenn er wie aus weiter Ferne in die Gegenwart zurückkommt und anschließend für einen kurzen, kaum wahrnehmbaren Moment seufzt wie ein Mensch, der glaubt, es überstanden zu haben. Manchmal jedoch kann es auch vorkommen, dass der kurze Schreck sofort in heftige Aggression umschlägt und seine Worte mehr vernichten, als sie je wieder gut machen können.

Erneut nimmt er den Tonarm des Plattenspielers, entfernt eine kleine Fluse von der Nadel und setzt sie auf den Beginn des Liedes, rein mechanisch, wie in Trance. Dabei berührt er mit seinem Zeigefinger das rot leuchtende Lämpchen des dunkelgrauen, monströsen Schallplattenspielers, streicht noch einmal darüber, als wolle er dessen minimale Wärme fühlen, um im nächsten Augenblick in sich zusammen zu sinken und dem Gefangenenchor zu lauschen. Nabucco.

Lautlos und ohne seine leblose Mimik zu verändern - ein entseelter Gesichtsausdruck in Stein gemeißelt - rieseln Tränen seine Wangen hinunter, tropfen auf seine Beine und hinterlassen dunkle, runde Punkte auf seiner grauen Stoffhose mit Bügelfalte.

In dem Konflikt, sich bemerkbar zu machen, um dem Vater aus seiner offensichtlichen, aber nicht erklärbaren Trauer zu helfen oder andererseits sich heimlich davon zu schleichen, damit es für ihn nicht peinlich wird, versucht sie, vorsichtig auf allen Vieren aus dem Raum zu krabbeln und stößt dabei versehentlich gegen eine Blumenvase, die daraufhin zu Boden fällt, so dass ein großer Wasserfleck entsteht. Sieht aus wie Afrika, denkt sie noch. Afrika auf dem Wohnzimmerteppich.

Jetzt schreckt er doch zusammen, zuckt am ganzen Körper und brüllt gleich drauf los:

„Spinnst du? Was soll das da? Bringt man euch in der Schule bei, andere zu bespitzeln oder wie ein Hund herum zu laufen? Und was hast du denn da gemacht? Wenn das die Mama sieht. Das machst du sofort weg, klar! Und dann deckst du den Tisch! Es gibt jetzt Frühstück!"

„Wo ist die Mama?"

„Woher soll ich das wissen? Ich vermute, sie holt Brötchen."

Sie liegen jedoch bereits im Korb in der Küche. Von der Mutter keine Spur. Im Hausflur angelangt, erkennt Claudia die Geräusche, die aus dem Keller kommen. Offensichtlich hängt sie noch schnell Wäsche auf. Sie optimiert die Zeit, immer. Sie ist die einzige, die es schafft, in eine Minute zwei hinein zu pressen.

Da kommt sie auch schon die Treppe herauf.

„Was ist denn passiert? Ich habe euch bis unten gehört."

„Du hast ihn gehört, nicht mich. Hast du einen Lappen? Ich habe die Blumenvase umgestoßen."

„Kannst du denn nicht aufpassen? Als hätte ich sonst nichts zu tun."

„Ich mach das schon. Keine Sorge."

Vater ist mittlerweile vom Sofa aufgestanden und macht sich in der Küche nützlich. Wortlos brüht er den Kaffee auf, gießt heißes Wasser in den Filter, der auf der Kaffeekanne steht. Seine Brille beschlägt. Er legt sie neben den Herd und streicht eine weiße Haarsträhne aus seinem Gesicht.

Während Claudia auf dem Boden kniet und den Teppich

trocken rubbelt, hört sie, wie er an ihr vorbei geht, spürt seinen Luftzug und sie versucht, sich das Frühstück vorzustellen und weiß nicht, welche Worte sie an ihn richten soll. Ihn vielleicht am besten ignorieren? Nur mit der Mutter sprechen?

Tim schläft leider noch. In den Ferien kommt ihr Bruder nicht vor zehn Uhr aus seinem Zimmer.

Bei Tisch beginnt Mutter mehrfach ein Gespräch. Ihre Stimme zittert, eine zarte, dünne Stimme, die kaum eine Spur hinterlässt. Ihr Mann hat Hunger.

„Wo ist die Butter?"

„Bernd, da steht sie doch, direkt vor dir."

Ihre Blicke treffen sich. Mutter reicht sie ihm, versucht ein Lächeln, eine stumme Bitte.

Dann schaut er weg.

Claudia krampft sich der Magen zusammen. Unauffällig berührt sie Mutters linken Arm, doch schaut sie nicht hoch.

Ihm scheint es zu schmecken. Mittlerweile schneidet er sich das zweite Brötchen auf.

Doch als er erneut nach der Butterdose greifen will, sieht er, wie seine Tochter mit dem Messer ein Fischgrätmuster in die Butter ritzt.

Als seine Faust mit voller Wucht auf den Tisch kracht, fliegen sämtliche Krümel wie kleine Trampolinspringer in die Luft und die Teelöffel auf den Untertellern springen hoch und fallen klirrend auf das Porzellan.

„Jetzt reicht es aber mit dir! Frieda, wie hast du nur deine Tochter erzogen?"

„Warum bist du nur so aggressiv? Claudia macht doch gar nichts."

„Sie verunstaltet die Butter! Und außerdem bin ich nicht aggressiv!"

„Papa, warum brüllst du dann so?"

„Halt deine Klappe!"

Schweigend verlässt Claudia das Zimmer. Ihre Mutter hört das Knarren der Treppenstufen und dann das laute Knallen der Kinderzimmertür.

Erst später, nach dem Frühstück, als er bereits Zeitung liest wie jeden Morgen, räumt Frieda den Tisch ab, trägt Claudias Teller in die Küche, auf dem ein angebissenes Brötchen liegt. Sie sieht noch den Abdruck der einzelnen Zähne auf der Scheibe Käse. Junger Gouda. Den liebt sie doch so sehr.

In Claudias Zimmer gibt es kleine Verstecke wie in jedem Zimmer einer Jugendlichen, die sicherlich niemand finden wird. Eins ist direkt an der Fensterbank aus Marmor, die mit ihrer rötlichen Farbe und den dicken und dünnen weißen Schlieren dem rohen Schinken beim Metzger ähnelt. Ein rechteckiger Stein aus demselben Marmor wie die Fensterbank, im rechten Winkel zum Fenster, vielleicht fünfzehn Zentimeter lang, lässt sich einfach aus der Wand ziehen. Dahinter befindet sich eine Höhle, in der Claudia ihre Camel, ein Feuerzeug, Geld und ein paar Briefchen von ihrem Klassenlehrer aufbewahrt.

Sie öffnet das Fenster, setzt sich auf die Fensterbank und lässt die Beine nach draußen baumeln. Gierig zieht sie an der Zigarette, bläst den Rauch nach draußen, der von leichten Windböen davon getragen wird.

Die Luft ist kühl, doch die Sonne hat bereits erstaunliche Kraft. Im Garten klettert ein Eichhörnchen den Kastanienbaum hinauf, flink und anmutig. Tautropfen in den Spinnennetzen funkeln im Sonnenlicht und über den Rasen wirbeln bunte Blätter, rote, gelbe und auch die morschen braunen, die knistern, wenn man sie berührt und die schon lange dem

Verfall preisgegeben sind – ein jährlich sich wiederholender Tanz, der lustig anmutet, auch wenn er uns deutlich die Vergänglichkeit vor Augen führt.

-Claudia drückt ihre Zigarette in dem kleinen silbernen Aschenbecher mit Klappdeckel aus, den sie sich heimlich von ihrem Taschengeld gekauft hat. Auch er verschwindet in dem kleinen Wandversteck, das sie wieder mit dem Stein verschließt.

Aus dem Wohnzimmer im Erdgeschoss hört sie noch immer die streitenden Eltern. Sie würden nicht bemerken, dass sie geraucht hat.

Da klopft es an ihrer Tür.

„Darf man stören, Schwesterherz?"

„Na klar! Komm rein."

„Was ist denn da unten schon wieder los?"

„Weiß auch nicht. Brauchen die einen besonderen Grund?"

„Wahrscheinlich nicht. Hast du eine Idee, was wir heute anstellen können?"

„Nicht wirklich."

„Wie wär`s mit Radfahren? Oder Schwimmen?"

„Nein, nicht Schwimmen."

„Wieso nicht?"

„Weiß auch nicht. Zu kalt im Wasser. Ich kann ja schlecht mit Pullover ins Wasser."

„Mit Pullover?"

„Ach, vergiss es! Ist Unsinn. Radfahren wäre ok."

„Hast du eine Kippe für mich?"

„Wie kommst du denn darauf?"

„Na rate mal."

„Oh je! Riecht man`s?"

„Ein bisschen. Keine Bange, die da unten kommen sowieso nicht hoch."

„Hast Recht. Die merken nichts. Aber du musst dich umdrehen, klar?"

„Warum?"

„Egal! Dreh dich um, sonst kriegst du keine."

„Schon gut."

So leise wie möglich schiebt Claudia den Stein zur Seite und holt ihre Camel heraus.

„Kannst dich jetzt umdrehen."

„Super! Wo hast du denn das Geld her? Irgendwie hast du immer Kippen."

„Ich kann halt gut mit meinem Taschengeld umgehen."

„Willst mich wohl für dumm verkaufen? Ich hatte mit dreizehn Jahren nicht so viel Geld wie du. Wie auch immer. Hauptsache, wir haben Zigaretten."

Sie setzen sich ans Fenster, mit dem Rücken im Rahmen, die Beine angewinkelt und pusten den Rauch nach draußen, links und rechts um die Ecke, so dass möglichst wenig davon ins Zimmer gelangt.

„Tim?"

„Ja?"

„Hast du schon mal ein Spinnennetz abgefackelt?"

„Nein. du?"

„Bisher nicht. Wie mag wohl das Geräusch sein, wenn die Spinne abbrennt?"

„Keine Ahnung."

„Tim?"

„Ja?"

Nachdenklich sieht er zu Claudia hinüber, die mit ihrem Daumen an dem Filter der Zigarette schabt, nervös und angespannt.

„Glaubst du, die Spinne fühlt irgendetwas? Hat sie Angst?"

„Ich weiß nicht. Was ist los mit dir? Warum fragst du?"

„Wenn ich einfach mit einem Schuh auf eine drauf schlage, klatsch bumm, dann ist sie tot, bevor sie es merkt. Aber wenn sie erst heiße Füße bekommt und Qualm aufsteigt, dann stirbt sie langsam. Ob sie Schmerzen hat?"

Ungewöhnlich lange ruht sein Blick auf seiner Schwester. Ein verstörendes Unbehagen wühlt ihn auf, gewahrt er doch diese minimale Veränderung in ihrem Wesen, die ihn beunruhigt aufspringen und zu ihr hingehen lässt. Zärtlich streicht er durch ihr Haar, gibt ihr dann einen Knuff auf die Schulter und zieht an ihrem Arm.

„Komm, Schwesterchen. Wir holen jetzt die Räder und klingeln bei den anderen, ok?"

„Ja."

Mit dem Handrücken wischt sie sich eine Träne aus dem Augenwinkel, als sie von der Fensterbank klettert.

Was macht Glaubwürdigkeit aus? Ist etwas glaubwürdig, wenn möglichst viele es für realistisch halten? Was ist, wenn eine Minderheit das Gegenteil behauptet? Ist etwas glaubwürdiger, wenn es einer statistischen Norm entspricht? Es ist ja modern geworden, alles in Zahlen auszudrücken. Selbst Angst wird auf einer Skala von „eins" bis „zehn" gemessen.

Ist etwas glaubwürdiger, wenn es nicht zu extrem oder abscheulich ist? Siedeln wir Glaubwürdigkeit im statistischen Durchschnitt an? Wer macht die Statistiken? Wer bearbeitet sie und zu welchem Zweck?

Wir glauben gern, was in unser Weltbild passt und zu den Kartoffeln und dem Schnitzel auf unserem Teller.

Es gibt aber auch Ereignisse, die man einfach nicht glauben möchte, weil der Schmerz, der mit dem Anerkennen der Wahrheit verbunden ist, unerträglich ist. Also sagt man lieber: „Das kann ja gar nicht sein! Das ist nicht glaubhaft, was du da erzählst!"

Während das Gegenüber versucht, begreifbar zu machen, kauen wir auf unserem Rotkohl herum, trinken einen Schluck Mineralwasser, heben unseren Kopf und werfen dem anderen einen überlegenen, abschätzigen Blick zu, mit dem wir ihn in die Grenzen des Denkbaren zwingen wollen, währenddessen dieser verstummt und an seinem Kloß im Hals erstickt.

Ein jeder, der Macht ausübt und Übles beabsichtigt, braucht also nur Unglaubliches zu tun. Würde irgendjemand auf die Idee kommen, dass die Anschuldigungen gegen ihn einen Funken Wahrheit besitzen?

Trotz all der schrecklichen Ereignisse, die seit vielen Jahrhunderten auf dieser Welt passieren, trotz der täglichen Nachrichten in Funk und Fernsehen gibt es immer noch Menschen, die das Unmögliche nicht für möglich halten.

Unglaublich!

Ähnliches gilt für positive Geschichten, von denen wir lesen oder hören. Wenn etwas zu positiv erscheint, wird ebenso das Urteil gefällt, dass das ja nicht realistisch ist, also einfach nur ein Märchen sein kann.

Obwohl unsere Welt kunterbunt ist, und obwohl es unzählige Varianten gibt, fällt das, was die meisten Menschen für realistisch und real halten, nur in einen kleinen Plausibilitätsbereich.

Zu dem Beruf eines Psychiaters oder Psychotherapeuten gehört es, auch das Unmögliche in Betracht zu ziehen, was viele Menschen weder hören noch glauben wollen.

Würde man das Unmögliche, das Unvorstellbare, weil so schwer Erträgliche, nicht für wahr halten, hieße das, den Menschen in seiner Not allein zu lassen und seine Verzweiflung und Einsamkeit zu vergrößern. Es wäre wie das Wegdrehen des Kopfes, während vor deinen Augen ein Mensch verprügelt wird, während ein Kind von seinen Eltern mit heißem Wasser verbrüht oder ein Fünfzigjähriger, der helfen wollte, in einer U-Bahn von Jugendlichen zu Tode getreten wird.

Was wissen wir denn eigentlich von dem anderen, von seinem Schmerz, von seinem Lebenslauf, wenn wir nicht ohne Vorbehalt und Wertung zuhören?

Wer hört denn überhaupt noch zu, ohne gleich alles zu kommentieren?

Wer hört überhaupt zu, ohne gleich mit seinem Finger auf die Uhr zu tippen und hinfort zu eilen mit dem Hinweis auf seine To-Do-Liste.

Ähnlich muss es Polizeibeamten ergehen, die Unglaubliches nicht nur erzählt bekommen, sondern es jeden Tag vor Augen haben.

Wegschauen hieße, den Täter laufen zu lassen.

Wenn man hingegen Begebenheiten außergewöhnlicher Mitmenschlichkeit, Begebenheiten, die von Liebe und Vertrauen sprechen, einfach für Märchen hält, hat man dann nicht schon sich selbst die Möglichkeit genommen, in seinem eigenen Leben solches zur Kenntnis zu nehmen? Wer Ungewöhnliches nicht für möglich hält, der wird es nicht erkennen, wenn es sich ihm offenbart und er hat es selbst noch nicht praktiziert.

Wie jemand etwas beurteilt, sagt viel über ihn selbst aus.

Es gibt nichts, was es nicht gibt.

Nach ihrem letzten Gespräch mit Frau Zesabuk, einer ängstlichen und zwanghaften älteren Patientin, die sich jeden Tag dreimal duscht und ständig die Hände wäscht, setzt sich Schwester Claudia an den Schreibtisch im Stationszimmer und notiert ein paar Aufzeichnungen für die Akte: *Sedierung vor OP gut abschätzen. Patientin ist sehr ängstlich. Blutdruck schwankt stark, ebenso die Pulsfrequenz.*

Dann legt sie den Kugelschreiber aus der Hand, verlässt den Raum und geht in das kleine, gemütliche Personalzimmer nebenan, um sich für einen Moment zurückzuziehen und sich einen Kaffee zu gönnen. Gedankenverloren schaut sie aus dem Fenster, während sie den heißen Kaffee trinkt. Alte Fenster mit Holzrahmen, durch die sie den Luftzug auf ihren

Armen spürt. Sie schiebt die Ärmel ihrer Strickjacke herunter. Heftiger Regen prasselt gegen die Scheiben und die Kastanien der großen, stolzen Bäume vor ihrem Fenster werden zu Wurfgeschossen. Eine knallt direkt vor das Fenster. Bei dem Aufprall zuckt Claudia zusammen. Die Regentropfen rinnen wild an den Scheiben herunter, wie kleine Flüsschen, kreuz und quer.

Die Neonlampe an der Decke flackert. Nachdenklich spielt sie mit einem Päckchen Streichhölzer. Frau Zesabuk bereitet ihr Kopfzerbrechen, da sie Komplikationen wegen der Narkose befürchtet.

Das einmalige Klopfen an der Tür hört sie nicht. Erst als er ihr die Hand auf die Schulter legt, bemerkt sie, dass ihr Kollege und Teamleiter Jens Schneider den Raum betreten hat und direkt hinter ihr steht. Stets jugendlich gekleidet, mit engem und bedrucktem T-Shirt, Jeans, Turnschuhen und kurzem, blond gefärbtem Haar, könnte man ihn von Weitem auf Ende dreißig schätzen, wenn da nicht die tiefen Furchen in seinem Gesicht wären, die er sich durch seine häufigen Besuche im Solarium zugezogen hat. Letzte Woche hat er seinen         fünfzigsten Geburtstag gefeiert. Bekannt ist er für seine Liebschaften, wobei er nicht sehr wählerisch ist. Seiner Ansicht nach hält Sex die Menschen jung. Schon oft hat Claudia sich gefragt, wie viel seine Ehefrau von den Affären weiß.

„So spät noch im Dienst? Wartet heute Abend niemand zu Hause auf dich, hübsche Frau?"

„Ich gehe, wenn der Regen etwas nachlässt. Dann bin ich weg."

„Schade. Ich wüsste etwas Besseres, als nach Hause zu fahren."

„Ich aber nicht."

„Tu doch nicht so. Richard ist doch bestimmt wieder auf Dienstreise. Die meiste Zeit in Hotels. Und du sitzt zu Hause."

„Lass mich in Ruhe, ja!"

„Schon gut. Aber du solltest über mein Angebot nicht zu lange nachdenken. Und rauche nicht so viel. Rauchen ist nur eine Ersatzbefriedigung."

„Sehr witzig. Ich muss mit dir noch mal über Frau Zesabuk sprechen. Sie macht mir Sorgen. Ich verstehe einfach nicht, warum ihr Kreislauf zwischendurch ohne erkennbaren Grund entgleist. Vorhin hatte sie einen Blutdruck von 190/110 und einen Puls von 150. Eine Stunde davor war noch alles in Ordnung. Ich begreife es nicht. Medikamentös ist sie doch bestens eingestellt."

„Dr. Michels kommt gleich noch mal auf die Station. Sag´s ihm."

„Ich bin gleich weg. Sag du es ihm. Wenn man sie fragt, ob sie selbst irgendeine Idee dazu habe, bekommt man ja keine richtige Antwort."

„Ist halt schwierig mit ihrer Demenz dabei. Mit achtzig darf man aber ruhig ein bisschen gaga sein."

„Wie du wieder sprichst! Manches, was sie sagt, klingt absolut wirr. Sie habe Angst vor Knecht Ruprecht. Er würde sie oft besuchen und ihr im Schlaf erscheinen."

Claudia schüttelt den Kopf und reibt sich die Stirn. Eine weitere Kastanie fliegt vor die Fensterscheibe.

„Sie phantasiert."

„Wahrscheinlich. Kürzlich hatten wir doch schon mal eine demente Patientin, die auch solche Kreislaufschwankungen hatte. Extreme Schwankungen. Und dann starb sie plötzlich. Vorhofflimmern."

„Wir können den Tod nicht verhindern, Claudia."

„Ich muss nach Hause. Pass auf Frau Zesabuk auf. Kontrolliere regelmäßig ihren Kreislauf und sprich mit Dr. Michels."

„Versteht sich von selbst."

Vor der Kliniktür wartet sie einen Moment unter dem Vordach, während der Rettungswagen den nächsten Notfallpatienten bringt.

Ein Taxifahrer hilft einer gebrechlichen alten Frau, die kaum einen Fuß vor den anderen setzen kann, ins Auto. Ihr graues, stumpfes Haar flattert im Wind.

Blätter fegen über den Bürgersteig und eine leere Coladose scheppert über die Straße.

Währenddessen hat Jens die Station verlassen, um Claudia zu folgen. So leicht gibt er nicht auf.

„Hallo Kollegin, so sieht man sich wieder. Auf wen wartest du? Doch eine Verabredung?"

„Was soll das?! Was machst du hier? Ist Vanessa jetzt etwa alleine auf der Station?"

Er haucht ihr einen Kuss zu und grinst.

Ohne sich zu verabschieden, läuft sie los. Schnell sickert der Regen durch ihre Kleidung hindurch. Trotzdem zwingt sie sich dazu, nicht schneller zu gehen.

Sie spürt seinen Blick.

Wenn die Eltern es jemals erfahren würden, wäre die Zeit am Bahndamm vorbei.

Alle Kinder der Siedlung kennen die geheimen Wege hinter der weißen Mauer am Ende der langen Garageneinfahrt mit ihrem Schotter, der Staub aufwirbelt, sobald jemand mit seinem Wagen darüber fährt. Alle kennen den typischen Klang von rollenden Reifen auf Schotter. Man muss dieses Geräusch kennen. Denn dann ist Alarmstufe Eins und niemand darf über die Mauer klettern. Sonst könnte man gesehen werden. In diesem Bereich haben Erwachsene keinen Zutritt. Längs des Bahndamms kann man hinter der Mauer an den Häusern mit ihren gepflegten Gärten entlang schleichen, vom Anfang bis zum Ende der Straße. Wenn man vorsichtig darüber schaut, kann man den Familien zuschauen, wie sie Rasen mähen, grillen, mit ihren Kindern Federball spielen oder andere erwachsene Dinge tun, bei denen sie unbeobachtet sein wollen. Dass sich hinter der Mauer ihre Kinder und die der Nachbarn tummeln, auf diese Idee kommen die Eltern nicht. Nur manchmal, aber auch wirklich nur manchmal, denn meistens sind sie froh darüber, wenn ihre Kinder außer Haus sind, wundern sie sich darüber, dass die Kinder wie vom Erdboden verschluckt sind. Aber es fragt niemand ernsthaft nach, wie die kleinen und größeren Abenteurer ihre Nachmittage verbringen.

Claudia blickt sich vorsichtshalber noch einmal um, als sie an den Garagen vorbei läuft. Niemand ist hinter ihr.

Sie nimmt Anlauf, springt und zieht sich an der Mauer hoch. Dann schlängelt sie sich in gebückter Haltung durch die Brombeersträucher, bis anschließend ein schmaler, frei gelegter Weg auftaucht, den sie selbst mit Vaters Rosensche-re zugänglich gemacht hat. Noch kürzlich hat sie hier mit ihrem Bruder und ein paar anderen Kindern der Straße Brombeeren gegessen, und als im Abstand von jeweils einer halben Stunde der verträumte Zug mit einer Handvoll Fahr-gästen vorüber fuhr, der auf dieser Strecke nie sehr schnell war, schafften sie es, die Fenster mit den Beeren zu treffen oder aber auch mit den Erbsen durch das Pusterohr.

Jeder kennt seine Ankunftszeiten und selbst, wenn man keine Uhr dabei hat, so hört man ihn schon von Weitem. Die Schienen beginnen leise zu summen, ein helles, gleichmäßi-ges Singen. Man sollte außer Sichtweite sein, wenn der Zug naht, damit der Lokführer keine Meldung macht.

Meistens liegen sie kurz vorher am Damm im Schutz der Sträucher, einer neben dem anderen, gespannt und fasziniert vom Anblick der massiven Räder.

Noch heute wundern sie sich, wie Marion Saum, die Zag-hafte, der rot gelockte Pumuckl der Gruppe, es fertig brachte, dem Holger ein blaues Auge zu schlagen, weil er nicht nur Beeren, sondern Äpfel nach dem Zug warf und die Scheiben traf. Die Apfelstücke spritzten in alle Richtungen.

„Willst du die Leute zu Tode erschrecken! Lass das! Nachher beschweren sie sich und dann finden sie heraus, wo unser Versteck ist, du Idiot!"

„Bla, bla, bla!"

Und schon sprang sie auf ihn los. Noch heute witzeln sie darüber, ganz leise und so, dass er es nicht hört.

Er erzählte niemandem, dass es ein Mädchen war, das ihm das Auge verpasst hatte.

Mit Pullover und langer Hose ist es angenehmer, an den Büschen, Sträuchern und Brennnesseln vorbei zu kommen.

Niemand zu sehen. „Wo sind sie nur hin?", fragt sich Claudia. Nach ein paar Metern hört sie leise Musik, Status Quo im Flüsterton.

Marions Bruder, Ludger, hat seinen Kassettenrecorder mitgebracht.

„Wieso seid ihr hier hinten?"

„Wir wollten einfach mal die Stelle wechseln. Außerdem hängen hier noch ein paar Brombeeren. Die anderen haben wir schon weggefuttert", gibt Andrea Süß zur Antwort.

„Pst, Ludger, mach mal die Musik aus! Schau mal über die Mauer, aber ganz vorsichtig! Ich lach mich tot."

„Was ist denn, Tim?"

„Schau doch!"

„Ist ja nicht zu fassen! Was macht denn Werners Mutter bei Holgers Vater im Garten?"

Neugierig spähen nun auch Claudia und Andrea über die Mauer.

„Mein Gott, wenn das raus kommt! Holgers Vater packt Werners Mutter an den Hintern. Nee!", kichert Andrea.

„Was die Alten so anstellen, wenn sie unter sich sind. Tim, was meinst du, ob unsere Eltern auch so was machen?"

„Keine Ahnung, Schwesterchen. Jetzt knutschen sie auch noch. Holgers Mutter kommt ja heute erst spät von der Arbeit. Da muss der Vater wohl getröstet werden."

„Haltet doch eure Klappe! Mein Vater ist ein Arsch! Immer dasselbe mit ihm!"

Hasserfüllt schlägt Holger gegen die Mauer, mehrmals hintereinander, bis die Haut an seinen Knöcheln aufplatzt und er aufschreit.

Abrupt löst sich Werners Mutter, Erika Pott, aus der Umarmung, streicht ihre Bluse glatt und wischt sich die Lippen ab.

„Sag mal Heinz, war da nicht ein Schrei?"

„Habe nichts gehört. Wahrscheinlich nur die Vögel, die so einen Krach machen, oder Katzen. Die hören sich manchmal auch so an wie schreiende Kinder."

Nervös blickt Frau Pott sich um, kann allerdings nichts Auffälliges entdecken.

„Ist wohl nur das schlechte Gewissen. Wir müssen aufpassen."

„Ja, machen wir. Am besten fahren wir mal wieder nach Duisburg. Da kennt uns keiner."

„Vielleicht. Geh jetzt bitte, Holger kommt gleich nach Hause. Manchmal frage ich mich, wo er nur steckt. Erzählt dir Werner, was er den Nachmittag so macht?"

„Nein. Ich denke einfach, dem geht es schon gut. Hat ja viel Freiraum, kann alles machen, naja, fast alles. Auf jeden Fall muss er gehorchen, wenn ich was sage und die Noten in der Schule müssen stimmen."

„Ist er gut in der Schule?"

„Ich glaube schon, äh, ja, ich denke, er ist gut. Dann geh ich jetzt mal. Tschüss, mein Süßer."

Sie zwickt in seinen Po, steigt über den niedrigen Gartenzaun, schlendert über die Terrasse und verschwindet in ihrem Haus. Reihenhäuser sind praktisch.

Johanna sitzt in ihrem Zimmer am Computer und spielt World of Warcraft, ein gigantisches, abenteuerliches Computerspiel, das weltweit von mehreren Millionen Menschen gespielt wird.

Eine Welt in sich, in die man eintaucht, in der man sich verlieren kann. Viele Spielfiguren, fantastische, magische, beängstigende Charaktere werden von realen Menschen gesteuert, die irgendwo in derselben Stadt oder aber auch in einem anderen Land ihren Computer bedienen. Niemals spricht man sich mit echtem Namen an. Jede Figur hat einen Fantasienamen. Eine Welt der Helden.

Man begegnet sich als Hexenmeister, Krieger, Priester, Schamane, Jäger oder Schurke, durchwandert Wälder, Steppen, Eiswüsten und andere Landschaften, die allein die Phantasie erschaffen hat. Als fliegender Greif, ein Wesen mit einem Löwenkörper und einem Adlerkopf, erhebt man sich majestätisch und gleitet durch die Lüfte. Oder eine Gruppe abenteuerlicher Gestalten trifft sich im Dschungel, um gemeinsam gefährliche Aufgaben zu bewältigen, wie z. B. den Tigerkönig zu besiegen. Oder man reitet auf einem Pferd zu einem verfallenen, gruseligen Haus, um Geister und Skelette zu bekämpfen. In einem Gasthaus besorgt man sich Nahrung, mit der man seine Lebensenergie füllt, doch zum Essen und Trinken setzt man sich irgendwo in die Landschaft und wenn man kleckert, braucht man es nicht fort zu wischen.

Johanna hat eine erstaunliche Geschicklichkeit im Spiel und an der Tastatur entwickelt.

Während sie als Jägerin namens Dagorana den letzten Angreifer eines Rudels eliminiert, eine Hyänengestalt mit aufgerissenem Maul und messerscharfen Zähnen, tippt sie in Sekundenschnelle gleichzeitig eine Nachricht an einen Mitspieler und unterhält sich über Mikrophon mit einem Krieger namens Glumoto, der ihr dabei geholfen hat, sich eine bessere Rüstung zu besorgen.

Fürsorglich füttert sie ihren Pet, ihren Schutzbegleiter, einen Gorilla namens Brownie, der daraufhin kraftvoll auf den Boden stampft und sich auf die Brust schlägt.

„Dagorana, das haben wir klasse gemacht. Den Hyänen haben wir die Lebenspunkte ausgehaucht. Da ist Feierabend." Glumoto ist begeistert.

„Danke, Glumoto! Das nächste Mal helfe ich dir."

„Bist du morgen auch wieder online?"

„Ich versuch`s."

„Bin um 7 Uhr da."

„So früh kann ich nicht. Hab` Schule."

„Ach, Dagorana! Was willst du denn da? Die Lehrer erzählen doch nur Quatsch!"

„Musst du nicht zur Schule oder zur Arbeit?"

„Vergiss es! Tschüss!"

„Tschüss!"


Ihre Wangen glühen. Erst jetzt verspürt sie unbändigen Durst. Ihre Zunge klebt am Gaumen. Sie hängt den Kopfhörer an den Haken, direkt an ihren Schreibtisch. Die Schulbücher liegen auf dem Fußboden verteilt, nach Fächern sortiert.

Das Erdkundeheft hat Eselsohren. Auf dem Deckblatt sieht man die Weltkarte, daneben einen Tintenklecks.

Auf dem Küchentisch liegt Mutters Einkaufszettel. Ein paar Teile sind mit blauem Kugelschreiber notiert:

*Milch, Brot, Käse und Aufschnitt (Schwarzwälder Schinken und Pfeffersalami). Wäre schön, wenn der Abendbrot-*

*tisch fertig ist, wenn ich von der Arbeit komme. Kuss! Deine Mama.*

Auf dem Zettel ist ein Daumenabdruck, der nach Nivea riecht.

Schnell zieht sie Jacke und Schuhe an und stürzt zur Tür hinaus. Der Kragen der Jacke ist in sich selbst verdreht. Ein Schuhband löst sich und saugt sich voll mit dem Wasser der Pfützen. Eine Regenjacke wäre besser gewesen, denkt sie, und fühlt schon, wie ihre Kopfhaut nass wird und ihre langen Haare gebündelte Strähnen bilden.

Sie taucht ein in die herbstliche Dunkelheit, atmet den würzig-herben Duft der sich verwandelnden Natur.

Beim Rennen schaut sie auf ihre Füße, die über den nassen Bürgersteig flitzen, über Blätter und Steinchen hinweg. Wie bei Tatort, denkt sie, wenn zu Beginn des Krimis nur die Füße beim Laufen gezeigt werden.

Kurz bevor sie den Edeka-Laden erreicht, kommt ihr der Wagen ihrer Mutter entgegen.

So schnell wie möglich erledigt sie den Einkauf, hetzt aus dem Geschäft, wobei sie einen anderen Kunden anrempelt.

„Kannst du nicht aufpassen!"

„Entschuldigung. Hab`s eilig!"

Fast rutscht sie auf den glitschigen Blättern aus und hechelt die Straße hinauf.

Als sie den Schlüssel in die Wohnungstür steckt, öffnet die Mutter bereits.

„Hier Mama, habe alles besorgt."

Johanna streckt ihrer Mutter die Plastiktüte entgegen. Die Ecken der Milchverpackung haben kleine Löcher in die Tüte gestoßen.

Mutter presst ihre Lippen zusammen, setzt an zu sprechen, ein kurzer undefinierbarer Laut, der wie ein „i" klingt. Dann schließt sie ihre Augen für einen flüchtigen Moment, dreht sich um und geht über den Flur zur Küche.

Johanna schließt die Tür, stellt die Tüte an die Wand und bückt sich, um ihre durchnässten Schuhe auszuziehen. Auf dem Weg zur Küche hinterlässt sie eine feuchte Sockenspur auf dem Laminat.

„Mama, setz dich doch. Ich mach schon alles. Ich decke sofort den Tisch."

„Es hat jemand für dich angerufen.", sagt sie mit tonloser Stimme.

„Ja?"

„Eine Mitteilung auf dem Anrufbeantworter. Deine Freundin Alexandra. Hat angefragt, ob du Zeit hast. Hast du das Telefon gar nicht bemerkt?"

„Ich habe Hausaufgaben gemacht. Habe es überhaupt nicht klingeln hören. Wie war es denn im Dienst? Alles ok?"

„Ja, ja."

Johanna spürt die Verstimmung ihrer Mutter.

„Und wie war es heute in der Schule?"

„Nichts Besonderes. Für nächste Woche habe ich eine Einladung zum Geburtstag bekommen. Ansonsten wandern zur Zeit viele Zettelchen durchs Klassenzimmer, wer mit wem gehen will."

Claudia setzt sich an den Küchentisch und gießt sich ein Glas Mineralwasser ein. Die Kohlensäure sprudelt über den Rand und hinterlässt einen nassen, runden Kranz auf dem Tisch.

„Bekommst du auch solche Zettelchen?"

„Ach, kein Interesse. Die Jungen in der Klasse interessieren mich nicht. Grüngemüse. Viel zu jung!"

Sie räumt die Einkaufstüte aus und wirft die Tüte in den Abfall.

„Du bist ja auch schon so alt, mein Kind."

„Mama, wie war das denn bei dir? Sag bloß, dass du die Jungen in deiner Klasse toll fandest. Oder hast du nicht auch für einen Jungen aus den höheren Jahrgangstufen geschwärmt?"

Johanna spielt mit ihrem langen Haar, wickelt sich eine Strähne wie Spaghetti um ihren Zeigefinger.

Unvermittelt steht Claudia auf, tritt ans Fenster und schaut hinaus, für einen Moment unerreichbar, als habe sie ein fernes Land betreten. Verwundert sieht Johanna zu ihrer Mutter.

Noch immer pfeift der Wind ums Haus. Regen peitscht gegen die Fenster und läuft in schmalen, geschlängelten Straßen die Scheiben hinunter wie ein Strom aus Tränen in einem verzweifelten Gesicht. Claudia sieht das Gesicht ihrer Mutter vor sich. Wie traurig sie oft war, wenn Bernd, ihr Mann, erst nachts nach Hause kam.

Aus dicken, dunklen Wolken, die wild umhertreiben, so tief, als wenn man sie greifen könnte, tropfen Erinnerungen vom Himmel. In jeder Pfütze spiegelt sich eine andere Szene des vergangenen Films.

Claudia schüttelt sanft den Kopf, reibt mit ihren Fingern über beide Schläfen, als habe sie Kopfschmerzen.

Dann dreht sie sich zu ihrer Tochter, streichelt ihre Wange. Ein trauriges Lächeln umspielt ihre Lippen.

„Du würdest doch immer mit mir sprechen, wenn dich etwas bedrückt, ja?"

„Aber ja doch, Mama. Aber ja. Wann kommt eigentlich Papa nach Hause?"

„Am Wochenende."

„So spät erst."

„Er kann sich das nicht immer aussuchen."

„Ja? Meinst du das wirklich, Mama?"

Es ist spät in der Nacht, als Johanna noch immer Musik im Wohnzimmer hört.

Vorsichtig öffnet sie ihre Zimmertür und lauscht.

Auf leisen Sohlen schleicht sie zum Wohnzimmer. Es riecht nach Zigarettenrauch.

Drei Kerzen tauchen den Raum in ein müdes Licht. Das Fenster ist geöffnet. Johanna fühlt den Luftzug. Sie fröstelt. Das Kerzenlicht flackert. Schatten tanzen an der Wand.

Ihre Mutter sitzt auf dem Sofa, hält das blaue, flauschige Kissen mit dem Bezug aus Nickistoff im Arm. Sie nippt an ihrem Weinglas, trinkt einen Schluck der tiefroten Flüssigkeit und singt leise zu der Musik: *„Es war ein schöner Tag, der letzte im August. Die Sonne brannte so, als hätte sie's gewusst. Die Luft war flirrend heiß und um allein zu sein, sagte ich den andern, ich hab heute keine Zeit."*

Das ist doch Peter Maffay, überlegt Johanna. Bestimmt die CD, die auf dem Wohnzimmertisch gelegen hat. Ihre Fußknochen knacken, als sie sich zurück in ihr Zimmer stehlen will. Sie kann nicht schlafen in dieser Nacht.

Nur hin und wieder fällt sie in einen kurzen, unruhigen Schlaf, wacht mit Herzrasen wieder auf. Irgendwann ist es still in der Wohnung. Sie schaut auf die Uhr. Zwei Stunden sind vergangen.

Wieder verlässt sie ihr Zimmer. Die Wohnung ist dunkel.

Alle Fenster im Wohnzimmer und auch in der Küche sind geöffnet.

Der Tisch ist leer geräumt. Aschenbecher und Weinflasche sind verschwunden und auch das Sofakissen steht wieder an Ort und Stelle.

Mutter will Spuren verwischen, denkt sie.

Lautlos öffnet Johanna die Schlafzimmertür. Leise Schritte auf weichem Flauschteppich.

Die Bettdecke raschelt, als sie sich zu ihrer Mutter legt.

„Johanna?"

„Ja, Mama, ich bin`s. Schlaf schön."

„Ja. Du auch."

# Kapitel Sechs
## Sommer 1980

Erst allmählich kehrt Stille ein, als Herr Belt das Klassenzimmer betritt. Die Hitze im Klassenraum ist unerträglich und die Schülerinnen hoffen auf Hitzefrei.

Eine Fliege surrt im Raum, bis sie Martinas schneller Hand und dem Erdkundebuch zum Opfer fällt. Unbeirrt kratzt sie die zerdrückte Leiche mit dem Lineal vom Buch, wischt den Rest Fliegenbrei mit einem Tempo weg und läuft zum Papierkorb.

Dass alle sie anstarren und Herr Belt ihr böse Blicke zuwirft, noch in Erwartung, dass sie zu ihm hinschaut, interessiert sie nicht.

„Martina Pütz, auf der Stelle setzen! Das ist doch nicht zu fassen! Was erdreistest du dich?!"

„Ich habe einen Quälgeist beseitigt!"

„Ich gleich auch, wenn du dich noch einmal daneben benimmst!"

Schon steht er neben ihr und prüft den Zustand des Buches.

„Da hast du aber Glück, dass das Buch nicht verschmiert ist. Zur Strafe bekommst du nachher Zusatzaufgaben."

Susi und Edith klopfen mit ihrem Finger an die Stirn und zeigen Martina ein Vögelchen. Als Herr Belt mit dem Rücken zur Klasse steht, streckt Martina ihnen die Zunge heraus.

„Bei dem Test habt ihr euch nicht gerade mit Ruhm bekleckert. Zwei Einser, drei Zweier, zehn Dreier, zehn Vierer und fünf Fünfer. Ich erwarte bis morgen die Berichtigung. Was habt ihr nur im Kopf?" Er beginnt, die Blätter auszuteilen.

„Das wüsste er gerne.", flüstert Martina ihrer Nachbarin ins Ohr.

„Können wir die Berichtigung nicht jetzt gemeinsam machen?"

„Claudia, bei dir ist das gar nicht nötig. Du hast eine sehr schöne Arbeit geschrieben."

„Aber, ich meine, äh..."

„Ja, Claudia hat Recht. Es wäre vielleicht besser. Wenn die Arbeit so schlecht ausgefallen ist, dann ist vielleicht manches noch unklar", meldet sich Susi zu Wort.

„Na gut, bei dem Wetter kann man sich eh nicht auf etwas Neues konzentrieren. Möchtest du an die Tafel kommen, Claudia?"

Nicht unbedingt, geht es ihr durch den Kopf. Lieber betrachtet sie ihn von ihrem Platz aus, sieht ihm zu, wie er in dem Buch blättert, seinen Kopf auf die Hände stützt, oder betrachtet seine kräftigen Schultern und Unterarme, wenn er selbst etwas an die Tafel schreibt, aber nur ganz unauffällig, so dass es niemand bemerkt. Sobald er sie anschaut, steigt ihr das Blut in den Kopf und sie beginnt, an ihrem Bleistift zu kauen.

Auch wenn ihr der Unterrichtsstoff sehr leicht fällt, so schafft sie es nicht, ohne Aufregung an der Tafel zu stehen. Jedes Mal, wenn sie die Kreide in die Hand nimmt und die ersten Worte schreibt, werden ihre Hände feucht und die Buchstaben zittrig.

Trotzdem bemüht sie sich, möglichst locker zum Pult zu gehen, um die Kreide entgegen zu nehmen, die er ihr anreicht. Ihre Finger berühren sich, als sie seinem Blick begegnet. Claudia schaut zu Boden und zieht die Tafel in die richtige Position.

„Also, wer weiß denn, wie viele Längen- und Breitengrade es gibt?"

„360 Längengrade und 180 Breitengrade", ruft Martina in die Klasse.

Die Kreide quietscht, als Claudia zu schreiben beginnt, ein schriller Ton, bei dem sich ihr die Haare an den Armen aufrichten.

„Wer kann mir auf der Karte zeigen, wo Europa liegt und wie die einzelnen Länder heißen?"

Sie hört seine Stimme direkt hinter sich, so nah, dass sie sein Pfefferminzbonbon riechen kann.

Kann er nicht sitzen bleiben? Wie soll man da ein richtiges Wort schreiben, wenn er einem auf die Finger schaut? Sie wischt ihre Hände an der Hose ab. Weiße Kreidefinger auf Blue Jeans.

Beredtes Schweigen im Klassenraum.

„Na kommt schon! Nicht so zaghaft! Claudia, du stehst ja schon."

An der Karte angelangt, nimmt sie den Zeigestock und tippt auf Europa, zeigt auf Deutschland und benennt die anderen Länder.

Als er sich hinter sie stellt, fühlt sie seinen Atem im Nacken, ein rhythmischer Lufthauch.

Da nimmt er ihren Arm und führt ihn mit dem Zeigestock auf der Karte entlang, um den Umriss von Europa nachzuzeichnen, mit dem Rücken zur Klasse.

„Claudia, wenn du mich lässt, zeige ich dir die Welt."

Niemand sieht, dass er ihr ganz leise etwas ins Ohr flüstert, so leise, dass sie selbst es für Einbildung hätte halten können. Doch für den Bruchteil einer Sekunde spürt sie seinen Atem heftiger auf ihrer Haut und als sie ihn anschaut, versinkt er in ihrem Blick.

Als Claudia unerwartet früh von der Schule nach Hause kommt – man hatte sich tatsächlich in der Schule für Hitzefrei entschieden – hört sie ihre Eltern schon im Hausflur, den Vater, der sich wutentbrannt über irgendetwas aufregt. Seine Worte überschlagen sich. Und die Antwort der Mutter, ebenfalls mit erboster Stimme, aber dennoch wehrlos gegenüber der Lautstärke ihres Mannes. In letzter Zeit ist er häufiger krank. „Angina pectoris" steht auf dem Krankenschein, der seit zwei Tagen an der Pinnwand in der Küche hängt.

Eine angenehme Kühle umfängt sie im Flur. Die Eltern hatten offensichtlich die Rollladen bereits am Morgen herunter gelassen, um das Haus zu verschatten.

Ein süßlicher Duft treibt Claudia den Speichel in den Mund. Durch die geschlossene Küchentür hört sie das elektrische Rührgerät. Wahrscheinlich schlägt Mutter Sahne, geht es Claudia durch den Kopf, als sie die Tür öffnet, um ihre Eltern zu begrüßen.

„Hallo. Ich bin zu Hause."

Erschrocken über die unerwartete Ansprache, schauen sie zu ihrer Tochter.

„Du schwänzt doch wohl nicht die Schule, oder?", raunt ihr Vater missmutig.

„Nein. Und du? Schwänzt du die Arbeit?"

„Wie bitte, habe ich da richtig gehört, du blöde Kuh!"

„Bernd, bitte! Lass sie in Ruhe!"

Claudia steigt das Blut in den Kopf. Sie schlägt die Tür zu, rennt die Treppe hinauf, verschwindet in ihrem Zimmer und schließt ab.

„Das gibt's hier nicht! Hier werden keine Türen geknallt."

Auf dem Weg nach oben, überlegt ihr Vater sich schon die Worte, mit denen er sie zurechtweisen will.

„Mach sofort die Tür auf! Sofort!"

Er bekommt keine Antwort.

Dann schaut er durch das Schlüsselloch, kann aber nichts erkennen. Alles schwarz. Irgendetwas hängt an der Klinke und verdeckt das Schlüsselloch.

Auch kann er nichts hören, als er sein Ohr an die Türe legt, zumindest nichts, was er inhaltlich zuordnen könnte. Nur das Ticken des Weckers, monoton und unaufhörlich und ein leises Kratzen.

Er schlägt mit der Faust gegen die Tür.

„Claudia! Komm raus!"

Keine Antwort. Nur Stille und das Geräusch der Uhr.

Dann noch ein letzter Schlag gegen die Tür, bevor er die Wendeltreppe nach unten geht. Leise öffnet sie ihre Tür einen Spalt. Ja, da ist es, das bekannte Knarren der Küchentür, die sofort wieder geschlossen wird. Endlich ist er weg. Soll er doch wieder arbeiten gehen.

Auch Claudias Zimmer wurde verdunkelt, um die Hitze fern zu halten. Bis zur Hälfte zieht sie die Jalousie hoch. Beim Öffnen des Fensters ist die hereinströmende Luft so warm, dass sie sich wünschte, sie hätte ihren Freundinnen zugesagt, mit ins Freibad zu gehen.

Sie liebt den Sommer, die Wärme und die lauen Nächte, in denen sie noch lange auf der Fensterbank sitzt, während die Eltern glauben, dass sie schlafe.

„Claudia, kommst du gleich zum Essen?", ruft ihre Mutter von unten.

„Ich habe keinen Hunger! Ich muss Hausaufgaben machen!"

Undeutlich hört sie die Eltern sprechen.

Ungern weist sie ihre Mutter zurück. Es tut ihr selbst weh, weil sie sogleich ihren traurigen Blick vor Augen hat. Sie weiß, wie sehr ihre Mutter sich wünscht, dass sie nach unten kommt, zu Mittag isst und neben ihr sitzt. Aber ihrem Vater will sie nicht begegnen.

Wie gewohnt legt sie ihr Kopfkissen auf die Fensterbank, stützt ihre Ellenbogen darauf und schaut in den Garten, bis sie einen leichten Druck in ihrer Hosentasche spürt.

Sie greift hinein. Ach ja, ein Fünfer. Herr Belt hatte sie, als alle Schülerinnen aus dem Klassenraum stürmten, gebeten, zu ihm zum Pult zu kommen.

Claudia hörte den Lärm der anderen, die jubelnd ihre Taschen packten, weil hitzefrei war, nur noch von Weitem, als wenn alle Geräusche, Personen und Gegenstände um sie herum verschwanden, einfach ausgeblendet wurden und sich von selbst verloren. Sehr zaghaft bewegte sie sich auf ihn zu, in Zeitlupe, gebremst durch ein unsichtbares Band, das sie nach hinten zurückzog. Dieses Gefühl kannte sie aus ihren Träumen, in denen sie versuchte wegzulaufen, atemlos und doch nicht von der Stelle kam.

Ihre Beine und Hände zitterten. Ein einzelner Moment, herausgelöst aus dem immer fortwährenden Strom an Ereignissen.

„Komm schon. Sei nicht so schüchtern. Du bist immer so ernst."

„Ja?", stotterte sie unsicher. Ihre Stimme klang fremd. Sie sah sich von oben, aus der Vogelperspektive, sah sich mit ihm am Pult, der seinen Arm nach ihr streckte und ihr mit der Hand durchs Haar fuhr. Der Pulsschlag in ihrem Ohr war so laut, so kräftig, dass sie annahm, dass er es wahrnehmen müsste. Hört er es denn nicht?

„Du bist meine beste Schülerin. Leistung muss doch belohnt werden. Was machst du heute Nachmittag?"

„Ins Schwimmbad gehen", log sie.

„Mit deinen Freundinnen?"

„Ja."

„Hast du schon einen Freund?"

„Nein."

„Mach mal deine Hand auf und deine Augen zu."

„Ich muss nach Hause."

„Aber da erwartet dich doch jetzt noch keiner. Na komm."

Winzige Schweißperlen funkelten auf ihrer Handfläche, als er das Geldstück hinein legte.

„Kauf dir ein Eis im Schwimmbad."

„Danke", sagte sie. Dann schritt sie zur Klassentür. Es roch nach Farbe. Die Fensterrahmen waren gestrichen worden. Ihr wurde schwindelig.

Die Schulglocke schrillte, überlaut, da sich der Lärmpegel nach unten in den Schulhof bewegt hatte zum Ausgang hin und die Flure und Treppen so leer gefegt waren wie die Straßen einer Geisterstadt. Der Wasserhahn tropfte.

Nur vereinzelt Schritte im Treppenhaus. Vielleicht noch ein Lehrer, der einen Overhead-Projektor oder eine Landkarte in den Materialraum bringen musste.

In der Ferne erklang die Melodie eines Schrotthändlers, der seine Route abfuhr.

Auf dem Fußboden lagen zerknüllte Papiere und feine Holzspäne angespitzter Bleistifte lagen neben dem Papierkorb. Ein Kaugummi klebte an der Wand neben dem Lichtschalter.

Die langen, orangefarbenen Vorhänge bewegten sich fließend im warmen Luftzug, der den Duft des Sommers herein trug, und ihre Schatten glitten wellenförmig über den Boden, als er vom Pult aufstand und zügig hinter ihr herlief.

„Claudia, warte einen Moment", flüsterte er.

Nur kurz drehte sie sich noch einmal um, lächelte zaghaft, verwirrt.

Dann rannte sie davon.

Abends, als es bereits still geworden ist im Haus, während sie im Schlafanzug auf der Fensterbank sitzt und den Rauch einer Zigarette in die milde Abendluft bläst, denkt sie noch immer an seinen Satz, der etwas in ihr zum Klingen bringt, etwas berührt und aufweckt, der sie gleichermaßen entzückt und verstört.

„Wenn du mich lässt, zeige ich dir die Welt." Claudia beschließt, diesen Satz als ein Geschenk zu betrachten, selbst wenn er ihr Angst macht. Aber in ihm schwingt eine feine Melodie, eine süße, verheißungsvolle, die sie zum Träumen verführt.

Wie kann man etwas wünschen, vor dem man am liebsten weglaufen möchte?

Wie kann man etwas ersehnen, das man fürchtet?

Neugier, Sehnsucht und Angst liegen nah beieinander, geht es ihr durch den Kopf, während sie die ersten Sterne aufblitzen sieht und den Zigarettenstummel in die Dunkelheit schnipst.

„Wir haben einen Neuzugang auf der Station, einen alten Mann. Er sitzt jetzt schon zwei Stunden in seinem Zimmer und rührt sich nicht. Er spricht auch nicht. Keine Ahnung, was mit dem los ist. Er ist mit dem Krankenwagen gekommen. Ein Ehepaar hat ihn im Park gefunden, als er einen Schwächeanfall hatte und zusammenbrach. Er hat starke Schmerzen, etwas Blut gespuckt und will keinen an sich ran lassen. Lediglich etwas Urin hat er uns gegeben. Ist auch Blut drin. Wir füttern ihn mit Schmerzmitteln. In seiner Jackentasche hatte er ein Fotoalbum, eine Brieftasche mit Personalausweis und ein Rezept. So konnten wir wenigstens seinen Hausarzt anrufen. Fragen wir doch mal unsere Jüngste hier, die frisch aus der Ausbildung kommt, was sie denn glaubt, woran er leidet."

Vanessa Borg runzelt die Stirn. Schon früh hat ihre Abneigung gegen den Teamleiter Jens begonnen. Nur ausweichen kann sie ihm leider nicht.

„Na los. Hast du eine Idee?"

„Vermutlich Magengeschwür. Nierenentzündung oder ein Tumor? Vielleicht hat das Blut aber auch mit der Prostata zu tun."

An Vanessas Hals machen sich rote Flecken breit, die aussehen wie bei einem Sturz in die Brennnesseln. Hilfesuchend schaut sie zu Claudia.

„Was glaubst du denn selbst?", will Claudia von Jens wissen.

„Da er sich heftig verweigert, sollte der Doc ihm vielleicht ein Beruhigungsmittel geben, um mit den Untersuchungen anfangen zu können. Etwas Blut abnehmen, ein paar Spiegelungen, EKG, dann wissen wir mehr. Wir können ihn ja schlecht einfach wieder entlassen."

„Hast du vielleicht schon mal versucht, mit ihm zu sprechen?"

„Schlauberger. Der starrt nur die Wand an oder stiert Löcher in die Luft. Anfassen darf man ihn gar nicht. Als hätten wir sonst nichts zu tun."

„Ich gehe zu ihm. Mal sehen, wie er auf mich reagiert", schlägt Vanessa vor.

„Ah, Vanessa wird`s schon richten. Lass mal sein. Lass das mal Claudia machen!"

„Warum bist du nur so fies, Jens?"
Claudia seufzt.

„Bin nur zielorientiert. Will Ergebnisse sehen!"

Nebenbei blättert Claudia die Dokumentationen durch und liest in den Aufzeichnungen für die anderen Patienten.

„Die Operation von Frau Zesabuk verlief ohne Komplikationen. Schön. Wie geht es ihr?"

„Sie kommt morgen zu uns, ist noch auf der Intensiv."

Claudia legt die Dokumentationen zur Seite, um nach dem alten Patienten zu sehen.

Reges Treiben auf dem Flur, Angehörige, die zu Besuch kommen, Patienten, die sich langweilen und auf und ab gehen. Zu manchen Zeiten ist es jedoch stiller. Dann hört man nur die Fernseher hinter den verschlossenen Türen, Gemurmel aus dem Stationszimmer oder aber hin und wieder das Aufstöhnen eines frisch Operierten, dessen Schmerzmedikation nachlässt.

Manchmal, wenn sie sich unbeobachtet fühlt, springt Claudia mit Anlauf in die Höhe und berührt mit ihren Fingerspitzen die von der Decke herab hängenden Schilder.

Nur Vanessa hat es einmal bemerkt, als sie über den Gang lief. Das Schild Notausgang wackelte heftig.

Im Vorbeigehen zwinkerte sie Vanessa zu und legte ihren Zeigefinger auf die Lippen. Als Claudia das Zimmer des alten, schweigsamen Mannes betritt, sitzt dieser auf seinem Bett und baumelt mit seinem linken Bein. Das rechte Bein fehlt.

Auf seinem Nachttisch steht unberührt eine Schale mit Birnen. Den Unterlagen, die sein Hausarzt gefaxt hat, hat sie entnommen, dass er am 3.3.1924 geboren wurde, eine Beinamputation rechts hat, eine Skoliose der Wirbelsäule, Bluthochdruck, Diabetes und drei Bypässe.

„Guten Tag, Herr Groß, ich bin Schwester Claudia."

Nur beiläufig sieht er zu ihr hin, unterbricht ganz kurz das Baumeln mit seinem Bein, nestelt an seinen Fingern herum und seufzt, den Blick auf die weiße, kahle Wand gerichtet, an der ein einzelnes, düsteres Landschaftsbild hängt mit Bergen, dunklen Wolken und einer Jagdszene im Vordergrund.

Claudia setzt sich auf die Fensterbank und schaukelt ebenfalls mit ihren Beinen.

„Sie schweigen also lieber?"

Unüberhörbar zieht er die Nase hoch, hustet daraufhin heftig, wobei ihm etwas Urin entgleitet. Schamvoll blickt er nach unten, zieht seine schmalen, blassen Lippen nach innen und verschränkt seine Arme vor der Brust. Dann kaut er auf seinen Lippen herum.

„Herr Groß. Was sollen wir nur mit Ihnen tun?"

An dem Fußende auf seinem Bett liegt sein Fotoalbum. Als Claudia es anschaut, steckt er es sofort unter die Bettdecke.

Die allmählich einsetzende Dämmerung und die sich ausbreitende Dunkelheit nimmt dem Raum nicht nur das Licht. Es ist, als würde zusätzlich die Luft entweichen. Claudia fühlt eine Enge in ihrer Brust, reißt das Fenster auf, für einen kurzen Moment erleichtert. Doch das Gefühl der Schwere will nicht weichen.

Noch immer sitzt er auf derselben Stelle. Nur schaut er diesmal zum Fenster, als sie sich wieder zu ihm hindreht. Eine Sekunde lang begegnen sich ihre Blicke, bevor er die Bettdecke anhebt, sich ganz hinein legt und sein Gesicht zur Wand dreht. In dem Moment fällt sein Fotoalbum auf den Boden, ein kleines, grünes Einsteckalbum aus Kunststoff mit winzigen Einrissen an den Außenseiten.

Claudia tritt ans Bett heran, hebt es auf und legt es auf seinen Nachttisch neben die Glasschale, in der die Birnenhälften langsam vor sich hin schrumpeln und braune Stellen bekommen. Jetzt kann sie seinen Atem hören, das leise Pfeifen der Bronchien. Bronchitis oder Asthma, überlegt Claudia. Hoffentlich wird es keine Lungenentzündung.

Sie knipst eine kleine Lampe neben seinem Bett an.

„Ich werde jetzt gehen, Herr Groß, aber ich komme nachher noch einmal zu Ihnen."

Sie zieht aus ihrer Kitteltasche ein schwarzes Etui mit einem Klappdeckel, das eine Lesebrille mit schlichtem Horngestell enthält. Auf der Innenseite der Bügel ist „+ 2" eingraviert.

Sie legt die Brille links neben das Album.

Unter der Decke lugt sein weißer Haarschopf hervor. Die Haare kleben strähnig an der Kopfhaut. Mehr gibt er nicht von sich preis. Im fahlen Licht der dürftigen Nachtlampe erahnt man eine zierliche Silhouette unter der Bettdecke.

„Ein stummer Mann mit einem großen Willen", wispert sie beim Herunterdrücken der Türklinke.

„Ein unbeugsamer Wille."

Noch wartet er, bis die Schritte auf dem Flur verhallen, das Geräusch von Gummisohlen, zügige Schritte, aber nicht gleichmäßig, als ziehe sie ein Bein hinter sich her, nur für den geübten Beobachter zu hören.

In einer bedrohlichen und unberechenbaren Umgebung, wie er sie als Jugendlicher und junger Mann kannte, entwickelt sich eine sehr feine Wahrnehmungsfähigkeit, die jede noch so geringfügige Änderung in der Umgebung dem Bewusstsein zuleitet, die jede noch so minimale Andeutung auf eine drohende Gefahr hin blitzschnell registriert. Wachsamkeit war überlebenswichtig.

Niemals vergisst er die Schritte der russischen Soldaten, wie sie näher kamen, bis ihm schlecht wurde vor Angst.

Am Klang der Schritte erkannte er, ob es eine Scheibe Brot für den Tag gab oder aber ...

Niemandem hat er davon erzählt, von dieser Qual in der Hoffnung, dass sie verschwindet, wenn man sie nie erwähnt. Wenn man nicht darüber spricht, so hoffte er, dann kann man so tun, als sei es nie geschehen.

Aber es ist wie Einzelhaft. Eingesperrt in sich selbst, umgeben von den Phantomen und dem Schmerz aus einer Zeit, die er vergessen möchte.

Die Narben an seinem Körper verraten, dass er ein Geheimnis hat.

*Damals* hört nicht auf. *Damals* führt ein Eigenleben.

Tränen, Blut, Urin und Kot vermischten sich auf dem staubigen und steinigen Boden, auf dem er kniete, damals, auf allen Vieren. Rohes Fleisch an den Knien und Händen.

Kleine Steinchen brannten in den Wunden. Das Licht einzelner Kerzen flackerte, große weiße Stumpenkerzen. Die Flammen rußten und wuchsen, als Wachs an den Seiten herunter tropfte.

Blut an den Wänden, Kratzspuren. Die Inschrift derer, die vor ihm hier waren.

Ihm war, als hörte er sie rufen. Zigarettenrauch. Der Geruch von verbranntem Fleisch, kurz nachdem es zischte auf seiner Haut an den Schultern und auf seinem Rücken, an den Armen entlang. Gelächter. Gesichter im Halbdunkel. Eine Sprache, die er nicht verstand. Große, gewaltige Gestalten, die ihn festhielten, beißender Schweißgeruch und der Schmerz, der den Körper zerriss. *Ich* ist ein anderer.

Er erwachte in seinem Erbrochenen, irgendwann, neben der Zeit. Sie hatte aufgehört zu existieren.

In der Zelle allein.

Das Licht war erloschen.

Dunkel war die Nacht.

Langsam setzt er sich auf, schiebt die Bettdecke zur Seite, greift sich die Schale mit den Birnen und isst. Sein Bauch schmerzt. Er muss zur Toilette. Die Krücken stehen an der Wand gegenüber. Er hüpft hinüber auf seinem linken Bein. Für einen Moment lehnt er sich an die Wand, um sich auszuruhen. Er fühlt den Herzschlag im Hals. Vor seinen Augen flimmert es. Dann nimmt er die Krücken und geht ins Badezimmer, setzt sich auf die Toilette.

Blut und Urin tröpfeln aus ihm heraus.

Er betätigt die Spülung.

Alles ist weg.

Dann geht er zum Waschbecken, legt seinen Beinstumpf auf den Handgriff der rechten Krücke, die andere lehnt er an die Duschtasse.

Das warme Wasser tut gut. Die Handseife riecht nach Rosen, so wie die im Park, kurz bevor er das Bewusstsein verlor.

Als er wieder auf seinem Bett sitzt, zieht er die Brille aus dem Etui und setzt sie auf.

Die Gesichter auf den Fotos werden scharf.

Sein Leben in Bildern.

An den Geräuschen, die aus der Küche zu ihr ins Zimmer dringen, erkennt Claudia, dass ihre Eltern das Frühstück bereiten, ihr Geburtstagsfrühstück.

Die Kaffeemaschine gurgelt leise vor sich hin. Der Duft des Kaffees verteilt sich im ganzen Haus. Der Toaster spuckt Brotscheiben aus. Seitdem der alte Toaster in Flammen aufgegangen war, lassen die Eltern den neuen nicht mehr aus ihren Augen und benutzen nur noch die niedrigen Temperaturstufen, um das Brot zu rösten.

Gleichzeitig riecht es nach frischem Hefezopf. An seinem Geburtstag hatte Tim den halben Stuten alleine gegessen.

Leise öffnet Claudia ihre Tür, schleicht zum Zimmer ihres Bruders und lauscht. Alles still, nur das rhythmische Ein- und Ausatmen ist zu hören.

Auf Zehenspitzen huscht sie zurück und schließt sich in ihrem Zimmer ein.

Dann schiebt sie den Marmorstein an ihrer Fensterbank zur Seite und öffnet das Versteck in der Wand, in dem sie ihre Geheimnisse aufbewahrt.

Ihre ganze Hand und ein Teil des Unterarmes verschwinden in der Öffnung, um den Zettel heraus zu ziehen, den sie gestern von ihrem Klassenlehrer bekommen hat. Große Geheimnisse werden tief in der Wand versteckt. Feuerzeug, Geld und Zigaretten liegen weiter vorn, sind auch geheim, aber nicht so sehr wie die Zettel, die er ihr zusteckt.

Es war leicht gewesen, die Einbuchtung in der Wand mit Hammer und Meißel zu vergrößern. Niemand hat es bemerkt. Alle waren sie ausgeflogen. Mit lauter Musik hat das Hämmern sogar richtig Spaß gemacht, im Einklang mit den

Rhythmen von Status Quo. Die Platte hatte sie bei ihrem Bruder auf dem Schreibtisch gefunden, unter dem Englischbuch. Allmählich gefiel ihr sein Musikgeschmack. Die Nachbarn hatten sich anschließend nur über die ohrenbetäubende Musik und den Krach des Schlagzeugs beschwert. Bei dem Wort „Schlagzeug" hatte sie geschmunzelt.

Das letzte Briefchen hatte Herr Belt am Tag vor ihrem Geburtstag einfach in ihren Faulenzer geschoben, als er durch das Klassenzimmer ging. Er war ziemlich geschickt. Als er neben ihrem Platz stand, einer von den Plätzen direkt am Gang, ließ er wie aus Versehen seinen Kugelschreiber zu Boden fallen, hob ihn auf und legte ihn zusammen mit dem Zettel in ihr Etui. In Sekundenschnelle.

„Claudia, dein Stift. Ich gebe ihn dir."

Und als wäre es das Selbstverständlichste von der Welt – deswegen fällt es dann auch weniger auf – schmuggelte er das Papierchen mit dem Stift in den Faulenzer.

An manchen Tagen läuft er auf und ab wie ein Tiger im Käfig, angetrieben von einer anhaltenden inneren Unruhe, so wie eins von diesen Spielzeugtierchen, die man mit einem Schlüssel aufziehen kann und die sich dann so lange fortbewegen, wie sich der Schlüssel dreht.

Die anderen Schüler in der Klasse 7c zählen einfach seine Schritte oder die einzelnen Bahnen, die er von der Tafel bis zur gegenüber liegenden Wandseite abläuft.

Claudia fühlt die Blicke der anderen. Mit starrem Blick, der nichts fixiert, holt sie einen Buntstift nach dem anderen aus ihrem Etui, hält ihn jeweils in beiden Händen an den Außenseiten, so fest, dass die Knöchel der Finger weiß werden. Dann drückt sie ihre Fäuste nach unten. Das leise Geräusch des Zersplitterns von Holz ist laut, so laut, dass er jedes Mal ruckartig zu ihr hinschaut mit diesem flehenden Blick, die Augen weit und unruhig, wie ein Reh, das seinen Angreifer fürchtet.

In der Pause verschwindet sie in der Toilette, setzt sich auf den Fußboden mit dem Rücken an der Wand, raucht zwei Camel hintereinander. Die Kippe zischt, als sie ins Klo fällt.

Claudia ignoriert das Klopfen an der Tür.

„Mach auf, ich muss auch mal! Hallo, beeil dich mal!"

Wenn man nicht reagiert, gibt der andere irgendwann auf. Sich tot stellen und so tun, als merke man nichts, als sei man überhaupt nicht anwesend. Die Augen schließen und die Ohren auf Durchzug stellen. Man hört und sieht nichts. Dann muss man auch nicht antworten.

„Du spinnst wohl. Ich rieche, dass du rauchst."

Keine bekannte Stimme. Vielleicht jemand von den Kleinen aus der fünften Klasse.

Die Tür zum Vorraum schlägt mit lautem Knall ins Schloss.

Sie kramt den zerknüllten Zettel aus ihrer Jeans.

Beim Auseinanderfalten des Papiers kommt ihr der Geruch von seinem Parfum entgegen – ein würziger und trotzdem sanfter Duft, so ähnlich wie der vom Sportlehrer.

Sie hält den Zettel an ihre Lippen und atmet gleichzeitig seinen Duft, Vanille und im Hintergrund eine Andeutung von Tannen und Moos, ganz zart, eine entfernte Erinnerung.

*Einladung zum Kino. Du hast ja morgen Geburtstag.*
*Oder möchtest Du lieber Eis essen gehen?*

Als sie wieder zu Hause war, ließ sie den Brief sofort in der Wand verschwinden. Jetzt, an ihrem Geburtstag, holt sie ihn aus seinem Versteck. Sie hält die Nase an ihr Geheimfach und schnuppert. Tabak und Parfum. So riecht es auch im Wohnzimmer, am Wochenende, wenn Vater nach dem Baden auf dem Sofa sitzt und seine selbst gestopften Zigaretten raucht. Er legt Apfelschalen in den Tabakbeutel, damit der Tabak feucht bleibt.

„Claudia? Claudia, lass mich rein."

„Tim?"

„Nein, der Papst. Mach auf."

„Einen Augenblick!"

„Na endlich. Warum schließt du ab?"

„Nur so."

„Herzlichen Glückwunsch zum Geburtstag. Das ist für dich."

„Sieht aus wie eine Schallplatte. Danke!"

„Sieh nach. Kannst du einfach aufreißen. Ist egal."

„Queen. Queen? Kenn ich gar nicht."

„Doch. Hast du bestimmt schon gehört. Oder muss ich meine Musik noch lauter aufdrehen? Hast du eigentlich meine Status Quo gesehen?"

„Rein zufällig. Warte, ich hab` sie gleich. Liegt unterm Bett. Da ist sie ja."

„Wen hast du eingeladen?"

„Lass dich überraschen. Martina kommt übrigens auch."

„Die aus deiner Klasse?"

„Ja. Extra für dich."

Grinsend bietet Claudia ihrem Bruder eine Zigarette an.

„Kommt sie meinetwegen?"

„Naja, ich hoffe mal, dass sie nicht nur wegen dir kommt. Immerhin bin ich es, die Geburtstag hat. Aber sie fragt öfter nach dir. Wie es dir so geht und was du machst. Und ob du eine Freundin hast."

„Echt?“

„Echt. Hast du die Tür wieder abgeschlossen?“

„Na klar. Ein paar Minuten haben wir noch.“

„Ich dachte, das Frühstück ist fast fertig.“

„Habe ich auch gedacht. Habe mich nach unten geschlichen, um zu peilen, wie die Stimmung ist. Papa hat den Toast abgefackelt. Er hat die Scheiben ein zweites Mal geröstet, war ihm beim ersten Mal nicht knusprig genug. Liebt das Spiel mit dem Feuer, glaube ich. Und knusprig mag er.“

„Wie meinst du das?“

„Wann ist er denn gestern Abend von der Arbeit gekommen?“

„Keine Ahnung.“

„Na, nach der Tagesschau und die ist um viertel nach Acht zu Ende. Ein bisschen spät, was?“

„Vielleicht hatte er noch was mit seinem Chef zu besprechen?“

„Mit dem Chef? Da lachen ja die Hühner. Papa hat doch erzählt, dass er im Urlaub ist und dass er jetzt eine Sekretärin für sich alleine hat.“

„Ja und?“

„Mensch Schwesterchen, denk nach. Eine Sekretärin für sich alleine ...“

„Das meinst du jetzt nicht ernst, oder?“

„Und warum hat Mama gestern Abend den Tisch wie üblich für uns vier gedeckt, um sieben Uhr. Und wer kam nicht? Und warum hat Mama dann im Keller beim Wäscheaufhängen geweint?“

„Geweint? Wie kommst du darauf?“

„Weil sie rote Augen hatte und sehr, sehr traurig aussah.“

„Nein.“

„Doch.“

„Sie hat Heuschnupfen, sagt sie."

„Ja, jedes Mal, wenn Papa so spät nach Hause kommt. Und wenn er um neun Uhr noch nicht hier ist, ruft sie die Krankenhäuser an."

„Woher weißt du das?"

„Ich habe gute Ohren. Sie hat Angst, dass ihm etwas passiert, besonders wenn er zum Beispiel im Restaurant noch ein paar Gläser Bier getrunken hat. Dann kann er sich noch weniger auf den Beinen halten als andere. Und wenn er fällt, kann er nicht alleine aufstehen. Ist halt schlecht mit Beinprothese. Am meisten fürchtet sie, dass er aus dem Bus fällt, die Stufen hinunter. Dann kann er sich das Genick brechen."

„Hörst du was? Die Mama kommt! Wirf die Kippe aus dem Fenster. Schnell. Ich schließ die Tür auf."

Ehe ihre Mutter die Klinke herunter drücken kann, stehen die beiden auf dem Flur. Leise ziehen sie die Tür hinter sich zu.

„Ihr steht da wie die Ölgötzen."

„Tim hat mir eine Schallplatte geschenkt. Ist Frühstück fertig?"

„Herzlichen Glückwunsch zum Geburtstag."

Mutter schüttelt ihr die Hand, lächelt und schüttelt weiter, als denke sie über eine Umarmung nach, zu der sie sich aufgrund von Verlegenheit nicht entschließen kann. Die Berührung der Hände ist fast schon zu viel.

„Dann kommt mal runter."

Vor ihnen geht sie die Treppe hinunter, mit der weißen Küchenschürze und ihrer neuen Dauerwelle in dem kurzen braunen Haar, während ihre linke Hand wie selbstvergessen über das Geländer gleitet, gedankenlos, aber dennoch wie der Griff nach etwas, das ihr Halt gibt. Vielleicht aber putzt sie dabei unauffällig die letzten Staubpartikel fort, die sie gestern übersehen hatte.

Claudia hüpft jede Stufe einzeln, unüberhörbar. Ein lautes Trampeln.

Tim tippt ihr von hinten an die Schulter.

„Hör auf Claudia. Nachher schimpft Papa sofort."

Nun schleichen sie zu dritt ohne die Luft zu bewegen, die Hände auf dem Geländer auf dem Weg zum Frühstückstisch.

Durch die Glasscheibe im Wohnzimmer sehen sie ihn, wie er mit einem Streichholz die Kerzen anzündet. Vierzehn Kerzen flackern im Windzug, der von der Terrasse herein weht. Es riecht nach Rosen und nach Käsekuchen, den er für seine Tochter gebacken hat.

Zaghaft tritt er an sie heran mit ausgestrecktem Arm, die Hand gerade mit hoch stehendem Daumen. Beim Gratulieren schaut er auf seine Fußspitzen. Schwarze, klobige Schuhe, die aussehen wie kleine U-Boote, Spezialanfertigung, tausend Mark das Paar, von der Krankenkasse finanziert.

„Herzlichen Glückwunsch zum Geburtstag!"

Ihre Hände greifen ineinander, wie ein Verbrennen der Haut zwischen den Fingern. Man lässt sofort wieder los.

Blicke, die sich nur flüchtig berühren. Vaters Lächeln, verlegen und das Nicken seines Kopfes, das irgendetwas bedeuten soll, bestimmt etwas Gutes, so etwas wie Zustimmung oder Zuneigung vielleicht. Über Bedeutungen hat Claudia lange nachgedacht.

Irgendwann hatte sie entdeckt, dass die Bedeutungen, die sie für wahr gehalten hatte, sich täglich ändern konnten, manchmal auch stündlich. Vaters Meinungen wechselten mit den Schallplatten, die er hörte oder mit dem Wetter.

Bedeutungen waren so flüchtig wie die Blicke ihres Vaters.

Aber heute an ihrem Geburtstag, an dem er ihren Lieblingskuchen gebacken hat, will er ihr wahrscheinlich zum Ausdruck bringen, dass da irgendwo in ihm drin so etwas wie Liebe für sie ist oder zumindest so etwas wie Zuneigung. Oder Stolz vielleicht? Aber irgendwie sieht er sehr müde aus.

„Dein Geschenk steht draußen im Garten. Willst du es jetzt schon sehen?"

„Ja. Gerne."

Ein blaues Sportrad steht auf dem Rasen. Es glänzt in der Sonne. Ein Rotkehlchen sitzt auf dem Sattel, mit einem Wurm im Schnabel.

Als Claudia sich drauf setzt, strahlen ihre Augen.

Ihr Vater zwinkert ihr von der Terrasse aus zu. Fast unmerklich die Bewegung seines Kopfes, die Andeutung eines Nickens.

Tim sitzt im Gras, während Mutter Fotos fürs Album macht.

Beim Frühstück darf Claudia ihre neue Platte auflegen. Während Queen sich als Champions feiert, schneidet Tim die vierte Schnitte von dem Hefezopf, auf der er großzügig Butter und Honig verstreicht. Der Honig tropft an den Seiten herunter und fließt seine Finger entlang. Mit einem Schmatzen lutscht er an Daumen und Zeigefinger.

Vater lacht.

„So hast du das schon als Kleinkind gemacht."

Tim schmunzelt. An seinen Lippen kleben Krümel, mit Honig angeleimt.

Mutter reicht ihm eine Serviette.

„Ihr dürft heute Abend in der Kellerbar feiern. Ich hoffe, ihr wisst euch zu benehmen."

„Ja, Mama", kommt es wie aus einem Munde."

„Und es wird kein Alkohol getrunken."

„Wie kommst du denn darauf? Keine Bange! Aber die Musik kann doch etwas lauter sein, oder?"

Tim will ganz sicher sein. Wenn Martina kommt, wird er der DJ sein.

„Papa hat mit den Nachbarn gesprochen. Das geht in Ordnung."

„Optimal! Ich freue mich so. Es kommen ein paar Leute aus meiner Klasse. Ihr werdet sie mögen."

„Auch Jungen?", will Mutter wissen.

„Ja, aber wirklich nette."

Als die Party startet, sitzen die Eltern vorm Fernseher, der dann doch ein wenig lauter gestellt wird.

„Was für eine Hottentotten-Musik, Frieda! Erkennst du da irgendeine Melodie? Zum Glück können wir hier oben sein."

„Ach, lass sie doch. Jede Generation hat ihre Musik und ihren Geschmack."

„Ich lasse sie ja."

„Obwohl ich manches gar nicht schlecht finde, zum Beispiel London Town von den Wings."

„Wie bitte?"

„Musst du dir morgen mal anhören. Ach, was für ein Zufall! Hör mal, da ist es. Klingt doch gut. Hat sogar eine Melodie."

„Was sie wohl machen im Keller?"

„Vater, ich warne dich! Wehe, du gehst nach unten!"

„Sie ist doch noch ein Kind, fast zumindest."

Während Tim mit Martina in der Ecke sitzt und knutscht, tanzt Claudia mit Rüdiger zu den Klängen von London Town, eng umschlungen, als gäbe es nichts anderes als dieses Lied. In der Kellerbar im Halbdunkel tanzen sie durch den Rauch, der von dem Licht der Kerzen verschlungen wird.

Insel der Sorglosen, durch erwachte Sehnsucht geeint, die ewig Suchenden.

Claudia hört ihre Mutter nicht, als sie von der Treppe herruft. Tim stößt sie von der Seite an.

„Was soll das?"

„Mama ruft."

„Nicht wahr!"

Wütend entfernt sie sich von Rüdiger.

„Ich bin gleich wieder bei dir. Nicht weg laufen!"

„Tut mir leid, dass ich dich stören muss. Telefon für dich. Ein Klassenkamerad, der dir unbedingt gratulieren will."

Das Telefon steht oben im Flur, neben dem Kellereingang, sehr ungeeignet für Privatgespräche.

„Hallo, Claudia hier."

"Ich wünsche dir alles Liebe und Gute zu deinem Geburtstag. Und dass deine Wünsche in Erfüllung gehen."

„Herr Belt, Sie? Das ist eine Überraschung! Ich dachte, es wäre ein Schulfreund."

„Ich habe mir einen anderen Namen gegeben. Hast du dich schon für etwas entschieden?"

„Inwiefern?"

„Kino oder Eis? Oder beides?"

„Oder beides?"

„Warum nicht? In Ordnung, also beides."

„Danke."

„Du wirst ja immer leiser. Ich verstehe dich kaum."

„Ich stehe hier im Flur."

„Feierst du?"

„Ja, ein paar Freunde sind hier und mein Bruder."

„Dann wünsche ich dir noch einen schönen Abend. Hast du denn vielleicht nächstes Wochenende Zeit?"

„Ich glaube schon. Ja, müsste gehen."

„Ich hole dich ab."

„Nein, bloß nicht! Nicht hier! An der Trinkhalle auf der Ruprechtstraße. Da warte ich. Wann denn genau?"

„Samstagnachmittag um drei Uhr?"

„Ja. In Ordnung."

„Danke, Claudia."

„Tschüss."

„Bis morgen in der Schule. Ich habe eine kleine Überraschung für dich."

„Ich freue mich."

Mit einem Gefühl von Trunkenheit hüpft sie die Treppen hinunter in die Kellerbar. „Follow me, follow you" von Genesis wird gerade auf den Plattenteller gelegt, als Rüdiger auf sie zukommt und wieder mit ihr tanzen möchte.

„Lass uns erst eine rauchen, ja?"

„Willst du gar nicht tanzen?"

„Doch, gleich. Muss erst eine Fluppe haben."

„Können wir uns draußen hinsetzen?"

„Auf die Kellertreppe? Von mir aus."

Claudias Hände zittern, als sie ihm Feuer gibt und dann ihre eigene Zigarette anzündet. Ihre Oberschenkel berühren sich, während sie nebeneinander sitzen und der Musik zuhören.

„Was ist los mit dir, Claudia?"

„Nichts. Wieso?"

„Du bist so anders als vorhin."

„Ja? Ach, Quatsch."

Sie schnippt die Asche auf die Stufen. Rüdiger spürt, wie ihr linkes Bein wippt, so schnell wie die Nadel einer Nähmaschine. Nur das Surren fehlt.

Behutsam legt er seinen Arm um ihre Schultern, schaut sie an, wartet auf einen Blick, auf ein Zeichen. Sie beobachtet die Ameisen auf der Stufe zu ihren Füßen, verbrennt sie mit der Glut der Zigarette und seufzt.

„Ich mag dich, Claudia."

Mit kreisenden Bewegungen wickelt sie Haarsträhnen um ihren Zeigefinger. Ihr Ohrring klimpert.

„Claudia?"

„Ja."

„Ist alles ok mit dir?"

„Na klar."

„War irgendetwas mit dem Anruf? Oder hat deine Mutter vorhin Ärger gemacht wegen der lauten Musik?"

„Nein, nein."

Er vergräbt seine Hand in ihrem langen Haar, streichelt ihren Nacken, fühlt die Gänsehaut an ihrem Hals mit seinen Fingerspitzen.

Dann nähert er sich ihrem Gesicht, ganz langsam, zaghaft, als fürchte er, dass sie zurückweiche, doch sie schaut ihn an, rührt sich nicht und schnipst ihre Zigarette fort, die sich im Rosenstrauch verfängt. Dünne Rauchfäden steigen auf.

Sie schließt ihre Augen. Seine weichen, vollen Lippen schmecken nach Kirschsaft.

Schwindel kann auch schön sein, denkt sie, als sie seine Zunge spürt.

Vater liegt im Bett und kann nicht schlafen, während Mutter, Claudia und Tim die Überreste der Party beseitigen. Mutter hat es aufgegeben, das Rauchen zu verbieten. Stumm leert sie die vollen Aschenbecher, räumt die Cola-Flaschen und die Saftflaschen vom Tisch, während Tim die Klappstühle in den Schrank stellt und den Tisch abwischt. Claudia trägt das Geschirr nach oben in die Küche und legt die Wassergläser in die Spüle.

Die Gläser stoßen stumpf aneinander im Spülbecken. Eins zerbricht Claudia in der Hand beim Abtrocknen. Das Handtuch färbt sich rot. Tim klebt ein Pflaster auf die Schnittwunde und flötet „The house of the rising sun".

Vater ruft von oben, es sei ihm zu laut.

„Ist da mal endlich Ruhe, ihr lästigen Nervensägen? Könnt ihr noch etwas anderes als Krach machen und mein Geld verfressen?"

„Tim, schließ die Tür! Ich kann das nicht mehr hören." Ihre Stimme zittert.

„Der tickt doch nicht richtig!"

Als Tim mit einem Tablett ins Wohnzimmer läuft, um die Gläser in den Schrank zu stellen, erblickt er Vaters Strickjacke. Sie hängt wie immer, wenn er ins Bett geht, über seinem Stuhl. Sein Platz ist rechts außen am Tisch, damit er sein Holzbein ausstrecken kann.

Onkel Helmut sagt, er habe sein Bein im Schützengraben verloren. Tante Marianne hingegen meint, er habe bei dem Bombenangriff in einer Bürostube gesessen und das Funkgerät bedient und sei lebensgefährlich verletzt worden. Claudia träumt manchmal, dass man es ihm bei der Folter abgehackt hat. Und Tim glaubt, sein Vater sei auf eine Mine getreten.

Vater war ein hübscher Junge, damals im Krieg.

Vater schweigt.

Sein Schweigen breitet sich aus wie eine riesige Projektionsfläche für alles Mögliche und Unmögliche.

Welche Macht das Unausgesprochene besitzt, wurde Claudia erst bewusst, als sie älter war.

In jungen Jahren unterliegt man nur dem Tabu, das sich anfühlt wie ein Knebel im Mund, ein Schrei, der niemals ausgestoßen wird und im Hals verendet.

Ein weltliches Schweigegelübde, ohne dass es jemals explizit definiert und ausgesprochen wird. Man erfühlt es, saugt es ein wie die Muttermilch.

An manchen Abenden, wenn er einmal mehr auf dem Sofa sitzt, verfangen in den wehmütigen Klängen seiner Musik, bis es dunkel wird, ohne das Licht einzuschalten und alle um ihn herum durchs Zimmer schleichen und es fast bedauern, dass sie nicht leise durch die Luft fliegen können, um keine Geräusche mit den Füßen auf dem Teppich zu machen, an solchen Tagen denkt Claudia immer wieder an einen Satz, den sie in der Kirche schon oft gehört hat und dann ist es ihr, als habe dieser Satz seine Bedeutung bis weit über die Kirche hinaus. Mit einem goldfarbenen Stift hat sie diesen Satz bereits vor ein paar Tagen in ihr Tagebuch geschrieben, in Druckschrift, mit großen Buchstaben.

*„Und sprich nur ein Wort, so wird meine Seele gesund."*

Die meisten Worte spricht er, wenn er sich aufregt, wenn er innerhalb eines kurzen Momentes alles zunichte macht, was zuvor noch Bestand und Bedeutung hatte, wie jemand, der mit einer abrupten Handbewegung alle Spielfiguren vom Schachbrett fegt, die dann trostlos übereinander auf dem Boden liegen bleiben. Pferd über Turm, daneben die Damen mit den Läufern, die Könige unter Bauern begraben, Weiß und Schwarz durcheinander im anarchistischen Chaos.

Seine Worte gleichen dann Dolchen, die tief ins Herz eindringen und die man lieber nicht gehört hätte. Sie verweilen lange, zu lange, als schwebten sie einzeln im Raum wie messerscharfe Spitzen, die jederzeit herunter schnellen könnten.

Versucht man, etwas für sich selbst zu retten und an seine Zuneigung zu glauben, darf man seine Worte nicht ernst nehmen. (Was soll man denn dann ernst nehmen?) Dann sind sie lediglich so etwas wie geistige Absonderungen, die ohne sein Wissen seinen Mund verlassen. Verbales Erbrechen, bevor der Verstand die Möglichkeit gehabt hätte, Einhalt zu gebieten.

Denkt er, dass das Verstreichen der Zeit die Erinnerungen auslöscht?


Nachdem die Spuren der Party beseitigt waren, zieht Claudia müde ihr Tagebuch unter den Pullovern im Schrank hervor. Der Rest der Familie liegt im Bett, nur sie sitzt an ihrem Schreibtisch und notiert noch ein paar Zeilen.

Das Fenster ist weit geöffnet, die Rollladen sind herunter gelassen, damit keine Mücken herein fliegen. Momentan ist es ihr gleichgültig, ob ihre Eltern morgen riechen, dass sie geraucht hat. Sie versteht sowieso nicht, dass sie es manchmal verheimlicht und manchmal nicht. Wer versteht sich letztlich schon ganz?

Sie schließt die Augen, als sie an der Zigarette zieht. Rot leuchtet die Glut. Sie spürt den Nikotinkick bis in die Fingerspitzen, inhaliert tief den Rauch.

Leise dreht sie den Schlüssel in der Tür. Niemand soll sie stören. Dann wühlt sie erneut in ihrem Schrank und zieht eine Flasche Bier hervor, König Pilsener. Den Kronkorken versteckt sie in ihrem Tornister. Er wird morgen entsorgt.

Mit einem Zug leert sie die halbe Flasche und greift zum Kugelschreiber. Ein teurer Lamy, den Herr Belt in ihr Etui geschmuggelt hat. Sie schreibt.

*Heute ist mein Geburtstag, ereignisreich. Weiß gar nicht, wo ich anfangen soll. Heute Morgen hat Papa – und natürlich auch Mama – mir ein Fahrrad geschenkt. Von Tim habe ich Queen bekommen. Er meint, Papa hat eine Freundin. Kann das sein? Will ich gar nicht drüber nachdenken. Am Abend hat er wieder Palaver gemacht. Hat wohl zu viel gesoffen. Scheiße!*

*Am schönsten war es mit Rüdiger. Wir haben uns geküsst. Er sagt, er mag mich. Wenigstens einer. Irgendwie bin ich traurig, obwohl ich mich doch freuen müsste. Weiß gar nicht, warum.*

*Herr Belt hat angerufen, hat mir zum Geburtstag gratuliert. Ob er das auch bei den anderen macht? Er ist so nett. Er möchte mit mir ins Kino und Eis essen. Was soll ich nur zu Hause sagen, wo ich hin gehe und mit wem?*

*Er ist vierunddreißig Jahre, zwanzig Jahre älter als ich.*

*Ich freue mich, ihn zu sehen. Ich habe Angst vor ihm. Ich mag ihn mehr, als ich vielleicht sollte.*

*Wie wird bloß die Klassenfahrt?*

„Johanna, du musst aufstehen. Es ist schon spät."

Schlaftrunken versteckt sie sich unter der Decke. Claudia zieht an einem Zipfel der Bettdecke.

„Lass mich schlafen. Ich habe heute keine Lust, zur Schule zu gehen."

„Na komm schon. Soll ich dir etwas zu trinken bringen?"

„Nein", knurrt Johanna.

„Ich gehe schon mal ins Badezimmer. Wenn ich wieder raus komme, stehst du senkrecht."

„Ach, ich habe heute erst zur zweiten Stunde, fällt mir ein."

„Das würde ich auch sagen, um liegen bleiben zu können."

„Nein, wirklich. Mathe fällt aus."

„Schon wieder?"

„Wie, schon wieder?"

„Ist doch erst letzte Woche ausgefallen."

„Das war vor drei Wochen."

„Egal. Du bist dir sicher mit der zweiten Stunde?"

„Ja. Sonst würde ich es nicht sagen."

„Dann können wir ja in Ruhe frühstücken. Ich habe heute nämlich Mittagschicht."

„Holst du Brötchen, Mama?"

„Wenn du den Tisch deckst."

„Mach ich."

Mit einem Satz springt Johanna aus ihrem Bett und flitzt als erste ins Badezimmer.

„Ätschi bätschi! Ich bin eher fertig!"

Claudia lässt sich nicht aus der Ruhe bringen. Dann duscht sie eben später.

„Wie lange brauchst du denn?"

„Keine Sorge, ich geh nur zur Toilette und wasche mir die Hände."

„Ich lauf schnell zum Bäcker. Bis gleich."

Als sie mit einer Tüte warmer Brötchen zurück kommt, duftet es bereits nach Kaffee und Johanna läuft zwischen Küche und Esszimmer hin und her.

Man muss den Kids nur ein Ziel geben, dann sind sie sogar richtig flink, geht es Claudia durch den Kopf. Kurz darauf sitzen sie am Tisch.

Während Johanna ihr Brötchen mit Butter bestreicht, muss sie immer wieder daran denken, wie sie ihre Mutter im Wohnzimmer in der Nacht beobachtet hat. Am liebsten würde sie sie darauf ansprechen. Aber vielleicht wäre sie dann verlegen, weil ihr bewusst werden würde, dass sie einen Zuschauer hatte. Offensichtlich gibt es Bereiche, ja vielleicht sogar Geheimnisse, über die Mutter gar nicht sprechen möchte.

Krümel springen zur Seite, als Johanna in das Brötchen beißt. Um ihren Teller herum liegt eh schon ein Kreis an Brötchenkrümeln. Manche knirschen unter ihren Füßen.

„Mm, ist das lecker! Warme Brötchen mit Butter und Quittengelee."

„Wie lange hast du denn heute Unterricht?"

„Fünf Stunden. Sag mal Mama, ich habe dich gestern Abend im Wohnzimmer gehört. Was war das für eine Musik?"

„Peter Maffay. Schon mal etwas von ihm gehört?"

„Nicht so wirklich. Vielleicht im Radio."

„Früher habe ich ihn oft gehört, als ich so alt war wie du."

„Ja, warst du auch mal so alt wie ich?"

Johanna grinst, während sie mit dem Löffel in der Milchkanne herum rührt, um die dünne Milchhaut heraus heben zu können.

„Nächstes Wochenende wollen wir bei unserem Klassenlehrer grillen. Er hat ein Haus mit Garten. Wir dürfen sogar unsere Zelte mitbringen."

„Kommt nicht in Frage! Grillen ja, Zelten nein."

„Warum das denn? Ich dachte, du warst auch mal so alt wie ich? Hast du gerade noch gesagt. Immer dasselbe mit dir. Wenn ich mal ein bisschen was anderes machen will, etwas, ja, äh, was Aufregendes, dann hast du gleich etwas dagegen einzuwenden! Warum denn nicht?"

Nachdenklich kaut Claudia länger als nötig auf ihrem Bissen herum. Sieht aus wie eine wiederkäuende Kuh, denkt Johanna.

„Du bist echt gemein!"

Wie sollte sie es ihrer Tochter erklären? Sie wagt nicht, ihre Befürchtungen auszusprechen. Sie weiß ja gar nicht, ob diese überhaupt eine reale Grundlage haben.

„Ich will nicht, dass ihr eurem Lehrer so viel Arbeit macht."

„Wie bitte? Er hat es doch angeboten. Aber die anderen dürfen auch alle! Nur ich nicht. Wie sieht das denn aus?"

„Ist mir egal, wie das aussieht. Kann ich vielleicht mitkommen zum Grillen?"

„Mama, du spinnst wohl? Als Babysitter?"

„Ich denke noch mal drüber nach."

„Aber schnell bitte. Das Wochenende ist schon bald."

Abrupt verlässt Johanna den Tisch und geht ins Badezimmer. Während sie in der Dusche steht und sich die Haare mit dem neuen Zitronen-Shampoo einschäumt, überlegt sie hin und her, warum ihre Mutter so streng ist. Sie ist doch sonst viel großzügiger. Mütter können echte Rätsel sein. Sie hat so schnell „nein" gesagt, fast ohne zu überlegen. Wie kann das? Ob sie Angst hat, dass wir Alkohol trinken? Aber unser Lehrer passt doch auf. Vielleicht sollte ich ihr sagen, dass wir sowieso nur zu sechst sind, plus Lehrer natürlich. So weiß sie, dass er uns auch gut im Blick hat.

Eigentlich müsste es so etwas wie ein Handbuch geben, eine Anleitung zum Umgang mit Müttern. Wie kann man sie nur umstimmen? Früher war es einfacher mit ihr. Warum nur?

Johanna steigt aus der Dusche und greift sofort nach dem großen Badetuch, das an der Handtuchstange hängt, gelbes Frottee, ihre Lieblingsfarbe, erinnert an Sommer und glückliche Urlaube mit den Eltern, als Vater noch mehr Zeit hatte, bevor er seine neue Stelle als Unternehmensberater angetreten hatte. Jetzt ist er ständig unterwegs. Vielleicht hätte er sofort „ja" gesagt.

Johanna wickelt sich in das Handtuch und ruft nach ihrer Mutter, die in der Küche mit dem Geschirr klappert. Offensichtlich räumt sie die Spülmaschine ein.

„Mama! Mama!"

„Ja. Was ist?"

„Komm mal!"

„Einen Augenblick. Bin gerade beschäftigt. Ich komme."

„Hast du vielleicht Angst, dass wir Alkohol trinken?"

„Könnte ja auch passieren."

„Nein, versprochen. Außerdem passt Herr Kringel, unser Lehrer, doch auf."

„Wie soll er denn auf so eine große Meute aufpassen?"

„Wir sind doch nur zu sechst. Sechs Mädels, Alexandra darf auch. Es kommen auch bestimmt keine Jungen. Bitte."

Auch das noch, schießt es Claudia durch den Kopf. Er lädt sich also nur Mädchen ein. Wie praktisch. Die einen füllt er dann mit Alkopops ab. Zeugen beseitigen. Und mit den anderen vergnügt er sich. Das kann ich nun wirklich meiner Tochter nicht erzählen. Die hält mich für verrückt.

Vielleicht sollte man doch als Mutter mitgehen. Um die Mädels zu schützen, verführt man den Klassenlehrer. Nein, geht auch nicht. Wie kommt man aus der Nummer bloß raus?

Mit zusammengezogenen Augenbrauen, die Stirn in Falten und auf Socken läuft Claudia den langen Flur auf und ab. Johanna läuft hinterher. So leicht gibt sie nicht auf. Im Gleichschritt schlendern sie auf und ab. Johannas triefnasses Haar tropft und hinterlässt eine Wasserspur auf dem Boden.

„Ich komme doch mit. Vielleicht freut er sich ja. Ich könnte ja die Grillmeisterin spielen."

„Hast du noch nie gemacht."

„Ist dann halt das erste Mal."

Allmählich wird es Johanna zu bunt. Aber sie versucht, etwas diplomatischer zu sein.

„Warum sind denn keine Jungen eingeladen?"

„Ich dachte, das würde dich vielleicht beruhigen."

„Nein. Äh, doch. Ich weiß auch nicht."

Johanna rollt mit den Augen. Mutter ist wohl etwas neben der Spur. Ein bisschen wirr im Kopf. Vielleicht Wechseljahre? Oder Überarbeitung?

Plötzlich fühlt Claudia, dass sie nasse Strümpfe hat.

„Igitt! Wie wär`s, wenn du dir endlich die Haare trocknest! Du hast gleich Schule."

Claudia schaut auf den Boden und erblickt die Wasserspur.

„Johanna, du sollst nicht in meine Fußstapfen treten."

Etwas bitter, mit einem Anklang von Ängstlichkeit und Sorge in der Stimme verweilen ihre Worte länger als gewöhnlich im Raum.

Johanna spürt, dass ihre Mutter etwas Wesentliches andeutet, ohne es wirklich auszusprechen.

„Was meinst du damit?"

„Nur so."

„Wie, nur so? Wünschen sich Eltern denn nicht, dass die Kinder in ihre Fußstapfen treten? Nur du nicht? Ich weiß nicht, wovon du sprichst. Mama, es geht einfach nur um Zelten und Grillen. Du tust so, als wenn es um einen Weltuntergang geht. Was soll ich denn gleich Herrn Kringel sagen? Er will wissen, wie viel Fleisch er kaufen soll."

„Ja, Frischfleisch!", entfährt es Claudia sichtlich entnervt, „Frischfleisch mögen sie immer und knusprig! Am besten schön, stramm und jung!" Sie rümpft die Nase.

„Mama, wird`s schlimmer? Was ist nur los mit dir? Ich verstehe überhaupt nicht, worum es geht. Du benimmst dich etwas sonderbar."

„Ich spreche mit Papa, ok? Und jetzt mach dich fertig für die Schule. Ich hab` dich lieb, mein Schatz."

Wortlos stapft Johanna ins Badezimmer. Claudia hört erneut den Duschstrahl. Wahrscheinlich spült Johanna die Dusche aus. Dann heult der Föhn auf.

Erschöpft lässt Claudia sich auf das Sofa fallen und schließt ihre Augen. Sie ist sich bewusst, dass ihr Verhalten nur merkwürdig erscheinen kann. Es tut ihr weh, Johanna zu enttäuschen. Vielleicht ist der Camping-Abend ja ganz harmlos. Wer weiß? Mit einmal fühlt sie sich so alt und fremd. Die Angst, ihre Tochter zu verlieren, nagt in ihrem Inneren. Ein paar gemeinsame Jahre unter einem Dach wird es wohl noch geben. Aber nach solchen Diskussionen, die sie unerträglich müde machen, fühlt sie eine schmerzliche Distanz zu ihrer Tochter, auf die sie jedes Mal mit Niedergeschlagenheit reagiert. Solche Auseinandersetzungen lassen sie die Endlichkeit umso deutlicher spüren.

Vielleicht sollte sie einfach die Erlaubnis geben und dann im Gebüsch mit dem Fernglas liegen? Und wenn sie dann entdeckt wird? Kaum auszudenken. Johanna würde sich kontrolliert fühlen und ihrer Mutter tagelang mit Gleichgültigkeit begegnen.

Nein, schweigend nebeneinander durch die Wohnung zu laufen, das wäre nicht zum Aushalten.

Und wenn dann doch etwas passiert beim Zelten? Wenn er sich an Johanna heran macht? Was dann? Claudia dreht sich mit dem Gesicht zur Wand. Ihr Magen schmerzt. Jäh setzt sie sich auf, als ihr ein neuer Gedanke durch den Kopf schießt. Vielleicht würde Johanna es ja sogar wollen? Nein! Sie versucht, den Gedanken wieder fort zu schieben. Aber wie es nun einmal ab und zu mit unliebsamen Gedanken ist – kaum, dass sie auftauchen, wird man sie so schnell nicht wieder los. Wie kleine Kobolde, die immer ans Fenster klopfen; besonders gern nachts, wenn man schlaflos im Bett liegt und die Laken zerwühlt.

Die Kaffeekanne zischt leise vor sich hin. Eine Fliege surrt im Raum, setzt sich auf das letzte Brötchen im Korb. In der Wohnung riecht es nach Duschgel. Die Badezimmertür quietscht. Richard hatte sie noch ölen wollen, bevor er nach Hamburg fuhr.

Johannas Schritte nähern sich dem Wohnzimmer, doch kurz davor entfernen sie sich wieder und Claudia hört, wie ihre Tochter in ihrem Zimmer den Tornister schließt.

Dann lugt sie um die Ecke.

„Mama, ich gehe jetzt. Bis später."

„Warte, ich begleite dich zur Tür."

„Musst du nicht. Ich kenne den Weg."

Ehe sie ihre Tochter erreicht, fällt schon die Tür ins Schloss.

„Johanna!"

Claudia rennt zum Fenster, reißt die Vorhänge hektisch zur Seite, öffnet das Fenster in der Hoffnung, Johanna noch zu entdecken.

„Johanna!"

Da blickt sie vom Bürgersteig hoch zu ihrer Mutter. Sie hätte besser eine wärmere Jacke angezogen. Es ist doch morgens noch so kalt. Nebelschwaden erheben sich über den Baumwipfeln. Johannas Atem verteilt sich in der Luft. Ihr Blick ist immer noch grimmig. Doch als sie ihre Mutter in der Fensteröffnung erspäht, mit diesem Gesichtsausdruck, der von Traurigkeit und Verletzlichkeit spricht, da hebt sie ihren Arm und winkt.

Noch früh ist der Morgen. Bis zum Dienstantritt verbleiben noch ein paar Stunden. Eigentlich hatte sie sich vorgenommen, noch etwas einzukaufen, aber das hatte sich jetzt erledigt. Als sie durch den Flur geht, erinnert sie sich an die Wassertropfen auf dem Laminat. Und tatsächlich sind die Tropfen noch   immer zu sehen. Johannas Spuren. Auch wenn es manchmal lästig ist, so würde doch etwas fehlen, wenn Johanna keine Spuren hinterlassen würde.

Welche Spuren gibt es bisher von ihr – in dem Leben ihrer Eltern und im Leben anderer Menschen?

Und welche Spuren hatte sie, die Mutter, in ihrer Tochter hinterlassen?

Bei allen Sorgen, die sich um ihre Tochter ranken, so weiß sie doch, dass sie sich davor hüten muss, unüberlegt ihre eigenen Erfahrungen auf sie zu übertragen.

Ähnliches muss nicht identisch sein.

Claudia kniet sich vor ihre Stereo-Anlage, drückt den Einschaltknopf und wartet, bis die Anzahl der Lieder im Display angezeigt wird. Sie überspringt das erste Lied und drückt den Startknopf: Josie.

*„ Wenn andere froh sind, ist sie traurig und ihre Freundin ist die Nacht. Und sie träumt oft tagelang mit dem Wind, wenn er von Süden kommt. Und Sehnsucht klingt in der Stimme, wenn sie lacht ... "*

Von wem spricht Peter Maffay bloß?

Wie auch immer, er singt sehr einfühlsam.

Sie öffnet das Fenster zum Garten, legt die kuschelige, warme Decke vom Sofa auf die Fensterbank, greift nach ihren Zigaretten und setzt sich auf die Decke. Tief inhaliert sie die ersten Züge der Zigarette, genießt die morgendliche Ruhe, lauscht den verschiedenen Vogelstimmen und der Musik, die die Bilder ihrer Jugend herauf beschwört.

Manchmal kommt es ihr so vor, als habe sie in jener Zeit intensiver gelebt, irgendwie besser, näher dran am Puls des Lebens. Jetzt hingegen vermisst sie die Intensität des Gefühls. Das Leben mit seinen unzähligen und auch vorhersehbaren Situationen erscheint ihr wie eine Aneinanderreihung von Stippvisiten in schneller Aufeinanderfolge. Und je schneller man geht, desto weniger sieht man. Je weniger Zeit man damit verbringt, ein schönes Erlebnis auf sich wirken zu lassen, weil ein Termin den anderen jagt, desto weniger kann sich das Schöne im Inneren verankern. Häufig denkt man eher in zwanghaften Wiederholungsschleifen über das Negative nach, über das, was beängstigt und unzufrieden macht. Wieso eigentlich?

Wieso denkt man nicht immer wieder über das Erfreuliche nach, über all die positiven Dinge oder Erlebnisse voller Poesie, die einem begegnen, wenn man seinen Blick dafür schärft.

Das laute Zuknallen einer Tür reißt Claudia aus ihren Gedanken. Es ist die Terrassentür eines Nachbarn, der rechts im Nebenhaus wohnt. Ein Mann mit langem Haar und Pferdeschwanz läuft am Gartenzaun entlang mit der Heckenschere in seinen Händen. Er legt sie auf den Rasen. Dann geht er zurück zum Haus, wobei er Claudia im Fenster sitzen sieht. Seine Verwunderung erkennt sie an seinem plötzlichen Innehalten, einer minimalen Unterbrechung seines Bewegungsablaufes. Dann winkt er, lächelt ihr zu und geht weiter. Wie immer. Man sieht sich, spricht nicht viel miteinander und geht weiter.

Wäre das Leben ein Computerspiel, käme diese Reaktion einem einfachen Klick mit der Maus auf die Zielperson gleich. Würde man einen Doppelklick machen, käme ein echter Dialog zustande.

Ein Doppelklick ist meistens nicht erwünscht. Bevor man ein zweites Mal klicken könnte, ist der andere schon davon geeilt.

Als das Lied *Josie* zu Ende ist, hält Claudia die Fernbedienung in Richtung der Stereoanlage und drückt auf *Repeat*.

Und wieder taucht sie ein in die Welt vergangener Träume.

Wie lange es schon her ist, dass sie die Lieder von Peter Maffay zum ersten Mal hörte. Eine Ewigkeit. Auf dem Boden ihrer Strumpfschublade liegen ihre Tagebücher. Seit Jahren hat sie nicht mehr darin gelesen. Aber heute Abend wird sie es tun.

Wie gut, dass Richard noch in Hamburg ist. Dann kann man wenigstens sehnsüchtigen Erinnerungen nachhängen. Sein neuer Job lässt keine Zeit für die Erfüllung von Sehnsüchten.

Um zwölf Uhr am Mittag betritt Claudia das Schwesternzimmer. Der Stationspfleger Jens und die junge Kollegin Vanessa hocken auf dem Fußboden und sammeln Tabletten auf.

„Sie hat ein ganzes Tablett fallen lassen. Stell dir vor! Jung und zu schwach, ein Tablett zu halten."

Vanessa schaut nur kurz auf, seufzt, kriecht sogar unter den Tisch und sucht in der letzten Ecke.

„Wo sind denn die anderen?", will Claudia wissen.

„Tina wechselt Verbände und Uschi ist bei dem Alten. Du hast gestern vergessen, noch mal zu ihm zu gehen."

„Oh, stimmt. So ein Mist. Keine Zeit. Woher weißt du das?"

„Tja, Jens weiß alles. Nein, als ich später noch einmal bei ihm war, lag er im Bett, sah ziemlich traurig aus und sagte, Schwester Claudia wollte doch noch einmal kommen. Du hast einen Stein im Brett bei ihm."

„Hm."

Vanessa steht vom Boden auf und wirft die Tabletten in den Müll.

„Was machst du da?", ruft Jens.

„Siehst du doch!"

„Die kann man doch noch gebrauchen."

„Wie bitte?!" Entsetzt schüttelt Claudia den Kopf.

„Wieso, wir müssen doch sparen, sparen, sparen. Ach, ich kann es bald selbst nicht mehr hören! Ein bisschen Staub im Magen kann nicht schaden."

Vanessa schaut Claudia aus geschwollen Augen an, nur kurz, bevor sie aus dem Dienstzimmer jagt mit der Bemerkung, sie müsse mal eben zur Toilette. Beim Rausgehen flattern die Befunde auf dem Tisch. Schnell entfernen sich ihre Schritte auf dem Flur. Jens vergräbt seinen Kopf im Medikamentenschrank.

„Ich muss die Tablettendosen neu befüllen. Hätte eigentlich auch Vanessa machen können. Ist ein bisschen sensibel die Dame."

Claudia wirft einen Blick auf die Befunde und die Dokumentationen.

„Ach du je, Frau Zesabuk hatte wieder Spitzenwerte von 180/130 und Puls 150. Wie ist das nur möglich? Und eine Stunde davor 130/85 und wieder eine halbe Stunde davor 130/80. Das verstehe ich einfach nicht. Um ein Uhr machen wir Übergabe, ja? Ich gehe mal eben zu Herrn Groß."

Auf dem Weg zu dem alten Herrn kommt sie an der Toilette vorbei. Vorsichtig öffnet sie die Tür und steckt den Kopf hinein. Ein Geruch von Desinfektionsmittel, Seife und Zigarettenrauch und im Hintergrund, kaum zu hören, ein leises Schluchzen und Naseschniefen.

„Vanessa?"

„Ja? Ich bin hier hinten."

„Alles in Ordnung?"

„Wieso fragst du?"

„Du weinst."

„Ist doch egal. Ich komme gleich."

„Wenn du etwas brauchst, sagst du es mir, ja? Du kannst mit mir reden, ok?"

„Ist gut."

"Hat es mit Jens zu tun?"

„Wie kommst du denn darauf?"

„Naja, war dicke Luft im Dienstzimmer."

„Ist doch immer dicke Luft, oder etwa nicht?"

Die Kabinentür quietscht beim Öffnen. Vanessa geht zum Waschbecken, dreht den Wasserhahn auf, ohne Claudia weiter zu beachten, greift nach den Papiertüchern und wirft sie zerknüllt in den Abfalleimer. Als sie das Desinfektionsmittel in den Händen verteilt, schaut sie zu Claudia. Sie lächelt zaghaft.

„Vanessa, geht's wieder?"

„*Ich* komme schon klar."

Sie zupft ein weiteres Papiertuch aus dem Spender und putzt sich die Nase.

„Wieso betonst du das so? Wer kommt denn *nicht* klar?"

„Mach die Augen auf! Mach doch einfach mal deine Augen auf!", brüllt Vanessa.

„Was ist mit dir und Jens?"

Vanessa hält sich mit beiden Händen am Waschbecken fest und starrt hinein.

„Muss ich es dir wirklich erklären? Ich bin die Jüngste hier."

Mehr zu sich selbst fügt sie leise hinzu: „Der macht mich kalt."

„Was hast du da gerade gesagt? Vanessa, bitte! Was geht hier vor?"

„Dieser Kerl hat doch nur eins im Kopf. Überall und zu jeder Zeit. Ein Nein existiert für ihn nicht."

Vanessa tritt ganz nah an Claudia heran. Fast berühren sich ihre Nasenspitzen. Sie kann Claudias Atem spüren. Jetzt ist es ihr gleichgültig, dass ihre Wimpern vom Weinen verklebt sind und der Kajal verwischt. Im Weggehen tippt sie Claudia mit dem Finger an die Stirn.

„Denk nach. Du musst es tun."

Leise fällt die Tür ins Schloss.

Herr Groß liegt im Bett und schaut Fernsehen, als Claudia sein Zimmer betritt. Er schaut eine von den Talk-Shows, bei denen sich die Leute bei laufender Kamera freiwillig für Geld blamieren. Als sie die Türe schließt, schaltet er den Fernseher aus.

„Ich hatte Sie schon früher erwartet."

Claudia kann an dem Klang seiner Stimme nicht genau erkennen, ob es sich um einen Vorwurf, eine einfache Feststellung oder aber um einen Ausdruck von Traurigkeit handelt.

„Tut mir leid. Ich habe es leider nicht geschafft. Wie geht es Ihnen heute?"

„Geht so. Der Stationsarzt war heute hier, habe seinen Namen vergessen."

„Dr. Michels."

„Ich will nach Hause."

„Man hat Sie ohnmächtig im Park gefunden. Und ich glaube, dass Sie krank sind und medizinische Hilfe brauchen."

„Wen interessiert´s?"

Claudia setzt sich auf die Bettkante und streckt ihre Beine aus."

„Haben Sie eigentlich keine Angehörigen?"

„Meine Frau ist zu Hause. Ich habe vorhin angerufen, aber sie war nicht da."

„Soll ich es nachher noch einmal für Sie versuchen?"

Seufzend, als habe er eine Last zu tragen, schließt er für einen kurzen Moment seine Augen, bevor er zu sprechen ansetzt.

„Sie sind so freundlich. Danke auch für die Brille."

„Ich habe Ihnen etwas mitgebracht, eine Zeitschrift und Sudoku-Rätsel."

„Die kenne ich."

„Was war eigentlich gestern los mit Ihnen? Warum wollten Sie nicht mit uns sprechen? Sehen wir so fürchterlich aus?"

„Nein, Sie zumindest nicht."

„Wer denn?"

„Der Vampir."

„Der Vampir?"

Claudia kratzt sich an der Stirn.

„Ja. Ihr Kollege. Er hatte mindestens drei Spritzen dabei und wollte mir das Blut absaugen."

„Das ist seine Aufgabe. Wir müssen Ihr Blut untersuchen."

„Können Sie das nicht machen?"

„Von mir aus. Ich bin aber nicht immer im Dienst. Hat er denn noch kein Blut von Ihnen?"

„Nein."

„Na, Sie sind mir einer. Also, warum haben Sie gestern nicht mit uns gesprochen?"

„Keine Ahnung."

Die senkrechte Stirnfalte zwischen seinen Augenbrauen tritt noch deutlicher hervor. Unruhig blicken seine Augen von links nach rechts und wieder nach links, als sei ihm etwas Wichtiges eingefallen, über das er aber nicht reden möchte. Er senkt seinen Kopf und schweigt.

Vorsichtig legt sie ihre Hand auf seine, streicht mit ihrem Daumen über seinen Handrücken, fühlt die dicken, blauen Adern, die sich wie kleine Flüsse unter seiner Haut abzeichnen.

„Ich mag Ihre Schritte auf dem Flur. Sie klingen so beruhigend. Jetzt halten Sie mich für verrückt, nicht wahr? Ein Alter, der den Verstand verloren hat."

„Aber nein!", versucht Claudia ihn zu besänftigen, „das denke ich nicht."

„Was denken Sie denn?"

„Dass Ihnen irgendetwas Kummer macht."

„Sprache mag zwar wichtig sein. Manchmal aber verschleiert sie mehr, als sie offenbart. Achten Sie mal auf das, was sich zwischen den Zeilen zeigt. Hören Sie mal auf die Schritte Ihres Kollegen und darauf, wie er die Türe öffnet oder schließt."

„Und dann? Worauf wollen Sie hinaus?"

„Tun Sie es, bitte."

„Ja. Ich tu's. Jetzt muss ich Ihnen aber mal Blutdruck messen und Puls fühlen."

Stumm reicht er ihr seinen Arm, wendet sein Gesicht zur Wand, als habe er mit dieser Angelegenheit nichts zu tun. An seinem Hinterkopf kringeln sich ein paar weiße Locken. Er hat also geduscht, überlegt Claudia.

„160/100. Puls 98. Ein bisschen viel. Müssen wir runter kriegen."

„Ich habe eine Tochter, die ist ungefähr so alt wie Sie."

„Vielleicht kommt sie Sie ja besuchen?"

„Ja, vielleicht. Vielleicht auch nicht."

„Der Doktor möchte eine Darmspiegelung mit Ihnen machen."

„Muss das sein?"

Sein Blick verfinstert sich.

„Haben Sie Angst?"

Claudia tätschelt seine Hand.

„Es gibt schönere Dinge im Leben."

„Wir geben Ihnen etwas zur Beruhigung. Dann geht es schon. Sie merken von der Untersuchung dann gar nichts. Wenn Sie wach werden, ist alles vorbei."

„Es ist niemals vorbei.", sagt er nur flüsternd, mehr zu sich selbst.

„Ich komme später noch mal zu Ihnen."

„Wirklich?"

„Versprochen."

„Danke."

Erst im Rausgehen, als sie bereits auf dem Flur ist und die Tür leise hinter sich zuzieht, hört sie eigentlich, was er zu ihr gesagt hat, als seien erst jetzt, sozusagen mit zeitlicher Verzögerung, seine Worte vom Ohr ins Gehirn gelangt.

*Es ist niemals vorbei.*

# Kapitel Zehn
## Sommer 1980

An dem Morgen nach ihrem vierzehnten Geburtstag ist Claudia bereits beim Aufwachen aufgeregt. Eine unbekannte innere Unruhe treibt sie bereits um fünf Uhr aus dem Bett. Langsam, um möglichst leise zu sein, zieht sie den Rollladen hoch, öffnet das Fenster und stützt sich mit den Unterarmen auf der Fensterbank ab. Noch ist es ganz still in den Gärten und auch im Haus. Auf dem Rasen liegt eine Cola-Flasche, daneben ein Aschenbecher, noch von der Party übrig geblieben. Ihr Zigarettenfilter hängt noch immer im Rosenstrauch. Unwillkürlich huscht ein Lächeln über ihre Lippen. Am Treppengeländer des Kelleraufgangs lehnen sechs rote Klappstühle und zwei Klappsessel, die ihr Vater für die Geburtstagsfeier nach oben getragen hat, auch wenn es sehr mühevoll für ihn war. Noch schläft er, wie auch der Rest der Familie. Eine gute Zeit, um in aller Ruhe die erste Zigarette zu rauchen. Flink fischt Claudia die Zigaretten aus ihrem Mauerversteck, setzt sich mit ausgestreckten Beinen auf die Fensterbank mit dem Rücken an die geöffnete Fensterscheibe. Ihre Gedanken wandern zu Herrn Belt, der ihr gestern zum Geburtstag gratuliert hat und der ihr heute eine kleine Überraschung geben möchte. Nur wie? Wie will er das denn unbemerkt schaffen? Oder ist es ihm egal, wenn die Mitschüler etwas sehen?

An dem Haus gegenüber wird die Eingangstür geöffnet. Der Nachbar kommt heraus mit einer Aktentasche aus hellem, aber bereits speckigem Leder unter dem linken Arm, eine Fernbedienung für seine Garage am Schlüsselbund in der rechten Hand. Beim Laufen bewegt er seinen Kopf wie die unzähligen Tauben, die vor der Herz-Jesu-Kirche auf der

Marktstraße hin und her tippeln. Rhythmisch surrend rollt sein Garagentor hoch und gibt langsam den Blick frei auf seinen liebsten Schatz, dem er jedes Wochenende mehr Zeit widmet als seiner Frau. Auf einem bunt gemusterten Teppich mit gekämmten Fransen steht sein englischroter Mercedes mit glänzenden Chromstoßstangen.

Damit das Fensterleder, mit dem er seinen Wagen auf Hochglanz bringt, stets den richtigen Feuchtigkeitsgrad aufweist, kommt sogar eine Auswringmaschine mit Handkurbel zum Einsatz.

Claudia bemerkt er nicht. Sie schnipst den Stummel ihrer Zigarette ins Blumenbeet. Die Glut fällt heraus und segelt direkt vor die Terrassentür. Nervös gleitet Claudia von der Fensterbank. Dann drückt sie das Fenster ein Stück weit zu, damit sie an die kleine Höhle in der Wand heran kommt. Tief verschwindet ihre Hand in der Öffnung, um die gesammelten Zettel von Herrn Belt heraus zu nehmen, die sie mit einem schwarzen Band aus Samt zusammen gebunden hat. Ihr Herz schlägt bis zum Hals, als sie die Schleife löst und sich wieder ans Fenster setzt. Immer wieder, fast jeden Tag liest sie seine Briefchen. Ihre Augenlider flattern. Ihre Finger zittern, als sie die einzelnen Zettel auseinander faltet. Sie fröstelt, unter ihren Armen bildet sich Schweiß, jedes Mal aufs Neue, sobald sie sich seinen heimlichen Botschaften widmet.

Die letzte Nachricht, die Einladung zum Kino, legt sie zunächst zur Seite. Sie beginnt mit dem ersten kleinen Briefchen, das er ihr mit dem Hausaufgabenheft übergeben hatte. Manchmal sammelt er die Hefte ein, um sie zu kontrollieren, eine gute Möglichkeit für ihn, unauffällig zu kommunizieren.

*Dein Heft ist besonders gut gelungen. Und Du hast eine sehr schöne Schrift – ein hübsches Mädchen mit einer schönen und eigenwilligen Schrift.*

Den zweiten Zettel bekam sie mit der Klassenarbeit.

*Du hast eine ungewöhnlich sensible Schilderung geschrieben, ein bisschen traurig vielleicht. Ich würde Dir gerne deine Traurigkeit nehmen und Dich etwas aufmuntern.*

Die dritte Nachricht überreichte er ihr früh morgens vor der ersten Schulstunde auf der Treppe, wo er sie schon erwartet hatte. Mittlerweile wusste er, mit welchem Bus und zu welcher Uhrzeit sie ankam. In dem hektischen Gedränge im Treppenhaus, wenn jeder nur damit beschäftigt ist, pünktlich zum Unterricht zu kommen oder man noch schnell seinem Schulfreund etwas Wichtiges mitteilen möchte, denkt sich niemand etwas, wenn ein Lehrer und seine Schülerin ein paar Worte miteinander wechseln. Das gehört zum Alltagsbild.

Alle schauen zu und keiner sieht etwas.

Erst zu Hause hat sie sich den dritten Brief vorgenommen. Er fühlte sich dicker an, hatte also vermutlich mehr Text.

Sie schloss sich in ihrem Zimmer ein, setzte sich im Schneidersitz auf den Fußboden. Diesmal war es ein cremefarbenes Briefpapier, das nach Rosenwasser roch. Hinterher wusste sie nicht, ob es der Duft nach Rosen war, der Text oder die     Flasche Bier und die vielen Zigaretten – der Schwindel wollte einfach nicht aufhören. Sie legte sich aufs Bett und döste vor sich hin.

*Ich wünschte, wir hätten mehr Zeit füreinander. Gib mir doch mal eine Antwort, bitte. Schreib mir doch auch etwas. Ich denke oft an Dich.*

Auch am heutigen Morgen, genauso wie zu dem Zeitpunkt, als sie die Briefchen jeweils das erste Mal gelesen hatte, weiß sie nicht, wie sie darauf reagieren soll.

Jede Antwort, die sie bisher geschrieben hatte, hatte sie kurz darauf wieder zerrissen und in der Toilette fort gespült. Nichts war gut genug.

Was erwartet er nur? Wem könnte man sich anvertrauen? Niemand fällt ihr ein. Dass er Ärger bekommen würde, wenn es heraus käme, ist ihr sehr bewusst und das möchte sie auf keinen Fall. Und sie spürt, dass er ihr irgendwie auch gut tut, auch wenn sie sich ein bisschen vor ihm fürchtet.

Claudia schaut zur Uhr. Gleich würde der Wecker der Eltern klingeln. Es verbleiben noch fünfzehn Minuten, noch Zeit genug, um etwas ins Tagebuch zu schreiben. Vielleicht geht es dann etwas besser. Vielleicht nimmt dann der innere Druck ab, dieses Gefühl, als könnte man es nicht mehr aushalten. Sie klappt das Tagebuch auf und schreibt.

*06.07.1980*
*Schade, dass du nicht zu mir sprechen kannst, mein Tagebuch. Ich brauche so dringend ein paar Antworten, aber ich kann niemanden fragen. Was macht man nur, wenn der Mensch, der gut zu einem ist, der so schöne Dinge sagt, gleichzeitig derjenige ist, der einem Angst macht und vor dem man weit weg laufen möchte? Belt möchte mit mir ins Kino und Eis essen. Wo soll das nur hinführen? Ich finde ihn ja auch ganz nett, aber irgendwie ist das komisch.*

*Im Unterricht meine ich immer, die anderen starren mich an. Die merken doch bestimmt irgendetwas. Nachher sind sie neidisch oder verraten uns. Ich habe kürzlich meine Buntstifte im Unterricht durchgebrochen. Die Spannung ist unerträglich. Ich habe Kopfschmerzen. Am liebsten würde ich zu Hause bleiben. Ich weiß einfach nicht, was ich ihm schreiben soll.*

Wie erwartet, klingelt um sechs Uhr der Wecker ihrer Eltern. Schnell klappt sie das Tagebuch zu und verlässt ihr Zimmer. Auf dem Flur begegnet sie ihrer Mutter.

„Du bist ja schon wach. Wie kommt's?"

„Weiß ich auch nicht. So kann ich vor der Schule in Ruhe frühstücken. Ist Papa im Badezimmer?"

„Ja. Dauert aber nicht mehr lange."

„Soll ich zum Bäcker laufen und Brötchen holen?"

„Mensch, das wäre super! Geld liegt in der Schublade im Esszimmer."

Schnell zieht sie Jeans und Pulli an, wirft den Schlafanzug auf das Bett und stürmt nach unten.

„Bin gleich wieder da!"

Schon knallt die Tür ins Schloss. Claudia rennt die Straße entlang, an den Häusern der Nachbarn vorbei. Ludger Saum holt die Zeitung aus dem Briefkasten, winkt und ruft.

„Bist du heute Nachmittag am Damm?"

Niemals sprechen sie das ganze Wort *Bahndamm* aus, wenn jemand zuhören könnte.

„Mal sehen. Vielleicht."

Sie winkt zurück, als sie um die Ecke biegt.

Die klare Luft tut gut. Die Bewegung schafft Erleichterung. Allmählich weicht die Unruhe.

Am liebsten würde sie den ganzen Morgen joggen, spazieren gehen und sich irgendwo hinsetzen, draußen in der Natur, um allein zu sein. Oder mit dem Fahrrad zum Ruhrpark fahren und an der Ruhr entlang wandern und sich ins Gras setzen, die Augen schließen, mit dem Wind träumen. Schon oft ist sie dort gewesen. Sie liebt die naturbelassene Landschaft, den Deich, die saftigen, grünen Wiesen, die Kühe und Pferde, die immer wieder mal dort weiden und den stillen Fluss, an dem sie häufig schon allein oder auch mit Freunden gesessen hat an gemeinsamen Abenden, wenn das Licht allmählich weicher wurde und die länger werdenden Schatten über die Wiesen wanderten. Dann schworen sie sich ewige Freundschaft und sie teilten ihre Zigaretten ebenso wie ihre Geheimnisse.

An einem besonders heißen Tag in der letzten Woche vor ihrem Geburtstag saß Claudia auf einer Bank am Deich, dachte nach und rauchte. Doch es war unmöglich, einzelne Gedanken festzuhalten und zu Ende zu denken. Da schloss sie ihre Augen und überließ sich dem warmen Wind, der unerhörte Geschichten zu ihr trug. Seitdem wurde sie sie nicht mehr los. Immer wieder, wie Flaschengeister tauchen sie auf, diese Gedanken, die sich zu Erzählungen verdichten, so auch an diesem Morgen, an dem sie zum Bäcker rennt, um die Unruhe zu mildern. Als sei es möglich, vor sich selbst davon zu laufen. Niemals würde sie darüber sprechen können.

Manche Geheimnisse werden niemals geteilt. Sie machen dich zu etwas Besonderem. Sie trennen dich von anderen.

Als Claudia die Alstadener Straße überquert und sich der Bäckerei nähert, kommt Rüdiger mit einer Tüte Brötchen aus dem Geschäft. Sein schwarzes Sportrad lehnt an der Fensterscheibe. Ein Fuchsschwanz hängt an seinem Gepäckträger.

„Hallo Claudia. Was machst du denn hier?"

„Wahrscheinlich das Gleiche wie du."

„Was hältst du davon, wenn ich dich nachher mit dem Fahrrad abhole?"

„Gern. Gute Idee."

„Dann bis später."

„Ja. Bis später."

Als es an der Tür klingelt, während sie mit den Eltern und ihrem Bruder beim Frühstück sitzt, beißt Claudia gerade ins zweite Brötchen. Ihre Mutter steht vom Tisch auf, um die Tür zu öffnen.

Claudias Vater schüttelt den Kopf, als er Rüdigers Stimme erkennt.

„Jetzt kann man noch nicht einmal mehr in Ruhe frühstücken!"

„Doch kannst du. Ich bin jetzt weg."

Sie wirft das angebissene Nutella-Brötchen auf den Teller, trifft dabei das Messer, das auf den Tisch rutscht und einen süßen, klebrigen braunen Klecks auf der Tischdecke hinterlässt.

„Lass es dir schmecken, Papa. Guten Appetit. Wenn du willst, kannst du mein Brötchen gleich auch noch essen!" Sie schubst den Stuhl weg und rennt aus dem Zimmer.

Noch bevor er antworten kann, ist sie längst verschwunden.

„Hallo Rüdiger. Ich bin gleich fertig. Komm doch mit nach oben. Ich muss noch Zähne putzen und den Tornister holen."

Sie rast an ihrer Mutter vorbei, die ratlos im Flur steht, hinter ihr her schaut und nicht weiß, was sie sagen soll.

Im Esszimmer schimpft noch immer der Vater. Einzelne Worte kann man nicht erkennen. Sein Tonfall genügt.

Kurz darauf rennt Tim ebenfalls durch den Flur an ihr vorbei, lässt sie ohne ein Wort am Treppenabsatz stehen. Sekunden später dröhnt laute Musik durchs Haus, *The Wall* von Pink Floyd.

Frieda stürmt die Treppe hinauf.

„Tim, mach sofort die Tür auf!"

„Ja", brummt er.

„Mach doch die Musik leiser! Oder willst du, dass Papa gleich nach oben kommt?"

„Nee. Muss nicht sein. Der tickt doch nicht richtig!"

„Was hat er denn gesagt? Warum bist du weggelaufen? Jetzt mach endlich auf!"

„Ach, Mama. Ich möchte seine Worte nicht wiederholen. Wie hältst du es nur mit ihm aus? Und Claudia tut mir leid. Ihr solltet besser auf sie Acht geben."

„Tim!"

Heftig schlägt sie gegen seine Tür.

„Ja, Mama."

„Er meint es doch nicht so."

„Dann soll er doch den Mund halten!"

Währenddessen kommt Claudia mit Rüdiger aus ihrem Zimmer, den Tornister auf dem Rücken.

„Tim?", ruft sie laut.

„Ja, Claudia."

„Heute Nachmittag *Damm*?"

„Gut möglich."

„Sagt mal Kinder, wovon redet ihr eigentlich?"

„Nichts für neugierige Mütter.", entgegnet Claudia.

Ihr Vater steht mittlerweile im Flur, hält sich am Geländer fest und lauscht dem Gespräch, als seine Tochter mit Rüdiger nach unten kommt.

„Hallo Rüdiger."

„Guten Morgen."

„Ist nett, dass du Claudia abholst."

„Wir fahren mit dem Fahrrad. Claudia ist ganz stolz auf ihr neues Rad."

„Was? Ihr wollt mit dem Rad zur Schule? Claudia, das geht aber nicht. Nachher wird es noch gestohlen."

„Komm Rüdiger, lass uns gehen, bevor ..."

„Bevor was, mein Töchterchen?"

Doch sie ist längst entwischt. Beim Rausgehen, kurz bevor Rüdiger die Tür schon ins Schloss zieht, stößt er sie noch einmal auf und blickt in das verblüffte Gesicht von Claudias Vater.

„Auf Wiedersehen, ich pass schon auf, dass dem Rad nichts passiert."


Stumm radeln sie zur Schule, den Radweg an der Parallelstraße entlang, im Schatten der Sträucher, die am Bahndamm wachsen.

„Was war denn bei Euch heute los?"

„Heute? Ach, lass uns von etwas anderem sprechen. Möchtest du auch eine Zigarette?"

„Da sag ich nicht nein."

Claudias Bremsen quietschen.

Rüdiger kommt direkt neben ihr zum Stehen. Sie zieht ihre Camel aus der Jackentasche, reicht ihm die Schachtel. Dann das Feuerzeug. Beides gibt er sogleich zurück.

„Ich habe heute gar keine Lust auf Schule. Würde am liebsten blau machen."

„Lass dir die Stimmung nicht so vermiesen. Was meintest du eigentlich vorhin mit Damm?"

„Du kannst gerne mitkommen. Wir treffen uns oft mit Freunden am Bahndamm, wenn wir einfach mal untertauchen wollen."

„Warum nicht? Wann denn?"

„Heute so um vier Uhr."

„Jetzt lächelst du wenigstens ein bisschen. Lass uns weiter fahren, sonst kommen wir noch zu spät. Na, komm schon. Wir schwänzen nicht."

Herr Belt wartet schon vergebliche zehn Minuten auf Claudia. Erst jetzt, kurz vor dem Läuten zur ersten Schulstunde, entdeckt er sie vom Fenster in der ersten Etage aus am Schultor mit ihrem Fahrrad. Neben ihr ist Rüdiger. Kein Zweifel. Sie sind zusammen mit dem Rad gekommen. Er will ihn nicht wahrhaben, diesen Stich, den er spürt beim Anblick von Rüdiger. Ist wohl nur der Magen, etwas Sodbrennen, sonst nichts. Dieser Junge kann ihm doch das Wasser nicht reichen, beruhigt er sich. Was kann er denn dem Mädchen schon bieten?

In seiner Hosentasche fühlt er die Überraschung, das Geschenk für Claudia, eine kleine Weltkugel als Schlüsselanhänger.

Er will derjenige sein, der Claudia die Welt zeigt, nicht so ein Grünschnabel wie Rüdiger. Mit diesem Gedanken wendet er sich vom Fenster ab und geht zügig ins Lehrerzimmer, um seine Unterlagen zu holen. Den Morgengruß seiner Kollegen überhört er.

Als er das Klassenzimmer betritt, sitzt Claudia im Schneidersitz auf der Fensterbank mit einem Brötchen in der Hand. Gedankenverloren schaut sie zum Fenster hinaus. Sie bemerkt ihn nicht. Erst als er ihren Namen sagt, zuckt sie zusammen und springt von der Fensterbank, stopft das Brötchen in den Frühstücksbeutel, läuft zu ihrem Stuhl und setzt sich.

„Ich möchte heute mit euch über die Klassenfahrt sprechen."

„Wo fahren wir denn nun eigentlich hin?", will Rüdiger wissen.

„Nach Koblenz. Darüber haben wir aber auch schon mal gesprochen, mein Junge."

Claudia wundert sich über den gereizten Tonfall von Herrn Belt. Sie wirft Rüdiger einen Blick zu, zwinkert mit dem rechten Auge. Er trommelt mit seinen Fingern auf dem Tisch, zieht die Augenbrauen zusammen und starrt den Lehrer an.

Markus, ein übergewichtiger Schüler, der gern in der letzten Reihe sitzt, meldet sich zu Wort:

„Wir fahren in die Jugendherberge, Rüdiger. Hoffentlich schmeckt das Essen."

Gelächter in der Klasse. Papierkügelchen fliegen zur Tafel.

Herr Belt nutzt die Gelegenheit, um Claudia zuzulächeln. Mit ihrem Kugelschreiber zeichnet sie Figuren in ihr Heft, Strichmännchen, Hügel, Sonne, Pferde und ein Herz im Gras. Ihre Gedanken fliehen immer wieder zum Fenster hinaus. Sie lauscht dem Klassengespräch nur zur Hälfte, ein Gemurmel im Hintergrund, als habe jemand die Geräusche ausgeblendet.

Herr Belt sitzt auf dem Pult, pendelt mit seinem linken Bein. Verstohlen tastet sie mit ihren Augen seinen Körper ab. Unter seinem schwarzen Poloshirt zeichnet sich ein muskulöser Brustkorb ab. Die Knopfreihe ist geöffnet. Weit steht der Kragen auseinander. In ihrer Fantasie gleiten ihre Hände seine Brust entlang, den Hals hinauf und vergraben sich in seinem blonden, lockigen Haar. Er fängt ihren Blick ein. Sie kann ihm nicht entweichen. Für einen winzigen Augenblick schließt sie ihre Augen, träumt, zwirbelt an ihren Augenbrauen, öffnet ihre Lider. Mit seiner linken Hand rückt er seine fast rahmenlose Brille zurecht, umfasst das linke Glas mit Daumen und Mittelfinger, hebt sie leicht an und lässt sie wieder los. Dabei wendet er seinen Blick nicht ab, als schaue er direkt in sie hinein, in ihre Gedanken, die sie vor ihm verbergen will. Schau doch endlich fort. Bitte. Sonst merken es die anderen.

Mit seinen Fingern streicht er über seine Stirn. Feinsinnige Hände. Wie es sein mag, sie zu fühlen?

Ihr linker Fuß wippt wie von selbst. Ihre Nachbarin legt ihr die Hand aufs Bein.

„Hey. Komm mal runter. Was bist du denn so nervös?"

„Ja? Keine Ahnung. Nur so."

„Hast du wieder Geschichten in dein Heft gemalt?"

„Na klar. Ist so langweilig hier.", lügt sie.

„Gehen wir zusammen auf ein Zimmer?"

„Gern."

„Ich freue mich schon."

„Ich mich auch."

„Gleich haben wir Sport. Da kannst du dich austoben."

„Ja."


Das Schellen zur Pause ist eine traurige Erlösung. Endlich raus aus seinem Bann. Wie schade, dass er gleich fort geht.

Alle stürmen zur Tür hinaus, mit ihren Sporttaschen in der Hand. Nur Claudia bewegt sich langsam, sortiert ihre Gedanken beim Wühlen im Tornister, der auf dem Fußboden steht.

Da hört sie seine Schritte. Jetzt steht er direkt vor ihr. Adidas-Turnschuhe, blaues Wildleder mit drei roten Streifen erscheinen in ihrem Blickfeld, ihre Hände noch im Tornister, den Kronkorken von der Bierflasche zwischen ihren Fingern.

„Claudia."

Sie hebt ihren Kopf. Seine Stimme klingt weicher als im Unterricht, nicht mehr so nach Lehrer; ein Anklang von Vertraulichkeit.

„Die versprochene Überraschung. Hier, für dich."

Ihre Hand greift nach der kleinen Weltkugel, so groß wie eine Kugel Kaugummi an dem Kiosk zu Hause. Sie hängt an einem feinen Band aus braunem, geflochtenem Leder, daran ein Verschluss, um sie an einer Hosenschlaufe fest zu machen.

„Danke."

„Gefällt sie dir?"

„Ja. Sehr sogar."

„Ich freue mich aufs Kino mit dir."

„Ich mich auch. Herr Belt?"

„Ja?"

In der Tür erscheint plötzlich Rüdiger. Ungeduldig trommelt er mit seinen Fingern an dem Türrahmen.

„Wo bleibst du denn, Claudia?"

„Ich komme gleich. Geh schon mal zur Sporthalle."

„Mein Gott! Dann bis später!"

Wütend läuft er davon. Seine Schritte verhallen.

„Du wolltest noch etwas sagen?", beginnt Herr Belt erneut das Gespräch.

„Ach, schon gut. Ich muss jetzt gehen."

Ihre Hände schwitzen.

„Was machst du denn heute Nachmittag?"

„Hab eine Verabredung. Mit meinem Bruder."

„Na, dann lauf mal, sonst kommst du noch zu spät zum Sport."

„Sie sind so nett zu mir."

Er nickt stumm und wartet, bis sie den Raum verlassen hat.

Beim Rausgehen schließt er die Tür unnötig leise, als habe er Angst, jemanden aufzuwecken.

Rüdiger ist längst verschwunden. Claudia rennt die Treppen hinunter, doch kann sie ihn nirgendwo mehr entdecken. Erst im Untergeschoss in der Nähe der Umkleideräume sieht sie ihn auf dem dämmrigen Flur. Sein blondes Haar ist so hell, dass Claudia meint, es leuchte fast im Dunkeln. Sie ruft nach ihm. Nur kurz bleibt er stehen, schüttelt den Kopf, will sich schon weg drehen, besinnt sich eines anderen, dreht sich wieder um und macht einen Schritt auf sie zu.

„Was will der Knaller eigentlich von dir?"

„Gar nichts."

„Gar nichts?"

Seine grünen Augen funkeln.

„Er wollte nur wissen, was ich die ganze Zeit in mein Heft gemalt habe. Ob ich mich nicht für die Klassenfahrt interessiere."

Sie weicht seinem Blick aus.

„Ach so."

„Er war ein bisschen sauer. Sonst nichts."

„Damit kann man ja leben."

„Das sage ich mir auch. Kommst du heute zu mir? Dann zeige ich dir unseren Bahndamm."

„Ja. Gern. Um vier?"

„Ja."

*Es ist niemals vorbei.*

Was meinte Herr Groß nur damit? Den ganzen Nachmittag klingt dieser Satz in Claudias Gedanken nach. Um 17 Uhr nach dem sechsten Klingelzeichen hebt seine Frau endlich zu Hause den Hörer ab. Eine dünne, verschlafene Stimme und unzählige Tränen, als sie erfährt, dass ihr Mann im Krankenhaus liegt. Erleichterung, als sie hört, dass er sich ein bisschen erholt habe, er aber noch ein paar Tage bleiben müsse. Sie werde sich sofort ein Taxi nehmen und vorbei kommen, Wäsche, Kulturbeutel, Handtücher und etwas zum Lesen mitbringen.

Warum er sich denn nicht eher gemeldet habe? Claudia versichert ihr, dass er es längst versucht hatte. Dass er gestern Abend verstört war, verschweigt sie.

Adelheid Groß, eine schlanke Frau mit hochgestecktem, silbernen Haar, schwarzer Jeans und einem himbeerfarbenen Kaschmirpullover mit Rollkragen erscheint mit einer schweren, rot-blau karierten Reisetasche in der Tür zum Stationszimmer. Unter ihrem linken Arm klemmt eine Zeitschrift, der Spiegel.

„Guten Abend. Ich möchte gerne zu meinem Mann, Winfried Groß."

Erschrocken, weil er gerade Vanessa einen Klaps auf den Po gegeben hat, dreht sich Teamleiter Jens zu ihr herum.

Sie tut so, als habe sie nichts bemerkt. Aber Vanessas Gesichtsausdruck, in dem sich unverkennbare Wut spiegelt, verrät ihr, dass die beiden keine Beziehung zueinander haben und Vanessa sich belästigt fühlt.

„Er liegt auf Zimmer 111. Schwester Claudia ist gerade bei ihm."

„Junge Frau, wie geht es meinem Mann?"

„Ganz gut soweit. Am besten sprechen Sie mit Schwester Claudia und morgen mit dem Arzt."

„Oder mit Dr. Vanessa.", zischt Jens beim Verlassen des Dienstzimmers.

Verlegen schaut sie zu Boden.

Als Frau Groß das Zimmer betritt, schüttelt Claudia das Kopfkissen ihres Mannes auf und zieht das Bettlaken zurecht.

„Guten Tag. Wo ist denn mein Mann?"

„Huch. Ich habe Sie gar nicht herein kommen hören."

„So geht es vielen. Wo ist er denn nun?"

„Im Badezimmer. Zur Toilette. Er bekommt morgen eine Darmspiegelung."

„Oh Gott! Warum das denn?"

„Keine Bange. Nichts Schlimmes. Aber das kann er Ihnen gleich selbst erzählen."

„Ist gar nicht so einfach, etwas aus ihm heraus zu bekommen."

„Ich weiß."

Traurig setzt sich Frau Groß auf den Stuhl vor seinem Bett.

„Könnten Sie vielleicht darauf achten, dass er die restlichen zwei Liter mit dem Abführmittel trinkt.

Claudia zeigt auf eine große Kanne.

„Der Ärmste."

„Er wird schon wieder gesund. Ich lasse Sie beide jetzt alleine."

„Danke."

Frau Groß hört das Rauschen der Toilettenspülung, dann den Wasserhahn. Kurz darauf öffnet ihr Mann die Badezimmertür und stößt sie mit der rechten Krücke weit auf. Als er seine Frau erblickt, die nun mitten im Raum steht mit Tränen in den Augen, hält er inne, bleibt für einen kurzen Moment stehen und seufzt.

„Adelheid. Ach, Adelheid."

„Winfried. Was machst du nur für Sachen? Ich hatte solche Angst."

„Komm, setz dich zu mir. Ich muss ins Bett. Mir ist so kalt. Ständig zum Klo zu rennen, ist ganz schön anstrengend. Na ja, von Rennen kann ja keine Rede sein."

„Was ist denn eigentlich passiert? Wieso bist du hier?"

„Weiß ich selbst nicht genau. Ich muss im Park gestürzt sein. Ein Ehepaar hat das wohl mitbekommen und den Krankenwagen gerufen."

Er legt sich ins Bett und seine Frau setzt sich zu ihm auf die Bettkante.

„Und warum behält man dich hier, wenn du nur gestürzt bist?"

„Ich war kurz bewusstlos. Vielleicht Gehirnerschütterung. Weiß auch nicht."

„Mensch, jetzt tu doch nicht so, als wenn du keine Ahnung hast. Du warst doch selbst Arzt."

„Wahrscheinlich Unterzuckerung. Dann bin ich unglücklich gefallen und fühlte mich sehr schwach. Hatte auch keinen Traubenzucker und keinen Saft dabei."

Er versucht ein Lächeln, eine angespannte Bewegung erschlaffter Gesichtszüge, eine müde Grimasse.

„Ich möchte so schnell wie möglich hier raus."

„Mach mal langsam. Hier bist du wenigstens erst einmal sicher."

„Adelheid ... "

Er zieht die Decke hoch bis zu seinem Kinn.

„Was ist?"

„Ich, ich, äh, ach nichts."

„Nun sag schon. Ein Schnitzel kann ich dir jetzt aber nicht besorgen, wenn du das meinen solltest."

Sie beugt sich hinunter und gibt ihm einen Kuss auf die Stirn. Dabei fühlt sie die Kälte seiner Haut.

„Frierst du?"

„Ja, sag ich doch. Wenn man den ganzen Tag nur Abführmittel trinken und nichts Leckeres essen darf."

„Das holen wir nach, sobald du wieder zu Hause bist."

„Ich möchte am liebsten jetzt schon gehen. Ich möchte weg von hier, einfach nur weg. Nachts ist es besonders schlimm. Dann kommen die Schatten zurück. Das Leben ist wie eine Rahmenerzählung. Am Ende leuchtet der Anfang auf."

„Was redest du da? Wir schaffen das."

Hilflos streichelt sie seinen Arm, zupft an den Armhaaren, beißt sich auf die Unterlippe. Sie ist sich nicht sicher, ob sie ihn wirklich versteht, aber sie spürt seine grundlegende Angst. Er wirkt verzweifelt.

„Adelheid, ich habe dir nicht immer alles aus meinem Leben erzählt. Ich wollte dich, mich, uns alle schützen. Ich wollte dem Dreck nicht erlauben, unser Zuhause zu vergiften."

„Wovon sprichst du?"

Tränen bilden sich in ihren Augen. Er fühlt ihre unruhigen Finger auf seiner Haut, das Zittern einer Frau, die Schreckliches ahnt.

„Was meinst du nur?"

„Ich meine die Zeit, bevor wir uns kennen lernten. Es war vor deiner Zeit. Nie wollte ich dir Einzelheiten berichten. Nie. Es war damals im Krieg, in der Gefangenschaft. Vielleicht hättest du mich dann nicht mehr gewollt, wenn du gewusst hättest."

Er setzt sich auf, greift nach ihrer Hand, hält sie so fest, als wolle er sie nie wieder los lassen. Da umschlingt sie ihn mit ihren sehnigen Armen und wiegt ihn sanft. Seine Tränen rieseln an ihrem Gesicht entlang, ein leises Weinen, fast lautlos, dann schluchzend. Er ringt nach Atem, immer wieder, wird dann lauter, findet keinen Halt mehr, bis sein Schluchzen zu einem gequälten, durchdringenden Schrei anwächst, der nicht im Raum verbleibt, der das Zimmer verlässt und in den Fluren widerhallt. Dann hört sie schon die schnellen und    lauten Schritte auf dem Flur. Die Tür wird aufgerissen. Heftig schlägt die Klinke gegen die Wand. Feiner Wandputz rieselt aus einer kleinen Mulde in der Wand.

Jens hastet ins Zimmer, Vanessa hinterher.

„Was gibt es denn hier zu schreien? Erst schweigen, dann schreien. Wir sind hier nicht im Irrenhaus!"

„Jens, lass ihn!"

„Du hast hier gar nichts zu melden, Vanessa. Raus mit dir!"

Er zeigt mit seinem Finger in Richtung Tür.

„Gehen Sie, bitte gehen Sie!", schaltet sich Frau Groß ein, ihren Mann noch immer im Arm, der seinen Kopf vergräbt.

„Erst will ich wissen, was hier los ist!"

„Das geht Sie gar nichts an! Und wenn Sie jetzt nicht auf der Stelle verschwinden…"

Ihre Wangen glühen. So viel Vehemenz hatte sich Frau Groß gar nicht zugetraut.

Wutschnaubend verlässt er das Zimmer. Vanessa steht noch im Türrahmen, beobachtet die Situation.

„Wehe du erzählst das jemandem, dann, dann wirst du ´was erleben!"

„Was hast du eigentlich gegen den alten Mann? Vielleicht hat er Schmerzen? Wer weiß, was er erlebt hat. Vielleicht hat man ihn ja auch im Park überfallen? Wir wissen nur, dass er dort bewusstlos gelegen hat."

„Wir sind hier auf der Inneren, nicht in der Psychiatrie. Claudia vergeudet sowieso schon zu viel Zeit, wenn sie bei ihm ist."

„Du bist unmöglich."

„An deiner Stelle wäre ich jetzt lieber still. Wolltest du nicht nächstes Wochenende frei haben und mit jemandem den Dienst tauschen? Ein Wort zu irgendwem und du wirst es bereuen."

Laut fällt die Tür ins Schloss.


Winfried hebt seinen Kopf, legt ihn an Adelheids Brust, lauscht ihrem Herzschlag, ein regelmäßiger Sinusrhythmus, beschleunigt, keine Aussetzer.

Ebenso gleichmäßig und monoton, dabei besänftigend ist das leise Ticken seiner Uhr auf dem Nachttisch. Unaufhaltsam.

„Der Kerl ist einfach nur fürchterlich."

Winfried löst sich aus der Umarmung, schnieft in ein Tempotuch, das seine Frau zum Papierkorb trägt.

„Wenn ich wüsste, dass mit dir alles in Ordnung ist, würde ich dich sofort mit nach Hause nehmen. Aber ich glaube, das wäre nicht richtig."

„Ich weiß. Es wird schon irgendwie gehen. Wenn nur die Erinnerungen nicht wären ..."

„Trink noch ein bisschen von diesem Zeug hier, von dem Abführmittel."

Hastig spült er einen halben Liter hinunter, schüttelt sich vor Ekel, streckt die Zunge heraus und trinkt einen Schluck Fencheltee hinterher.

„Ich habe dir nie die ganze Wahrheit gesagt. Das Verrückte ist und ich weiß nicht, wie es möglich ist, aber unsere Tochter Birte hat es, so klein wie sie war, irgendwie geahnt. Sie hat etwas gespürt, ohne dass ich darüber gesprochen habe. Ich weiß nicht, wie das sein kann. Weißt du noch, wie sie damals, als sie in der Grundschule war, immer diese fürchterlichen Bilder gemalt hat?"

„Aber natürlich. Solche Bilder vergisst man nicht. Dunkle Räume mit kleinen vergitterten Fensteröffnungen, einer massiven verschlossenen Tür, blutverschmierte Wände und ein Mann, der reglos auf dem Boden liegt. Immer wieder hat sie dieses Bild gemalt."

„Adelheid, ich habe mich so oft gefragt, ob das Zufall ist. Ich habe mich nachher vor Birte gefürchtet, weil ich immer den Eindruck hatte, dass sie in mir lesen konnte wie in einem offenen Buch. Ist dir nie aufgefallen, was sie alles wusste, obwohl sie es nicht hätte wissen können? Weißt du noch, wie sie als kleines Kind einen Notkoffer gepackt und unter ihr Bett gelegt hat für den Fall, dass das Haus abbrennt und wir hätten flüchten müssen."

Mein Gott, da war sie fünf Jahre! Ich hatte ständig den Eindruck, sie dechiffriert meine Lebensgeschichte. Und ihre entsetzliche Angst vor Skeletten! Ihre Bilder, auf denen sie große Plätze gemalt hat, auf denen abgemagerte Menschen und Skelette lagen. Wo hatte sie all das her? Jedenfalls nicht aus dem Fernsehen. Wir hatten zu der Zeit nämlich keinen Fernseher. Sie ist ausgesprochen sensibel für

Unausgesprochenes. Sie liest in der Luft. Sie ist auf Sendung."

Mit einmal sieht er sehr müde aus und die Schatten unter seinen Augen treten noch dunkler hervor.

„Was willst du mir eigentlich sagen?"

„Ach, vielleicht sollten wir über etwas anderes sprechen."

Wie immer, wenn er ausweichen möchte, beißt er sich kurz auf die Unterlippe und schaut zu Boden. Er wirft ihr einen flüchtigen Blick zu, rückt seine Brille auf der Nase zurecht und nestelt mit seinen Fingern an der Bettdecke.

„Winfried, nun sag schon."

Plötzlich kommt er ihr so klein vor, eine hagere Gestalt im hellblauen Schlafanzug, die mit krummem Rücken im Bett sitzt. Man hört das Schaben seines Fußes auf dem Bettlaken, das Rascheln seiner Bettdecke, frisch gestärkte Mangelwäsche.

„Ich habe es noch nie jemandem erzählt."

„Dann wird's aber Zeit."

Sie streichelt seine Hand, die sich kalt und feucht anfühlt.

„Man denkt immer, man hat es im Griff. Erst im Laufe der Jahre habe ich erkannt, wie weitreichend der Einfluss ist. Ich habe zum Beispiel niemals beim Arzt, wenn du mich mal wieder zu so einem Vorsorgetermin gedrängt hast, eine Prostata-Untersuchung machen lassen. Ich habe dich belogen, wenn ich sagte, alles sei in Ordnung. Die Wahrheit ist, ich hätte solch eine Untersuchung nicht ertragen. Ich konnte nicht. Und ich konnte es auch keinem Arzt erklären. Verstehst du langsam?"

Adelheid nickt. Sie atmet nur flach.

„Sie haben mich in zwei Teile gerissen, diese Soldaten. Sie haben mich gefoltert, unaussprechliche Dinge mit mir gemacht. Ich habe mich damals selbst begraben. Jeden Tag habe ich zu mir gesagt, *der da bin nicht ich.* Mit all dem, was da passiert, habe ich nichts zu tun. Der nackte, geschundene Körper auf dem Boden im Dreck, das bin nicht ich. Ich verließ meinen Körper und wurde ein anderer. Ich sah mich von oben. Und aus James wurde Winfried. Mein ursprünglicher, mein erster Name war James."

„Wie bitte?! James?"

„Du hast richtig gehört, mein Vater war Engländer."

„Was hat das alles zu bedeuten?"

„James ist wieder auferstanden. Ich kann ihm nicht mehr entfliehen. Mein ganzes Leben habe ich gegen ihn angekämpft. Zu Hause erkläre ich dir alles. Ich habe Angst. Die Ärzte wollen morgen eine Magen- und eine Darmspiegelung machen."

„Um wie viel Uhr?"

„So um zehn, glaube ich."

„Ich komme morgen ganz früh. Ich bin bei dir."

„Unter Narkose merke ich zwar nichts, aber dann können sie alles mit einem machen, alles..."

„Winfried, das hier ist nur ein Krankenhaus. Wir sind hier in einem Krankenhaus. Die Ärzte wollen dir helfen."

„Und wenn sie mit dem Koloskop meinen Darm durchstoßen? Was dann?"

„Das passiert schon nicht."

Ganz sicher ist sie sich allerdings nicht. Ein Bekannter hatte auf diese Art seine Frau verloren. Die Verletzung des Darms war dem Personal erst einen Tag später aufgefallen, als die Frau plötzlich hohes Fieber bekam und unerträgliche Schmerzen hatte.

„Ich komme morgen einfach schon zum Frühstück vorbei."

„Du bist lustig. Für mich gibt es kein Frühstück."

„Natürlich. Was rede ich da nur für einen Unsinn? Ich komme trotzdem so früh."

„Ich habe so viel falsch gemacht in meinem Leben. Ich glaube kaum, dass Birte mich besuchen kommt. Seitdem sie diese Bilder gemalt hat, habe ich sie immer auf Distanz gehalten. Sie hat zu sehr an James gerührt."

„Soll ich sie anrufen?"

Er zuckt die Achseln, fährt sich mit seinen Händen durchs Gesicht.

„Ich ruf sie an, ja?"

Später am Abend, als Adelheid längst zu Hause ist, klopft es noch einmal an seiner Tür.

Claudia kommt herein. Sie hatte von dem Vorfall gehört. Andere Patienten der Station haben es ihr zugetragen. Dass noch nicht einmal Vanessa ihr etwas gesagt hat, konnte sie sich bisher nicht erklären.

„Guten Abend, junge Frau. So spät noch im Haus?"

Sie setzt sich zu ihm ans Bett. Von draußen hört man laute Stimmen, Besuch, der sich verabschiedet. Kinder jagen über den Flur. Eine Tür knallt zu. Im Nachbarzimmer wird der Fernseher eingeschaltet. Das erträgt man nur mit einem Schlafmittel, geht es ihm durch den Kopf.

„Ich muss warten, bis die Nachtschwester kommt. Ihr Auto springt nicht an. Wie geht es Ihnen jetzt?"

Er schürzt seine Lippen, bläst Luft hindurch.

„Einigermaßen."

„Möchten Sie darüber reden?"

„Lieber nicht."

Er sieht sehr traurig aus, überlegt Claudia. Die Äderchen in seinen Augen sind gerötet.

„Manches sollte man ruhen lassen. Aber es lässt einen nicht zur Ruhe kommen."

Sein Tonfall, dieser melancholische Beiklang, ist ihr sehr bekannt und diese Art, bedeutungsvolle Dinge anzudeuten, ohne sie auszusprechen. Unwillkürlich denkt sie an ihren Vater. Sie fühlt die Gänsehaut auf ihrem Rücken. Kleine Sternchen tanzen vor ihren Augen. Schwindel im Kopf.

Sie springt auf, taumelt leicht, schiebt den Stuhl zur Seite und stellt sich hinter den Nachttisch, hält sich an ihm fest, unterdrückt den Impuls, hinaus zu laufen.

Dass ihr das erst jetzt bewusst wird. Sie müssen ungefähr gleich alt sein, natürlich. Vielleicht haben sie Ähnliches erlebt? Er sagte, dass auch er eine Tochter in ihrem Alter habe.

„Können Sie mir nachher ein Schlafmittel bringen, Schwester?"

„Na.., natürlich kann ich das. Ich, ja, natürlich, äh, gern, ja."

Er fühlt ihre Verwirrung, runzelt die Stirn.

„Ist alles in Ordnung mit Ihnen?"

„Ja, ja."

„Bestimmt? Sie sind auf einmal so bleich im Gesicht. Darf ich Sie etwas fragen? Ich meine, darf ich Sie etwas Persönliches fragen?"

Sie nickt nur stumm.

„Haben Sie Kinder?"

„Eine Tochter, einen rebellischen Teenager."

„Ja, hatte ich auch einmal."

Er kratzt mit seinen Fingern über die feinen Bartstoppeln.

Er druckst herum, zupft an seiner Bettwäsche, sieht zu Claudia hinauf, die sich noch immer am Nachttisch festhält.

„Ich glaube, ich habe meine Tochter vergrault, vor vielen Jahren schon. Ich habe auch noch zwei Söhne, die ich ab und zu sehe. Aber meine Tochter Birte, tja. Ich vermisse sie. Sie weiß es aber nicht."

Claudia setzt sich wieder auf den Stuhl, weiß selbst nicht, warum. Eigentlich wollte sie gehen. Nichts wie weg aus dem Zimmer, raus. Seine Nähe war plötzlich unerträglich. Aber jetzt, jetzt lässt sie irgendetwas bleiben, irgendetwas, als hoffe sie auf eine Antwort auf Fragen, die er doch gar nicht kennen kann.

Manchmal sind es die Fragen, die uns länger und nachdrücklicher begleiten als deren Antworten. Mit Antworten können wir abschließen.

„Ich wüsste so gerne, wie es ihr geht."

Immer das gleiche mit den Herren, schießt es Claudia durch den Kopf. Erst stur sein, abblocken und hinterher bereuen, so still für sich alleine. All die nicht gesprochenen Worte, die wichtig gewesen wären und all jene Worte, die wahrscheinlich seine Tochter vertrieben haben. Hitze steigt in ihr auf, Wut, eine alte, uralte Wut. Ihre Zähne knirschen. Sie spürt den Druck der Kieferknochen.

„Dann rufen Sie sie doch an.", entfährt es Claudia barsch.

Ihr scharfer Tonfall verwirrt ihn. Seine Augen werden schmal. Ein feiner Glanz deutet seine Traurigkeit an. Schon wischt er eine Träne fort.

„Ich schaffe es nicht.", flüstert er.

„Warum nicht?"

„Ich habe Angst."

„Wovor?"

„Angst, dass wir uns nichts zu sagen haben. Angst, dass sie mir weh tut. Angst, dass ich etwas Falsches sage. Angst vor dem Schweigen."

„Aber Sie haben ihrer Tochter doch etwas zu sagen. Sie sagten doch, dass Sie sie vermissen. Fangen Sie doch einfach damit an."

Claudia presst ihre Lippen aufeinander.

„Meinen Sie wirklich?"

„Ja, ich denke, das wäre ein guter Anfang."

Sie reicht ihm ein Taschentuch.

„Sie haben heute schon viel geweint, nicht wahr? Man hat es mir erzählt."

Er schiebt die rechte Hand in das Oberteil seines Schlafanzuges, fährt sich über die Brust. Die oberen Knöpfe sind geöffnet. Der oberste Knopf fehlt. Er liegt neben dem Telefon auf seinem Schränkchen. Claudia sieht seine weiße Brustbehaarung und den Abdruck einer Elektrode vom EKG.

„Haben Sie noch einen Vater?"

Sie schnalzt mit der Zunge. Das ist kein gutes Thema, denkt sie.

„Ja."

„Und? Wie oft sehen Sie ihren Vater?"

„Ist schon lange her."

Er nickt.

„Wie alt ist denn ihr Vater?"

„So alt wie Sie."

Wieder nickt er. Seine Augen werden weit.

„Es gibt schon seltsame Zufälle im Leben."

„Da haben Sie wohl Recht, Herr Groß."

„Ich glaube, er wartet auf Ihren Anruf."

„Kann sein. Was war eigentlich heute Nachmittag mit Ihnen los? Was hat Ihnen denn so zugesetzt?"

„Wahrscheinlich das Gleiche, was sicherlich auch Ihren Vater in irgend einer Art und Weise traumatisiert und geprägt hat."

„Was ihn geprägt hat ... Er hat nicht viel von sich gesprochen. Er hat sich ausgelebt."

Der Alte kratzt sich am Kopf.

„Wir kamen aus diesem elendigen Krieg zurück und haben weiter gelebt, irgendwie. Ich weiß nicht, wie. Ich glaube, wenn wir nicht so viel Arbeit gehabt hätten, wären wir verrückt geworden. Sie hat uns geholfen zu vergessen, vorübergehend wenigstens. Zwischendurch wird man immer wieder heimgesucht – von den Erinnerungen. Jeder hat dann sein eigenes Mittel, um sich zu betäuben, um zu vergessen, um irgendwie weiter zu machen.

Jetzt liege ich hier alleine in einem Krankenzimmer und weiß nicht, was mich erwartet und welche schrecklichen Untersuchungen ich über mich ergehen lassen muss. Ungewissheit, Angst und die ganze Zeit, die ich hier alleine verbringe ... . - das ist nicht gut. Dann kommen die Phantome. Im Alter vergisst man leichter neue Ereignisse, die in der Gegenwart passieren, aber das Alte, das Vergangene, das lange zurückliegt, schleicht sich in das Bewusstsein. Ich habe hier zu viel Zeit zum Nachdenken. Sie sind die einzige, die mal mehr als drei Minuten mit mir spricht. Und wahrscheinlich bekommen Sie dafür auch noch Ärger mit Herrn Schneider, Ihrem Teamleiter. Stimmt´s?"

„Machen Sie sich darüber keine Gedanken. Aber ich muss jetzt tatsächlich los. Wenn ich morgen wieder im Dienst bin, haben Sie die Magen- und Darmspiegelung schon hinter sich gebracht. Dann dürfen Sie auch wieder essen."

„Ja. Wenigstens das. Ich träume von einer Schale Pommes mit Currywurst. Hm..."

Er leckt sich die Lippen. Unwillkürlich bildet sich Speichel. Er schluckt.

„So richtig heiß und fettig."

„Ich weiß, was Sie jetzt denken. Sie denken an meine Blutfettwerte. Aber ein bisschen Spaß muss sein, oder?"

„Klar doch. Ich muss Ihnen gestehen, dass ich mir auch zwischendurch eine Schale gönne, mit Frikadelle dazu und ganz viel Soße. Gegenüber vom Krankenhaus gibt es eine Grillstube."

„Dann gehen Sie jetzt mal in Ihren Feierabend. Ich danke Ihnen fürs Zuhören."

„Ich habe auch zu danken."

„Warum?"

„Für Ihr Vertrauen. Und Sie geben mir Antworten auf alte Fragen."

Nach dem Spätfilm schaltet er den Fernseher und das Licht aus. Seine Gedanken kreisen um die Untersuchungen und die Angst vor der Kurznarkose, von der Dr. Michels gesprochen hatte. Er brauche sich wirklich keine Sorgen zu machen. In seinen Ohren rauscht es. Er fühlt einen zunehmenden Druck in seinem Kopf. Dann steht er auf, läuft mit seinen Krücken zum Fenster, setzt sich dort auf einen Stuhl und schaut hinaus. An dem Seitenflügel der Klinik ist ein Gerüst aufgebaut. Eine große Plastikplane, die sich an einer Stelle vom Gerüst gelöst hat, wird vom Wind immer wieder gegen das Gestänge geschlagen. Die Fassade wird erneuert, wahrscheinlich Wärmeisolierung. Styroporplatten liegen in Stapeln unter dem Gerüst auf der Erde verteilt. In manchen Fenstern ist noch Licht zu sehen, in anderen nur das bläuliche Flackern der Fernseher.

In der Ferne erkennt er den roten Lichtkranz eines Hochofens. *Das Christkind backt Plätzchen*, hat seine Mutter zu ihm als Kind gesagt, wenn der Himmel sich rötlich färbte.

Er öffnet das Fenster, streckt seinen Kopf in die kalte Nachtluft. Sie kühlt seinen heißen Kopf. Über ihm spannt sich die tiefschwarze Kuppel. Sterne, wie angeklebt an einem dunklen Tuch, funkeln in der Ferne. Manche sind längst erloschen. Dennoch sieht man ihr Licht. Seine Nase tropft. Er wischt sie an seinem Ärmel ab.

Das Schlafmittel wirkt nicht. Trotz der Kälte schwitzt er. Hinter sich hört er Schritte auf dem Flur. Die Nachtschwester rennt zu einem Patienten. Muss etwas Eiliges sein. Sonst schleicht sie über den Gang. Drei Zimmer weiter nach links sieht auch jemand zum Fenster hinaus. Eine kugelförmige dunkle Silhouette, die sich von der Wand abhebt, wahrscheinlich ein Kopf. Noch jemand, der nicht schlafen kann.

Wieder wischt er seine Nase am Schlafanzug ab. Plötzlich schmeckt er Blut im Mund. Er fühlt seinen Puls am Hals, ein heftiges Hämmern. Schnell schließt er das Fenster, greift sich die Krücken und läuft auf den Flur.

Im Dienstzimmer hört er die Nachtschwester schon von Weitem. Sie telefoniert. Der Name Jens fällt. Für einen kurzen Moment lauscht er dem Gespräch.

„Das machen wir schon, Jens, keine Sorge. Wenn Vanessa nicht spurt, fällt mir schon etwas ein. Ich habe ein Auge auf sie. Nein, sie hat hier nichts erwähnt von der Geschichte mit Herrn Groß, nein. Ich werde sie morgen beschäftigen, unsere Besserwisserin. Dann kommt sie auch nicht auf dumme Gedanken. Und wenn doch, nun, sie ist nicht die erste hier, die freiwillig kündigt."

Nachtschwester Tina Batz schreckt zusammen, als Herr Groß mit der Krücke gegen die Türe klopft. Schnell beendet sie das Telefonat, fährt mit dem Drehstuhl herum. Ein kurzer Aufschrei. Entsetzen in den Augen.

„Wie sehen Sie denn aus?"

Die hellblauen Ärmel des Schlafanzugs sind blutverschmiert. Das Gesicht blass, die Augen tief in ihren Höhlen.

„Kommen Sie rein. Setzen Sie sich. Hier haben Sie Tücher. Unter die Nase halten. Seit wann haben Sie das?"

„Weiß nicht genau. Ein paar Minuten. Habe so Kopfschmerzen, so ein Rauschen in den Ohren."

Sie wickelt die Blutdruckmanschette um seinen linken Arm.

„Oh je! 200 zu 160. Puls 120. Ich rufe den Arzt. Haben Sie Ihre Medizin nicht genommen?"

„Doch. Natürlich. Alles nach Vorschrift."

Alles geht sehr schnell. Der Schwindel, die Übelkeit. Kribbeln in seinen Beinen und Armen. Die Atemnot und der dumpfe Schlag, als er von dem Stuhl rutscht und auf den Boden fällt.

Erst allmählich dringen Stimmen in sein Bewusstsein vor.

„Blutdruck niedriger. Puls normal."

Gesichter tauchen vor seinen Augen auf. Die Nachtschwester und Dr. Keukel, der Notdienst hat. Mit seiner großen Hornbrille sieht er aus wie eine Eule.

„Wo bin ich?"

„Sie sind wieder in Ihrem Bett. Ist wieder alles im Lot. Sie brauchen andere Herzmedikamente. Wir müssen Sie hier neu einstellen. Zur Beruhigung haben wir Ihnen Diazepam gegeben. Sie sind etwas aufgeregt wegen morgen. Wir passen auf Sie auf."

Dr. Keukel streicht über seine Hand, lächelt ihm zu.

„Sie schauen so skeptisch, Herr Groß. Wir passen auf Sie auf. Versprochen. Ich komme morgen vor der Untersuchung noch einmal zu Ihnen."

„Ich habe Angst."

„Ich weiß. Schwester Claudia hat mir gesagt, ich solle gut auf Sie Acht geben. Versuchen Sie jetzt ein bisschen zu schlafen. Eigentlich müsste das jetzt gehen. Schlafen Sie gut."

„Ja. Danke auch für alles."

„Sie brauchen sich nicht zu bedanken. Bis morgen."

Es dauert nicht lange, bis ihm die Augen zufallen, ein Gefühl, als falle man wie ein schwerer Stein in einen dunklen See. Immer tiefer sinkt er hinab, bis auf den Grund. Schlamm unter seinen nackten Füßen. Er wirbelt ihn auf. Dann hebt er seinen Kopf, sucht das Licht, die Wasseroberfläche. Doch alles ist schwarz. Die Kälte auf dem Grund lähmt seine Muskeln. Er ringt nach Luft. Wasser strömt in seine Lungen. Plötzlich sieht er ihn vor sich, diesen massigen, muskulösen Mann in Uniform, dessen Sprache er nicht kennt. Er weiß, dass er keine Chance hat. Schon spürt er seine Schläge. Er denkt noch, dass man unter Wasser gar nicht schlagen kann. Doch der andere lacht. Große Luftblasen tanzen um seinen Kopf herum und steigen nach oben. Da muss es doch hoch gehen. Man muss nur den Blasen hinterher tauchen. Der Fremde öffnet seine Gürtelschnalle, grinst hämisch und zwinkert ihm zu.

Die Bilder stoppen. Alles ist schwarz.


Er erwacht in der Dunkelheit, in dem Krankenzimmer allein, irgendwo *zwischen* den Zeiten, in einem fremden Bett, von unbekannten Gerüchen und Geräuschen umgeben. Beängstigende Schatten an den Wänden, die sich bewegen, wie Hände mit langen, knochigen Fingern, die nach ihm greifen. Zweige von Ahornbäumen, die sich im Wind bewegen.

Seine Zunge klebt am Gaumen. Der Puls jagt. Tränen laufen über sein Gesicht.

Als Jens Schneider ihn am nächsten Morgen früher als geplant und wortlos mit seinem Bett zum Untersuchungsraum schiebt, sieht er Bilder an den Wänden und Gesichter auf den Fluren an sich vorüber fliegen. Er kämpft gegen die Benommenheit an. Wachsamkeit ist überlebenswichtig. So ist es doch.

Ein Arzt, den er noch nie gesehen hat, legt ihm einen Zugang am linken Arm. Er kennt seinen Namen nicht. Er fühlt einen Stich, eine Nadel, die sich unter seine Haut bohrt. In dem Raum stehen viele große und kleine Geräte und ein riesiger Schlauch liegt auch da. Es riecht steril. Jemand stöhnt im Nebenraum. An der Decke klebt ein Blutfleck. Eine fremde Krankenschwester mit Mundschutz spricht beruhigend auf ihn ein. Sie schließen ihn an einem EKG-Gerät an. Auf dem Monitor bildet sich seine Herzkurve ab. Er sieht viele Hügel in schneller Abfolge. Warum sind sie so schnell?

Irgendwer ruft: „Er wird tachykard! Und der Blutdruck steigt. Er hat Panik. Narkose. Schnell! Wir müssen ihn abschießen."

Wild schlägt er mit seinen Armen um sich. Er starrt auf den Blutfleck an der Decke.

*Abschießen.* Träge hallt das Wort in seinem Kopf wider.

Als der Schwindel ihn übermannt, kurz bevor das Nichts ihn verschluckt, ist er sich sicher, dass sie ihn töten werden.

# Kapitel Zwölf

# Spätsommer 1980

Pünktlich um 16 Uhr klingelt Rüdiger an der Tür. Hastig stürzt Claudia aus ihrem Zimmer, hüpft die Treppe hinunter und erreicht die Tür noch vor ihrem Bruder. Seine Pantoffeln quietschen leise und hinterlassen schwarze Striemen auf dem Marmorboden.

„Hallo Rüdiger. Komm rein."

„Mensch, das ist ja eine Begrüßung. Dann bin ich mal gespannt auf euren Bahn-.."

„Psst. Leise!", flüstert Claudia schnell.

„Oh. Geheimnis. Die Eltern sind also im Haus?"

„Na klar. Ist deren Lieblingsbeschäftigung. In dem Alter hockt man am liebsten daheim.", witzelt Tim.

„Lasst uns nach oben gehen. Wir können in mein Zimmer. Ich habe ein paar Fluppen da."

„Deine Schwester ist ganz schön großzügig."

„Wenn ich mal Geld verdiene, lade ich sie zum Essen ein."

Lachend stolpern die drei die Treppe hinauf. In Claudias Zimmer angelangt, schließen sie sofort leise die Tür ab.

Rüdiger schaut aus dem Fenster, duckt sich schnell wieder.

„Eure Eltern sind im Garten. Sie können uns also gar nicht hören."

„Na, Schwesterchen, wo sind denn deine Kippen?"

„Hab sie im Bettkasten. Tim, öffne mal das Fenster einen Spalt, aber vorsichtig, so dass die beiden da unten nichts merken. Dann muss ich halt später etwas Parfum versprühen."

„Was hast du denn für ein Parfum?"

„Tja, Rüdiger, meine Schwester ist 'ne Dame."

„Tosca."

„Oh, mit Tosca kam die Zärtlichkeit."

„Halt doch die Klappe, Tim!"

Claudia errötet.

Tim zwinkert Rüdiger zu. Rüdiger lächelt verlegen.

„Wann gehen wir denn zum Bahndamm?"

„Gleich. Es kommen noch ein paar Freunde aus der Nachbarschaft mit. In zehn Minuten gehen wir los, oder nicht, Claudia?"

„Doch. Ist richtig. Holger, Ludger, Marion, Andrea und Werner kommen auch mit. Holger bringt manchmal Zeug mit."

„Was für ein Zeug?", will Rüdiger wissen. Er rümpft die Nase.

„Haschisch. Den schwarzen Afghanen."

„Willst du mich verarschen, Claudia? Was für einen Afghanen?"

„Das heißt so. Es gibt verschiedene Haschischsorten. Ich hab's noch nicht probiert. Will ich auch nicht."

Rüdigers Augen werden weit.

„Mensch Mädchen, mach keinen Scheiß, bitte!"

„Nein, versprochen. Wir nehmen nur ein paar Flaschen Köpi mit. Einen zwitschern können wir ja."

Als sie über die Mauer klettern, hören sie bereits das gedämpfte Lachen der anderen. Rüdiger bleibt mit seiner Jacke im Gestrüpp hängen. Ein Dornenzweig reißt ein kleines Loch in seinen Ärmel.

„Da seid ihr ja. Ah, ich sehe, ihr habt einen Neuling mitgebracht."

Holger kommt gleich angelaufen, klopft Rüdiger auf die Schulter. Beim Lächeln sieht man die gelben Verfärbungen

an seinen Eckzähnen. Sein Atem riecht nach Zigarettenrauch.

Mit einer Schachtel Marlboro am Tag ist er dabei. Woher
er das viele Geld hat, fragt niemand, auch seine Eltern nicht.
Als seinem Vater wieder einmal zehn DM fehlten, sprach er
Holger nicht darauf an. Er schwieg, da er glaubte, sein Sohn
wisse von seinem Verhältnis.

Werner öffnet bereits die Flaschen, nicht gerade geschickt.
Schaum schießt aus der Öffnung und spritzt gegen Andreas
Bein, die neben ihm sitzt und sich gerade eine Zigarette an-
zündet.

„Du bist vielleicht ein Ferkel."

Sie springt zur Seite.

„Komm näher, junge Frau. Ist doch nur ein bisschen Bier."
Holger klatscht mit beiden Händen auf seine Schenkel.

„Will aber nicht näher."

Werner hat Mettwürstchen mitgebracht. Er verbeißt sich in
die Plastikverpackung, reißt sie mit seinen Zähnen auf wie
ein Wolf. Mit Zeigefinger und Daumen zieht er ein
Würstchen durch die Öffnung und reicht die Tüte herum.

Es ist ein schwüler Tag. Schnell steigt das Bier zu Kopf.
Rüdiger trinkt langsam, nimmt einen Schluck, wischt den
Schaum an seiner Lippe mit dem Ärmel ab. Claudia lächelt
ihm zu, legt ihre Hand auf sein Knie. Er beugt sich zu ihr,
küsst ihren Hals, der nach Tosca riecht. Sie kichert, küsst ihn
auf den Mund und zieht an seinem linken Ohrläppchen.

„Schön habt ihr es hier. Gefällt mir gut."

„Du kannst jederzeit mitkommen.", flüstert Claudia ihm
zu.

Holger zieht ein kleines Stück Alufolie aus der Hosentasche, grinst dabei.

Marion steht an der Mauer und beobachtet die Alten in ihren Gärten. Sie sind immer fleißig mit irgendetwas beschäftigt. Wenn sie nicht arbeiten, dann werkeln sie im Garten, im Keller, verlegen Fliesen oder bauen den Dachboden aus, wie fleißige Bienen.

Werner trinkt den letzten Schluck aus seiner Flasche, rülpst, legt die Flasche vor seine Füße und stößt sie weg. Sie kullert die Böschung hinunter, knallt gegen die Wand, zerbricht aber nicht.

Marion sieht, wie Holgers Vater für einen Moment das Unkrautjäten unterbricht, sich aufrichtet und irritiert umherschaut.

Sie dreht sich zu Werner, legt den Finger auf ihre Lippen.

„Mach nicht so einen Krach! Willst du, dass wir auffliegen?"

Werner rülpst noch einmal und zeigt ihr Vögelchen.

„Die kriegen doch sowieso nichts mit. Haben doch immer zu tun. Es sei denn, du lässt die Sirenen heulen."

„Ja, Werner hat Recht.", mischt sich Holger ein.

Claudia nickt.

„War das bei euch auch so letzten Sonntag?"

„Erzähl mal. Was meinst du?", will Andrea wissen.

Claudia zieht an ihrer Zigarette, pustet den Rauch aus, spuckt auf den Boden und zupft mit ihren Fingern Tabakkrümel von ihrer Zunge.

„Letzten Sonntag, morgens ungefähr um zehn, da werde ich wach, weil unsere Mutter wie ein Tiger durchs Haus läuft. In jedem Zimmer hat sie die Radios eingeschaltet, sogar den Fernseher. Als ich ihr im Flur begegne, ist sie völlig wirr, läuft hin und her und murmelt vor sich hin, *die Flieger kommen, die Bomber kommen. Wir werden angegriffen.* Ich frag noch, wie sie denn auf so eine Idee kommt. Da sagt sie, *die Sirenen heulen doch*. Und tatsächlich, die Sirenen heulten. Für mich war das nur ein lauter Summton. Aber meine Mutter sagte, das sei das Signal für Fliegeralarm. Sie war völlig außer sich. Mein Vater stand mit Krücken am geöffneten Fenster und schaute in den Himmel. Ich habe die beiden noch nie so verstört erlebt."

Ihre Stimme kickst. Sie kämpft gegen ihre Tränen an, zieht noch einmal an der Zigarette, verschluckt sich an dem Qualm.

„Scheiße! Meine Eltern kamen mir so hilflos vor. Ich dachte, dass ich sie beschützen müsse. Irgendwie habe ich sowieso immer das Gefühl, dass ich die beiden beschützen muss. Sie wirken so zerbrechlich auf mich."

Rüdiger schabt mit seinem Fuß über den Boden. Feine Staubwolken wirbeln auf. Eine kleine Mulde entsteht. Er schnippt den Zigarettenstummel hinein. Dann legt er seinen Arm um Claudias Schultern, versucht sie zu beruhigen. Mit seinem Zeigefinger wischt er eine Träne unter ihrem Auge fort.

„Es ist vorbei. Bestimmt geht es deinen Eltern wieder gut."

Holger rollt das Zigarettenblättchen mit dem Tabak zwischen seinen Fingern, brösselt kleine Stückchen Haschisch hinein, rollt noch einmal den Joint zwischen seinen Fingern, leckt an der Gummierung und klebt die Seiten des Blättchens zusammen.

Tim, der Claudia gegenüber sitzt, stupst sie mit seinem Fuß an. Er reicht ihr eine Flasche Bier und ein zweites Würstchen. Es knackt, als sie hinein beißt.

„Danke. Ich frage mich, wie tief das nur sitzen muss. Der Krieg ist 35 Jahre vorbei. Und da löst jemand aus Versehen Fliegeralarm aus – und alles ist wieder da. Ich habe das Geräusch gar nicht erkannt. Für mich war das nur irgendein

Summton. Vielleicht wäre ich ja noch auf die Idee gekommen, dass das Feueralarm sein könnte. Aber Fliegeralarm ... "

„Das Eis, auf dem sich alle unsere Eltern bewegen, ist wahrscheinlich dünner, als wir glauben."

„Da magst du Recht haben, Werner. Und das Eis, auf dem sich deine Mutter bewegt, ist besonders dünn.", entgegnet Holger. Seine Augen verjüngen sich zu Schlitzen.

„Wie meinst du das?"

„Das weißt du bestimmt."

„Nein, Holger. Ich weiß nicht, worauf du hinaus willst."

„Dann sag ich es dir. Deine Mutter hat ein Techtelmechtel mit meinem Vater. Ganz einfach."

„Bestimmt nicht!"

„Doch!", entgegnet Holger. „Wir haben es beobachtet."

Er saugt an seinem Joint.

„Muss man mit viel Luft einatmen. Der Kick ist dann besser. Jetzt passt mal auf, ich löse jetzt auch Fliegeralarm aus."

Ehe jemand reagieren kann, greift er nach einer leeren Bierflasche, holt aus und schleudert sie über den Bahndamm. Nach ein paar Sekunden scheppert es auf der anderen Seite. Irgendjemand schreit: „Mein Auto! Oh Gott! Welcher Idiot wirft hier mit Flaschen?!"

„Du bist wohl total bescheuert!"

Werner wirft sich auf ihn, zwingt ihn zu Boden und schlägt ihm die Faust auf die Nase. Blut quillt hervor. Holger lacht. Der Joint fällt unbemerkt ins trockene Gras. Gerade noch rechtzeitig entdeckt Claudia den aufsteigenden Rauch, hebt den Joint auf, tritt mit ihren Füßen auf dem Gras herum. An ihrer Gürtelschlaufe baumelt die kleine Weltkugel von Herrn Belt. Sieht aus wie eine Indianerin auf Kriegspfad, denkt Tim. Er gießt Bier auf die verkokelte Stelle. Als Claudia den

Joint an ihre Lippen führt, reißt Rüdiger ihn aus ihrer Hand, wirft ihn über die Mauer. Er landet im Garten von Holgers Eltern. Vorsichtig linst Tim über die Mauer.

Vater Zadel steht mit dem Rücken zu ihm. Bei den Tomatenstauden erspäht Tim einen dünnen Rauchfaden, der senkrecht nach oben steigt. Es ist nur eine Frage der Zeit, bis Heinz Zadel die riesige Zigarette finden wird. Als das laute Martinshorn auf der gegenüber liegenden Seite vom Bahndamm ertönt, schrecken alle zusammen.

„Wir sollten woanders hin. Es wird brenzlig.", meint Rüdiger.

Tim nickt, kaut auf seinem Zeigefinger herum, bevor er antwortet.

„Wir lassen alles hier liegen. Keine Zeit zum Aufräumen. Wir können hier unten am Damm entlang gehen. Da kommen wir ziemlich weit. Hier sieht uns keiner. Dann warten wir, bis es dunkel wird und kommen aus unserem Versteck."

Geduckt, obwohl sie niemand sehen kann, da die Mauer hoch genug ist, schleichen sie den Weg entlang durch das zunehmend dichtere Gestrüpp hindurch, einer hinter dem anderen. Niemand sagt ein Wort. Nur Holger lacht zwischendurch, irre und verzückt, als habe er sich einen tollen Witz erzählt oder an Dinge gedacht, die er im Playboy sieht. Verträumt ist sein Blick und nicht von dieser Welt.

Ab und zu ein kleiner Schmerzensschrei, wenn jemand den Brennnesseln oder Dornen zu nahe kommt. Claudia schlägt ein Zweig ins Gesicht, der einen blutigen Kratzer hinterlässt. Sie greift nach der kleinen Weltkugel, ihrem Schlüsselanhänger, fühlt ihn in ihrer Hand, hält ihn für einen Moment lang fest. Die Angst lässt sie alle schneller laufen, als es die Büsche eigentlich erlauben. Tim stolpert über eine Wurzel und stürzt, schürft sich die Handflächen und reißt sich die

Hose an den Knien auf. Andrea hat eine Spinne im Haar. Als Werner sie darauf aufmerksam macht, schreit sie auf: „Mach sie weg, mach sie weg!" Wild fuchtelt sie mit ihren Händen.

„Hier können wir Halt machen", sagt Tim schließlich, „hier sind wir außer Gefahr."

Sie setzen sich an den Hang. Immer wieder schauen sie zurück, als witterten sie bereits die Polizei oder deren Hunde hinter sich. Sie lauschen, doch es bleibt still.

Holger stellt sich an einen Busch und pinkelt auf den Boden. Tropfen spritzen hoch auf seine Schuhe. Ein kleines Rinnsal versickert in der Erde. Sein Rausch wirkt noch immer nach.

Claudia reicht ihre Packung Camel und das Feuerzeug herum. Die Dämmerung hat eingesetzt. Die Vögel zwitschern lauter, verabschieden den Tag und auch die Gerüche der Pflanzen und Blüten sind jetzt intensiver. Kühle Feuchtigkeit steigt auf.

Niemand hat damit gerechnet, dass so etwas passieren würde, jetzt in den folgenden Momenten.

Das Grauen ist manchmal nur eine Sekunde entfernt.

Aber alle wussten hinterher, nein, eigentlich sofort, dass dieses Ereignis das Ende bedeutete, das Ende ihrer Zeit am Bahndamm.

Als der Zug sich nähert, springt Holger plötzlich auf, läuft den Damm hinauf, balanciert auf den Schienen, lacht und grölt.

„Holger, komm runter! Du Arschloch, jetzt komm endlich! Komm! Der Zug kommt!"

„Du bist ja wie ein Mädchen, Ludger! Meinst wohl, ich habe Angst, was?"

„Bitte!", brüllt Claudia.

Die Dämmerung ist bereits fortgeschritten. Die dichte Wolkendecke verschluckt ebenfalls Licht. Als der Lokführer ihn in dem Dämmerlicht erblickt und sein ohrenbetäubendes Warnsignal mit dem Geschrei der Jugendlichen verschmilzt, die ihn retten wollen, ihn anflehen, herunter zu kommen, rutscht er aus und fällt auf das Gleis. Die Räder des Zuges – es war diesmal der rote und nicht der blau-gelbe Zug – kreischen, Funken sprühen durch die Luft, ein Feuerwerk des Todes. Als Holger sich aufrichtet, wird er vom Zug erfasst.

Einzelne Körperteile schießen unter den Rädern hervor, fliegen ins Gebüsch. Claudia erbricht – rote Beeren im grünen Gras. Sie wischt mit ihrem Ärmel über ihre Lippen und verteilt Erbrochenes und Fruchtreste in ihrem Gesicht.

Erschrockene Gesichter hinter den Fensterscheiben, aufgerissene Münder und Augen hinter erleuchteten Fenstern, die an ihnen vorüberziehen. Zunächst gelähmt, starren sie dem Zug nach. Er kommt zum Stehen.

Tim nimmt Claudia an die Hand, zieht an ihrem Arm.

„Claudia, komm! Weg hier!"

Tränen zeichnen Spuren in seinem staubigen Gesicht. Er zieht den Schleim durch die Nase hoch und spuckt ihn auf den Boden.

Alle rennen sie los, bloß weg von den Gleisen, weg zur Straße. Schnell.

Die Laternen leuchten bereits.

Zu Hause wird es Ärger geben.


Hand in Hand stehen sie auf der Haustreppe mit Spinnweben in den Haaren, schmutzigen Gesichtern und zerrissenen Jackenärmeln.

Sie können der Wut ihrer Mutter nicht ausweichen.

„Ihr seid zu spät! Ihr wisst, dass ihr drin sein müsst, sobald die Laternen leuchten! Und wie seht ihr schon wieder aus? Ab ins Badezimmer und waschen! Das gibt Hausarrest! Mein Gott, seid ihr dreckig!"

Anders als sonst gehen sie zu zweit ins Bad, als suchten sie die tröstende Nähe des anderen. Keiner spricht ein Wort. Während Tim in der Wanne sitzt und sich die Haare wäscht und Claudia in der Dusche steht, laufen ihnen heimliche Tränen über das Gesicht, die sich mit dem Shampoo mischen. Ein leises Wimmern, das niemand hört. Die Eltern sitzen im Esszimmer, warten auf ihre Kinder.

Das Abendessen verläuft schweigsam, während der Fernseher plärrt. Hin und wieder tauschen Claudia und Tim einen verstohlenen Blick. Fraglos schaut man sich den Spielfilm an.

Unaufhörlich verrührt Claudia Himbeersirup in ihrem Haferbrei, den sie so gerne abends isst. Die Flasche ist schon fast leer. Vaters grimmiges Stirnrunzeln bemerkt sie nicht.

Unablässig rührt sie in ihrem Teller und zieht mit dem Löffel Schlieren durch den Brei.

Als sie ihren Kopf fast unmerklich von links nach rechts zu drehen beginnt wie jemand, der etwas verneint, nur ganz leicht, aber für Tim doch sichtbar, und sie mit ihrem Körper ganz sacht vor und zurück schaukelt wie ein ungetröstetes Kind, das man im Krankenhaus vergessen hat, da streckt Tim unter dem Tisch seinen Fuß aus, berührt vorsichtig ihren Unterschenkel und streicht über ihr Bein.

Als habe er dadurch eine Endlosschleife durchbrochen, führt sie nun mechanisch ihren Löffel zum Mund und beginnt zu essen. Etwas Brei tropft vom Löffel und läuft an ihrem Kinn entlang. Sie lässt es einfach geschehen, wischt nichts fort, als spüre sie nichts. Er kann sie schlucken hören.

Sie wird ihn nicht mehr los werden, Holgers Aufschrei kurz vor seinem Tod.

Dieser kurze Moment zwischen blankem Entsetzen und anschließender Stille.

Manche Momente sind wie die Ewigkeit.

Das Surren einer Fliege reißt sie am nächsten Morgen aus ihrem Schlaf. Jedes Mal aufs Neue umschwirrt sie ihr Gesicht. Ein müdes Licht taucht das Zimmer in eine Atmosphäre der Unwirklichkeit. Der Tag liegt noch im Kampf mit der Nacht. Als sie ihre Füße aus dem Bett hievt und auf den Flokati-Teppich stellt, fühlt sie zwar den Boden unter ihren Füßen, doch es ist wie ein Absinken ins Bodenlose. Sie geht zum Fenster und zieht den Rollladen hinauf. Draußen in den Gärten und vor den Türen der Nachbarn ist es still. Samstagmorgen. Wer steht da schon in der Morgendämmerung auf? Bestimmt wird die Polizei auftauchen. Es ist nur eine Frage der Zeit. Holgers Eltern werden klingeln und Fragen stellen. Was soll man ihnen nur antworten? Wem werden sie die Schuld geben? Soll man ihnen erklären, dass er Haschisch geraucht hat? Und wenn sie fragen, warum er auf den Gleisen war? Sie werden alle viele Fragen stellen, sicherlich auch die eigenen Eltern.

Manchmal kommen Fragen zu spät.

Als Claudia sich mit ihrem Gesicht wieder dem Zimmer zuwendet, entdeckt sie plötzlich ein Schachspiel auf ihrem Schreibtisch. Sie setzt sich auf den Schreibtischstuhl und nimmt das weiße Pferdchen in die Hand, dann die weiße Dame und den schwarzen König, fährt mit ihren Fingern die

Konturen entlang – wunderbar geschnitzte Holzfiguren, glatt gerundet und filigran. Vor dem Spiel liegt ein kleiner Zettel: *Für dich. Lass uns doch morgen eine Runde spielen. Papa.*

Das war es also, was Vater stundenlang in seiner Holzwerkstatt im Keller gemacht hat.

Er wollte nie gestört werden. Wenn sie an der Tür klopfte, rief er nur schnell: „Draußen bleiben!"

Dabei schnitzte er ein Schachbrett für sie allein. Er musste es gestern Nacht, als sie schlief, auf ihren Schreibtisch gestellt haben.

Nein, heute geht gar nicht, überlegt sie. Da ist die Verabredung mit Herrn Belt. Und außerdem wäre es sowieso unmöglich, weil sie ständig an Holger denken muss.

Verwundert darüber, dass ihr Vater sie am Nachmittag zur Tür begleitet, erklärt sie ihm, sie sei mit einer Freundin unterwegs und es sei sehr wichtig – Frauengespräche!

„Claudia, dann können wir doch Schach spielen, wenn du zurück kommst, oder?"

Sie nickt nur. In die Augen sieht sie ihm dabei nicht. Es schmerzt irgendwo in ihrem Inneren. Er spürt, dass irgendetwas passiert sein muss. Ein trauriger Zug umspielt ihre Mundwinkel. Die Gesichtszüge sind angespannt und in ihrem Blick spiegelt sich etwas Abgründiges und Dunkles, etwas, das ihn beunruhigt. Sie springt die Vortreppe hinunter und dreht sich noch einmal nach ihm um. Er steht noch in der Tür und winkt. Sie winkt zurück.

Sie geht fort, eigentlich nur zu einer Freundin wie sonst auch, überlegt er. Aber irgendetwas in ihrem Gang ist anders. Die innere Musik, zu der sie sich bewegt, hat ihre Tonart geändert.

Sie entfernt sich, denkt er noch, als er die Haustür schließt.

Verlegen lächelt sie Herrn Belt zu, als sie die Autotür öffnet. Sie steigt hinein, schlägt die Tür zu und reicht ihm die Hand. Er hat große, erstaunlich weiche Hände für einen Mann. Schnell zieht sie ihre Hand zurück.

„Dann wollen wir mal los. Hast du dir überlegt, welchen Film du sehen möchtest?"

„Ach, eigentlich würde ich lieber draußen sein. Können wir vielleicht Eis essen gehen oder Minigolf spielen?"

„Oder Boot fahren auf dem Entenfang in Mülheim vielleicht?"

„Ja. Das wäre auch gut."

„Was hast du denn gestern so gemacht? Du hattest doch irgendetwas mit deinem Bruder geplant."

Er hört ihr Seufzen, das Kratzen ihrer Fingernägel auf dem Jeansstoff ihrer Hose.

„Wir haben Schach gespielt."

Sie lehnt ihren Kopf an die Autoscheibe. Das Glas beschlägt.

„Haben Sie Musik im Auto?"

„Natürlich. Was magst du denn hören?"

„Meat Loaf. Haben Sie das Lied *Heaven can wait*?

„Ich glaube schon. Öffne mal das Handschuhfach, bitte."

Sie öffnet das Fach. Ihre Hände wühlen in den Musikkassetten.

„Vielleicht findest du auch noch andere Musik, die dich interessiert."

Sie reicht ihm die Kassette. Als er ihren Blick einfangen will, schaut sie weg. Er sieht nur ihr Seitenprofil, die linke

Wange mit dem Kratzer von den Sträuchern am Bahndamm. Auch ihre Arme sind zerkratzt.

„Wie lange habt ihr denn Schach gespielt?"

„Lange."

„Nur Schach, den ganzen Nachmittag?"

„Warum?"

Er schiebt die Kassette in den Recorder.

„Kriegt man beim Schachspielen Kratzer im Gesicht?"

Sie wartet einen Moment, bevor sie antwortet.

„Ja. Ich bin mit dem schwarzen Pferd mitten durch eine Bauerngruppe hindurch. Das war ziemlich turbulent."

Sie grinst ihn an. Schweigt.

„Ist eine traurige Musik, die du dir ausgesucht hast."

„Darf man nur fröhliche Musik hören? Außerdem ist sie nicht nur traurig. Immerhin heißt es ja, dass der Himmel warten kann."

Die letzten Worte spricht sie so leise, dass er sie kaum verstehen kann. Sie wischt eine Träne fort. An einer roten Ampel dreht er sich zu ihr hin, sieht den feuchten Film in ihren Augen, auf ihrem gelben T-Shirt zwei dunkle, nasse Punkte.

Vorsichtig streicht er mit seiner Hand über ihre Wange, fährt mit seinem Zeigefinger sanft über die feine rote Linie. Sie weicht nicht zurück. Ein leichtes Zittern in seiner Hand. Da schaut sie ihn an und in ihrem Blick offenbart sich abgrundtiefer Schmerz. Eine plötzliche Kälte steigt in ihm auf.

Intuitiv erspürt er die Tragödie, ohne dass er sie beim Namen nennen kann. Er zwingt sich dazu, geduldig zu sein und abzuwarten. Nach ein paar Minuten beginnt er von Neuem das Gespräch. Zu intensiv ist die Stille.

„Böse Bauern. Wenn ich da gewesen wäre, hätte ich die Läufer auf sie gehetzt."

„Schöner Gedanke. Und dann?"

„Dann hätten sie dich durchgelassen, ohne dich zu zerkratzen und wir hätten in meinem Turm am offenen Kamin gesessen und von der Brüstung aus über das Land geschaut."

„Sie haben viel Fantasie."

„Du auch. Du bist etwas ganz Besonderes."

Wieder lehnt sie ihren Kopf an die Scheibe, schließt die Augen und flüstert leise vor sich hin:

„Heaven can wait."

In der Eisdiele am Wasserbahnhof in Mülheim bestellt sie sich einen Bananensplit und er einen Eiskaffee. Die kleine Weltkugel an ihrer Gürtelschnalle hat er längst entdeckt. Sie trägt sie also tatsächlich bei sich. Oder nur heute? Aus Höflichkeit?

Nein, so schätzt er sie eigentlich nicht ein. Das Geschenk von ihm bedeutet ihr etwas.

Sie lächelt beim Anblick seines Schnauzbarts aus Sahne. Er wischt sich die Sahne mit dem Handrücken fort.

„Schmeckt es Ihnen?"

Sie lacht.

„Sie haben gerade so lustig ausgesehen. Tut mir leid, dass ich lachen muss."

„Macht nichts. Und schmeckt es dir denn?"

„Sehr gut sogar. Sind Sie öfter hier?"

„Ab und zu."

„Mit Ihrer Frau?"

„Nein. Ich bin nicht verheiratet."

Er wartet darauf, dass sie nachfragt, ob er eine Freundin hat. Aber sie fragt nicht. Sie beobachtet die anderen Leute an den Tischen, wendet den Kopf von links nach rechts. Dann stochert sie in ihrem Eis herum, schiebt ein Bananenstückchen auf den Löffel und führt ihn zum Mund. Weiche, volle Lippen. Verstohlen schaut sie zu ihm auf. Sie sieht sehr müde aus. Dunkle Schatten unter den Augen erzählen eine unbekannte Geschichte.

„Siehst du das ältere Ehepaar dort hinten in der Ecke?"

„Wo denn da?"

„Unter dem Bild mit dem Kornfeld."

„Was ist mit denen?"

„Was meinst du, wie sie leben? Was haben sie wohl für einen Beruf? Was für Hobbys?"

Claudia zerdrückt den Rest der Eiskugeln mit dem Löffel, hebt die Eisschale an und lässt die süße Flüssigkeit auf den Löffel tropfen.

„Ich liebe Eismatsche. Am liebsten würde ich ein ganzes Glas Eismatsche bestellen. Sie stellen vielleicht Fragen. Woher soll ich das denn wissen, was die beiden in ihrem Leben anstellen?"

„Lass mal deine Fantasie spielen. Du hast doch so viel davon."

Sie zieht den Aschenbecher zu sich heran, holt die Packung Camel aus ihrer Jeansjacke und fingert eine Zigarette heraus.

„Möchten Sie auch eine?"

Verblüfft starrt er sie an.

„Du rauchst?"

„Könnte man so sagen."

„Was sagen denn deine Eltern dazu?"

„Begeistert sind sie nicht."

„Sie wissen es also?"

„Ja."

„Und?"

„Und was?"

„Ach nichts. Vergiss es."

„Möchten Sie denn jetzt eine Zigarette?"

„Ich habe selbst welche."

Er reicht ihr Feuer. Dann steckt er seine Marlboro an.

„Tja, ich glaube, dass die beiden verheiratet sind. Lange schon."

„Wieso?"

Neugierig blickt er zu Claudia.

„Nun, sie wirken vertraut und sprechen fast gar nicht miteinander."

„Aha. Wenn man nicht viel zusammen spricht, ist man also verheiratet?"

„Keine Ahnung."

Sie schnipst die Asche in den Aschenbecher.

„Was meinen Sie denn, was das für zwei sind?"

„Ich denke auch, dass sie verheiratet sind. Er könnte von Beruf Metzger sein."

„Wieso das?"

„Er hat kräftige Hände, rosige Wangen und einen scharfen Blick."

„Und das ist also typisch für einen Metzger?"

Er hält seine Hand vor den Mund, um das Grinsen zu verbergen.

„Sie veräppeln mich. Ich seh's doch."

Da nimmt er seine Hand vom Mund, klopft ihr auf die Schultern und lacht.

„Stimmt. Woran hast du es erkannt?"

„Wieso fragen Sie ständig?"

„Man kann nie genug Menschenkenntnis haben. Weißt du was? Wir zahlen jetzt und dann fahren wir zum Entenfang."

Gierig fischt sie sich die zweite Zigarette aus der Packung. Qualm fängt sich in ihrem rechten Auge. Sie kneift es zusammen, drückt ihre Finger gegen das Lid. Dann zieht sie an der Zigarette. Sie raucht auf Lunge, denkt er, und nicht erst seit gestern.

„Was ist los mit dir, Claudia?"

„Nichts."

„Du wirkst aber nicht so."

„Geht das Fragespiel jetzt weiter? Ich habe nur schlecht geschlafen."

„Ja sicher."

Ihre Mine verfinstert sich. Sie kaut auf ihrem Fingernagel herum, weicht seinem Blick aus.

„Können wir gehen? Ich muss nur noch kurz zur Toilette."

Er sieht ihr nach. Ein hoch gewachsenes, schlankes Mädchen. Ihr kastanienfarbenes Haar glänzt im Sonnenschein, der durch die Fensterscheiben fällt. Heute ist sie besonders traurig, überlegt er, selbst ihre Bewegungen sind traurig.

Als sie von der Toilette kommt, steht er auf und geht ihr entgegen, hält ihr die Camelpackung hin. Sie nimmt die Schachtel. Ihre Finger berühren sich. Ihre sind noch etwas nass. Er geht voran, seine dunkelblaue Cordjacke über der Schulter. Sie atmet sein Parfum. Er ist zum Greifen nah. Sie braucht nur ihren Arm auszustrecken, nicht einmal sehr weit, dann könnte sie mit ihrer Hand seinen Nacken berühren, das bisschen nackte, warme Haut zwischen Haaransatz und dem Kragen seines roten Polo-Shirts. Als er sich umdreht, errötet sie. Er bemerkt ihre Scham, den Blick, der sich zu Boden senkt.

Sie parken vor der Musikschule. Als sie im Wagen sitzen, öffnet er das Dach seines VW-Cabrios. Die unerträgliche Hitze in dem Wagen lässt allmählich nach. Er steckt eine neue Kassette in den Recorder und fährt los. Claudia liest „Led Zeppelin" auf dem Etikett.

Sie kurbelt ihre Scheibe hinunter, legt ihren Arm ins Fenster. Ihr langes Haar flattert im Fahrtwind. Sie denkt an Holger. Noch immer hört sie seinen Schrei. Dann lauscht sie wieder der Musik, verlockende Klänge, die sie von etwas anderem träumen lassen. Sie fühlt sich schuldig.

„Wie heißt das Lied?"

„*Stairway to heaven*. Ich habe also auch ein Heaven-Lied."

„Treppe zum Himmel. Glauben Sie, dass es den Himmel tatsächlich gibt?"

„Weiß nicht. Zumindest ist es beruhigend, daran zu glauben."

Heimlich schaut sie auf ihre Armbanduhr. Noch wird niemand zu Hause sie vermissen. Ihr Bruder vielleicht. Wer weiß, wie es ihm geht? Unbehagen steigt in ihr auf, der Wunsch, lieber zu Hause zu sein. Unmöglich, es Herrn Belt zu sagen. Er wäre vielleicht verletzt. Aber so lange wird es ja nicht mehr dauern.

Er stellt seinen Wagen direkt in der Nähe des Sees ab, schaltet den Motor aus und bleibt sitzen, schaut einen kurzen Augenblick ins Nichts, bevor er sich ihr zuwendet. Sie wippt mit ihrem rechten Bein und wartet. Angst steigt in ihr auf. Am liebsten möchte sie aus dem Wagen springen. Doch rührt sie sich nicht. Die Musik ist mit dem Ausschalten des Motors verstummt. Sie hört seinen Atem, spürt ein Druckgefühl in ihrem Hals.

„Du bist sehr hübsch."

Jetzt wird es Zeit, dass wir aussteigen, schießt es ihr durch den Kopf. Sonst passiert noch etwas. Ihre Hände werden feucht.

Sie öffnet die Wagentür, steigt aus.

Er parkt auf der Wiese. Ob das erlaubt ist? Langsam läuft sie auf das Wasser zu, hört wie die Autotür ins Schloss fällt. Dann seine Schritte im Gras.

Enten schnattern auf dem See in der Nähe eines Ruderbootes, als hofften sie, mit Brot gefüttert zu werden. Er füttert mich mit Eis, überlegt sie. Und dann?

Verstohlen schaut sie auf ihre Armbanduhr. Er spricht mit dem Bootsverleiher, der auf ein Tretboot am Anlegesteg zeigt. Dann winkt er Claudia zu.

Das Boot wackelt, als sie hineinsteigt. Leise plätschert das Wasser gegen die Bootswand. Sie taucht ihre Hand ins warme Wasser. Auf der Oberfläche tummeln sich kleine Fliegen und Mücken. Er setzt sich neben sie. Ihre Schultern stoßen aneinander. Das Tau wird gelöst und sie strampeln los.

Noch niemals war sie hier. Sie hat das Gefühl zu träumen. Seit gestern reiht sich ein Traum an den anderen. Auch der Unfall war nur ein Traum. Und das jetzt hier ist auch nicht wahr. Es kann gar nicht wahr sein. Sie kneift sich in den Arm. Fühlt sich wie taub an. Alles scheint unwirklich, als habe eine Verfremdung der Welt stattgefunden, die gestern abrupt eingesetzt hat, als Holgers Körperteile durch die Luft flogen.

Er zieht seine Marlboro aus der Tasche, bietet ihr eine Zigarette an, nimmt schließlich auch eine. Er legt seinen Arm um sie. Sie wehrt sich nicht, hört mit dem Strampeln auf und erstarrt. Er riecht gut. Am Ufer erblickt sie den Bootsverleiher, der ein anderes Boot vertäut. Zwei Mädchen klettern hinaus, die eine kreischt, als das Boot beträchtlich schwankt. Er trägt grüne Gummistiefel und eine blaue Latzhose. Mit seinen Zähnen hält er eine Zigarette fest. Solange er am Ufer ist, gibt es einen Zeugen. Herr Belt wird sich doch wohl zurückhalten?

„Im Unterricht bist du richtig lebhaft. Warum bist du jetzt so ruhig?"

„Keine Ahnung."

„Gefällt es dir hier?"

„Ja. Es ist so friedlich."

„Gehst du auch schon mal in die Disko?"

„Nein. Mag ich nicht."

„Was machst du in deiner Freizeit?"

Sie schmunzelt.

„Mit Ihnen Tretboot fahren."

Er nimmt seinen Arm von ihrer Schulter, taucht seine Hand in den See und bespritzt sie mit Wasser.

„Du hast Humor.", lacht er.

„Haben Sie keine Angst, dass man uns sieht?"

„Wäre gut, wenn du niemandem davon erzählst. Sonst kriege ich richtig Ärger."

„Ich sage nichts."

„Ich möchte, dass du mich duzt. Nur in der Schule solltest du beim Sie bleiben."

Sie nickt stumm, während er mit seiner Hand über ihren Rücken fährt, die Wirbelsäule entlang. Sie kann es nicht verhindern, dass sie die Gänsehaut in ihrem Körper fühlt. Die Haare an ihren Armen richten sich auf. Sanft streicht er mit seinen Fingern über den weichen Flaum.

„Magst du das?"

Die Worte in ihrem Kopf verlangsamen sich. Gedankenstau. Unfähigkeit, ein Wort zu greifen.

Alles nur Einbildung, alles nur ein Traum. Nichts davon ist wahr. Sie beobachtet die Glut an ihrer Zigarette, führt sie an ihre Lippen und atmet tief den Rauch ein. In ihrer Fantasie sieht sie den Rauch durch ihre Bronchien strömen, bis er sich in den Lungen verteilt.

Sie fühlt Schwindel in sich aufsteigen. Oder liegt es an dem Schaukeln des Bootes?

„Hast du schon mal mit einem Jungen geschlafen?"

Sie wirft die Zigarette in den See. Der Stummel treibt auf den Wellen. Ein Erpel kommt angeschwommen, hält den Stummel wohl für einen Brotkrumen.

„Ich möchte nach Hause. Können wir nach Hause fahren?"

„Gefällt dir der Ausflug nicht?"

„Doch schon.", stammelt sie.

Heftig tritt sie in die Pedalen.

„Wenn du möchtest, können wir mal bei mir grillen. Ich habe einen Wohnwagen in Gahlen auf einem Campingplatz."


Als sie an diesem Abend nach Hause kommt, dreht sie den Schlüssel so leise wie möglich im Schloss herum, schleicht auf Socken in den Flur, ihre Turnschuhe mit dem Matsch unter den Sohlen in der rechten Hand. Kleine Bröckchen Erde rieseln aus dem Profil. Sie öffnet die Kellertür und stellt die Schuhe auf die oberste Treppenstufe. Im Keller ist das Licht an. Die Waschmaschine schleudert und ein beißender Geruch von Farbe und Terpentin dringt herauf. Auf Zehenspitzen läuft sie nach unten. Sie ärgert sich über das Knacken in ihrem Fußgelenk.

Aus dem Heizungskeller dringt Radiomusik. Blechern klingende Volkslieder quälen sich aus dem scheppernden Lautsprecher von Vaters altem Transistorradio hervor. Sie setzt sich auf die Treppe und belauscht das Gespräch der Eltern.

Mutters Stimme klingt verschnupft und bedrückt. So klingt sie immer, wenn sie heimlich geweint hat und anschließend so tut, als sei nichts gewesen. Doch ihre Augen, die dann gerötet und geschwollen sind, verraten sie jedes Mal. Und auch ihre Lippen und die Nase sind dann leicht verdickt. Bis heute versteht Claudia nicht, warum man Tränen verbergen muss. Vater redet auf sie ein.

„Frieda, unsere Kinder haben nichts damit zu tun. Sieh mal, die anderen aus der Nachbarschaft können sich das auch alles nicht erklären. Holger war einfach ein bisschen sonderbar – manchmal wenigstens."

Ihre Mutter schluchzt.

„Mensch Bernd, es hätte auch eins von unseren Kindern sein können."

„Wie kommst du denn darauf?"

„Ist nur so ein Gefühl. Vielleicht hat man ihn ja geschubst?"

„Mord? Ach komm! Das ist jetzt weit her geholt. Wer sollte ihn denn umbringen wollen? Die Polizei meinte, er sei wahrscheinlich betrunken gewesen und dann irgendwie auf die Gleise gefallen."

„Aber was hat er denn da oben auf dem Bahndamm zu suchen?"

„Woher soll ich das wissen? Wir fragen Claudia nachher, wenn sie von ihrer Freundin zurück ist. Jetzt werde ich die Gas- und Wasserleitungen weiterstreichen. Haben wir eigentlich noch gelbe Farbe?"

„Wie du jetzt nur arbeiten kannst? Gelbe Farbe, ja, wir haben noch gelbe Farbe. Ich hole sie dir."

Mutters Schritte nähern sich der Treppe. Geschwind rennt Claudia hinauf. Ihr Fußgelenk knackt. Ihre Mutter kennt das Geräusch und hält inne.

„Claudia?"

Bevor sie den Keller ganz verlassen hat, stoppt sie, seufzt und geht nach unten.

„Ja, ich bin es. Bin wieder zurück."

„Ich bin so froh, dass du wieder da bist."

„Was ist denn los? Ist irgendetwas Besonderes?"

Die Mutter macht einen Schritt auf ihre Tochter zu. Claudia sieht den Impuls in ihren Armen, als wollte sie die Tochter in den Arm nehmen. Doch sie bleibt nur vor ihr stehen, schaut ihr kurz in die Augen, sieht dann zu Boden, lässt die Arme an ihrem Körper herunterhängen. Ihre Dauerwelle ist zerzaust. Die Locken liegen spröde am Kopf. Wie Mutter so da steht, sieht sie aus wie ein kleines Kind, das beschützt werden muss. Claudias Beine zittern.

„Mama, was ist?", fragt sie hilflos.

„Der Holger ist tot."

Ein Gefühl der Schwäche, das sich langsam von den Füßen aus nach oben ausbreitet, lässt Claudia schwanken. Alles dreht sich vor ihren Augen. Sie schafft es noch gerade eben, sich auf den Boden zu setzen, als es plötzlich dunkel wird und sie in sich zusammensinkt.

„Bernd! Komm schnell! Claudia ist ohnmächtig geworden!"

Er lässt den Pinsel fallen, ein gelber Klecks auf grauem Steinboden. Dann kommt er aus dem Heizungskeller, sieht seine Tochter auf dem Rücken liegen, das Gesicht weiß wie Schnee, ein roter Kratzer auf ihrer Wange und dunkle Ränder unter den geschlossenen Augen.

„Frieda, ruf den Arzt, beeil dich."

Tim hört seine Mutter am Telefon im Flur. Sie ist ganz aufgelöst. Ihre Worte überschlagen sich. Als sie auflegt und sich umdreht, steht Tim neben ihr.

„Was ist denn?"

„Deine Schwester liegt im Keller. Sie ist ohnmächtig geworden."

Er rennt nach unten. Noch immer liegt sie auf dem Boden. Vater hat sie mit einer Wolldecke zugedeckt, die er aus dem Partykeller besorgt hat. Mittlerweile ist sie wieder bei Bewusstsein. Sie stemmt sich mit dem linken Unterarm hoch und erbricht.

Tim setzt sich neben sie, hält ihr ein Tempotuch hin, mit dem sie sich den Mund abwischt.

„Wir schaffen das. Irgendwie schaffen wir das.", flüstert er ihr leise ins Ohr.

Vater bringt ihr einen Eimer. Mutter befüllt einen zweiten mit Wasser.

An der Tür klingelt es. Tim lässt den Arzt herein.

„Kannst du aufstehen? Es ist sehr kalt auf dem Fußboden."

„Ich versuche es."

Langsam kniet sie sich hin. Der Schwindel ist etwas weniger geworden. Sie wartet einen Moment. Dann richtet sie sich auf und setzt sich auf einen Gartenstuhl.

„Jetzt wollen wir dir erst einmal Blutdruck messen. Hast du so etwas schon einmal gehabt?"

Der Arzt fühlt den Puls am Handgelenk und misst dann den Blutdruck.

„Nein."

„Wie alt bist du?"

„Vierzehn."

„Du bist sehr groß für dein Alter. Wie groß bist du denn?"

„Ein Meter und fünfundsiebzig."

„Aha. Blutdruck ist 90 zu 60. Ist ein bisschen wenig."

Claudia lächelt müde.

„Was hast du denn heute gemacht. Warst du zu lange in der Sonne?"

„Nein."

Hoffentlich hört er endlich mit seinen Fragen auf. Das hat jetzt auch noch gefehlt. Wie soll sie erklären, was sie auf dem See gemacht hat? Es glaubt ihr ja keiner, dass sie da mit ihrer Freundin war. Wie sollten sie da auch ohne Auto hinkommen?

Sie schließt ihre Augen. Tim kaut auf seiner Unterlippe.

„Du siehst auch nicht gerade frisch aus, junger Mann."

Tim fühlt das Blut in seinen Kopf steigen.

„Bin müde."

Er starrt auf Claudias Beine.

„Ihre Tochter hat zu niedrigen Blutdruck. Kann am schnellen Wachstum liegen. Ich gebe ihr etwas Effortil, um den Blutdruck etwas anzuheben. Haben Sie mal ein Glas Wasser?"

Tim springt auf und bringt das Wasser.

„Ist dir noch übel, Claudia?"

„Nein."

„Meinst du, du könntest ein paar Tropfen Medizin nehmen?"

„Ich denke schon."

Sie spült die Medizin hinunter.

Ihre Eltern begleiten den Arzt zur Haustür.

Claudia läuft hinter Tim die Treppe hinauf.

„Wir treffen uns in einer Stunde in meinem Zimmer, ja? Wir können bei mir etwas fernsehen. Hast du Lust?"

Sie überlegt nicht lange. Dankbar sagt sie zu.

Als sie in ihrem Zimmer ist, sucht sie das Tagebuch, für das sie sich immer wieder ein neues Versteck ausdenkt. Diesmal steckt es im Kopfkissenbezug. Schnell schreibt sie ein paar Zeilen.

*Ausflug mit Alexander Belt:*

*Wir waren Eis essen und dann auf dem See am Entenfang Tretboot fahren. Ich habe mich darauf gefreut, aber ich habe auch Angst vor ihm, wenn Angst überhaupt das richtige Wort ist. Er tut mir ja nichts. Er hat mir das „Du" angeboten. Ich soll ihn jetzt Alexander nennen.*

*Es ist schön mit ihm, aber irgendwie stehe ich unter Strom in seiner Nähe.*

*Manchmal meine ich, er kann meine Gedanken lesen.*

*Wir saßen ganz nah zusammen in dem Boot. Dann hat er mir über den Rücken gestreichelt.*

*Warum habe ich bei ihm Angst, wenn er mich berührt, aber nicht bei Rüdiger?*

*Wie viele Geheimnisse verträgt ein Mensch, bevor er daran zerbricht?*

*Alexander will mit mir grillen auf seinem Campingplatz, nur er und ich.*

*Ich weiß nicht, ob ich das will. Wie kann ich feststellen, was ich will? Wann weiß ich, ob es gut ist, gut für mich ist?*

*Ich glaube, ich schaffe es nicht, ihm abzusagen.*

*Es ist verrückt: Er tut das, wovon ich träume und doch macht er mir Angst.*


Wie vereinbart, besucht sie ihren Bruder. Im Gegensatz zu ihr darf er schon einen Fernseher in seinem Zimmer haben. Er hat es richtig gemütlich gemacht. Auf seinem Sofa liegt die Bettdecke und ein Kissen ist auch für jeden da. Sie setzen sich nebeneinander aufs Sofa und wickeln sich in der Decke ein. Auf dem bunt gemusterten Nierentisch steht eine Packung mit Salzstangen, daneben zwei Gläser und eine große Flasche Cola.

„Was läuft denn im Fernsehen?"

„Ich habe nachgeschaut. Gleich kommt ein Film von Edgar Wallace, ein Krimi. Wie wär's?"

Claudia nickt.

„Gern."

„Dir war vorhin schlecht wegen Holger, stimmt's?"

„Kann schon sein."

„Die Polizei war hier und auch bei den anderen. Was mich wirklich wundert, ist, dass alle, und zwar unabhängig voneinander, gesagt haben, sie wüssten von nichts. Kannst du dir das erklären?"

„Angst? Schock? Lähmung?"

„Wo warst du heute Nachmittag eigentlich? Rüdiger hat angerufen. Er war ziemlich fertig. Er wurde nicht befragt. Kommt ja auch keiner darauf, dass er dabei war."

Nervös fischt Claudia eine Zigarette aus der Packung.

„Ich war bei Martina."

„Sicher?"

Sie zerknüllt die leere Schachtel und wirft sie in die Ecke.

„Sicher."

Er wittert ihre Unsicherheit.

Tim hält die Luft an, zieht die Cola durch die Zähne, bevor er sie herunterschluckt. Er beugt sich nach vorne, greift sich die zweite, noch verpackte Schachtel Camel, die Claudia neben den Aschenbecher gelegt hatte und reißt die Plastikfolie auf.

Claudia spürt förmlich, wie er nachdenkt. Dann öffnet er die Packung, zieht das Aluminium-Papier heraus, riecht an den frischen Zigaretten und nimmt sich eine.

Das Streichholz ratscht über die Reibefläche, einmal, zweimal. Es riecht angenehm nach Schwefel. Mit seiner rechten Hand schüttelt er das Streichholz, bis die Flamme erlischt. Abrupt dreht er seinen Kopf. Claudia erschrickt.

„Irgendwie habe ich den Eindruck, deine Antwort stimmt nicht so ganz."

„Du siehst Gespenster."

„Ganz schön warm hier."

Tim öffnet das Fenster, stützt sich auf der Fensterbank ab und lehnt sich hinaus. Da hört er einen kurzen Aufschrei, aber irgendwie gedämpft, als halte sich jemand ein Kissen vor den Mund. Claudia steht auf, setzt sich zu Tim auf die Fensterbank. Stumm schauen sie ins Nichts, ihre Muskeln bis aufs Äußerste gespannt in der Erwartung weiterer Schreie.

„Ach, Tim, hören denn Papas Schmerzen niemals auf?"

„Ich weiß nicht. Ich wünschte, ich könnte ihm irgendwie helfen."

„Mama sollte wenigstens das Fenster unten schließen. Die ganze Straße kann ihn hören."

Sie schließt die Augen und als sie sie wieder öffnet, wischt sie eine Träne fort. Ein würziger, herbstlicher Geruch liegt in der Luft, die ersten Anzeichen des vergehenden Sommers. Es riecht nach Blättern und feuchter Erde, ein dunkler Geruch. Mild fühlt Claudia den Abendwind in ihrem Gesicht. Sie hört die Güterzüge in der Ferne. Es wird wohl Regen geben. Die Blätter rascheln leise in den hohen Pappelbäumen. An der Häuserfront gegenüber sind einzelne Fenster noch erleuchtet, in manchen flackert es bläulich.

„Der Herbst kommt.", sagt Claudia mit trauriger Stimme.

„Und mit ihm die Erinnerungen. Papas Phantomschmerzen müssen fürchterlich sein. Es ist kaum zum Aushalten, wenn er so erbärmlich leidet, jeden Frühling und jeden Herbst, immer wieder aufs Neue. Wenn er schon morgens ohne Prothese läuft, nur auf Krücken, den Beinstumpf nur mit der

Schlauchbinde umwickelt, dann weiß ich, wie es um ihn steht."

Tim klettert von der Fensterbank und langt hinters Sofa, wo er zwei Flaschen Bier für den Abend versteckt hat. Geschickt setzt er den Flaschenöffner an. Es zischt. Er saugt den hoch schießenden Schaum ab, gießt dann etwas in ein Glas, das er seiner Schwester reicht. Sie winkt ab, streckt den Kopf aus dem Fenster, atmet tief die kühle Luft ein.

„Sag mal, Tim, schaust du noch immer mit dem Fernglas rüber?"

„Na klar. Warte, ich hole es eben aus dem Schrank. Mal sehen, ob wir etwas Interessantes entdecken."

„Au ja! Super!"

Schon hält er das Fernglas in seinen Händen und sucht die Hauswand gegenüber ab.

„Aha, die drei Oldies im Wohnzimmer schauen fern. Auf dem Tisch sehe ich eine Tüte Chips und drei Flaschen Cola."

„Lass mich auch! Gib schon."

„Einen Augenblick."

Claudia zerrt an seinem Ärmel.

„Du kannst doch sonst immer gucken."

„Ja. Ok. Ok."

„Wie funktioniert das noch? Genau, ich muss an dem mittleren Rädchen drehen und dann die Sehschärfe einstellen. Da haben wir´s."

Tim zündet sich eine weitere Zigarette an, setzt sich längs auf die Fensterbank und lehnt sich entspannt an den Rahmen, während Claudia in gespannter Stille durch das Fernglas schaut. Zwischen zwei nebeneinander liegenden Fenstern wechselt sie hin und her, schüttelt dann den Kopf und verharrt bei dem rechten Fenster mit dem schummrigen Licht. Dennoch ist alles gut zu erkennen.

„Tim, sieh dir das an!"

Ihm fällt ihr entrüsteter Tonfall auf. Dann gibt sie ihm das Fernglas und stützt sich mit den Ellbogen auf der Fensterbank ab.

Plötzlich hören sie Geräusche im Hausflur, die Schritte ihrer Eltern auf der Treppe.

Tim lacht auf.

„Du meinst den Kerl mit der offenen Hose?"

„Ja."

„Das macht der Typ häufiger. Du meinst doch den Herrn mit der Hand in der Hose, oder nicht?"

„Ja."

„Warum der geheiratet hat, weiß ich auch nicht. Besonders bekloppt ist, dass seine Frau das Wohnzimmer nebenan aufräumt, während er sich einen runter holt."

„Ein bisschen einsam was? Sie räumt auf und er wichst. Was ist das denn für eine Kombination? Tolle Ehe!"

„Tja, jetzt räumt sie die Gläser und Teller weg, wischt den Tisch ab, rückt die Sessel zurecht und er, mal nachsehen, aha, er wichst immer noch. Wahrscheinlich behält er die Uhr im Auge. Aus Erfahrung weiß er, wie lange seine Frau zum Aufräumen braucht. Wenn sie dann zu ihm kommt, ist er fertig."

„Mein Gott, wenn die wüssten, dass wir zuschauen."

Claudia schüttelt sich vor Lachen.

„Vielleicht sollten wir denen eine Postkarte einwerfen so nach dem Motto: Viel Spaß beim Spaßhaben oder so ähnlich."

„Wir wollen doch keinen Verdacht erregen."

„Hast ja Recht. Lieber heimlich Peep-Show gucken."

Ohne sich umzudrehen, immer noch mit dem Fernglas vor Augen wechselt Tim abrupt das Thema. Jemanden spontan mit einer Frage zu überraschen, kann sehr hilfreich sein, wenn man etwas heraus finden möchte.

„Ich habe dir ja gesagt, dass Rüdiger heute angerufen hat."

„Ja und?"

„Was will eigentlich dein Klassenlehrer von dir?"

Kurzes Schweigen. Tim erkennt ihre Verlegenheit.

„Ga-, gar nichts. Wie kommst du denn auf so etwas?"

Tim rümpft die Nase und fixiert Claudia mit seinem Blick. Sie weicht aus, kratzt sich im Gesicht.

„Rüdiger meint, Herr Belt habe nach dem Unterricht immer noch irgendetwas mit dir zu besprechen. Das findet Rüdiger einfach seltsam."

„Ach, er übertreibt."

„Habt ihr nicht bald Klassenfahrt?"

„Ja, haben wir. Natürlich fährt auch der Klassenlehrer mit, falls du das jetzt fragen wolltest."

„Irgendetwas gefällt mir nicht an der Sache. Kann nicht genau sagen, was. Aber irgendetwas ist faul."

„Was ihr nur habt!"

„Pass auf dich auf Schwester, klar?"

„Klar."

Plötzlich klopft es an der Tür. Schon geht sie auf und ihr Vater schaut nur durch einen Türspalt. Sein Gesicht ist blass und abgespannt, seine Augen haben diesen glasigen Blick, den sie stets haben, wenn er ein starkes Schmerzmedikament zu sich genommen hat.

„Geht's dir besser, Claudia?"

„Ja. Die Medizin hat geholfen."

Wie gern würde sie ihn nach seinem Befinden fragen. Aber nicht ein Wort verlässt ihren Mund. All die unausgesprochenen Worte, die so weh tun und die man nie vergisst.

„Ich wollte dir noch sagen, dass vorhin dein Klassenlehrer angerufen hat. Ich war etwas verwundert, weil es doch Samstag ist und dazu schon spät. Hast du irgendetwas ausgefressen? Gibt es irgendeinen Grund zur Klage?"

"Nein Papa."

„Aber es muss doch irgendetwas Wichtiges sein, wenn an einem Samstag der Klassenlehrer anruft. Es muss doch etwas vorgefallen sein."

„Nein, wirklich nicht."

„Was auch immer es ist, vergiss nur nicht, dass Lehrer immer am längeren Hebel sitzen. Also sollte man sie nicht verärgern. Und man sollte auf das hören, was sie sagen. Und du machst im Unterricht gut mit und hast auch immer deine Hausaufgaben?"

„Ach, Papa. Natürlich."

„Dann verstehe ich es auch nicht. Egal. Ich gehe jetzt schlafen. Ich bin sehr müde."

„Ja, schlaf gut."

Tim winkt seinem Vater.

Leise zieht er die Tür hinter sich zu. Sie hören, wie er die Krücken aufsetzt und dann sein Bein nachzieht.

Bis zum Schlafzimmer macht es fünf Mal *toc, toc*, bis er dort ankommt, ins Zimmer geht, die Krücken an den Stuhl neben dem großen Schrank aus Eichenholz lehnt, auf einem Bein zum Bett hüpft, sich auf die Kante setzt und anschließend ins Bett sinken lässt.

Einen Teller mit geschälten Apfelstücken in der linken Hand haltend, betritt Claudia das Zimmer ihrer Tochter Johanna, die am Schreibtisch über ihren Hausaufgaben sitzt, mit der Nase fast auf dem Blatt Papier. Schon seit drei Stunden brütet sie über Mathematik, Latein, Englisch und Erdkunde. Fürs Handballtraining bleibt heute keine Zeit, zumal morgen eine Deutscharbeit geschrieben wird.

Claudia stellt den Teller auf den Schreibtisch. Als Johanna von ihrem Buch aufschaut, reicht sie ihr eine kleine Kuchengabel, mit der sie die Apfelstücke aufspießen kann.

„Das ist lieb von dir, Mama. Danke."

„Wie lange du hier schon sitzt und arbeitest!"

„Das ist der Preis dafür, dass man nach Klasse 12 sein Abitur hat. Hauptsache, man ist schnell fertig. Warum eigentlich?"

„Das frage ich mich auch ständig. Da bleibt nicht viel Zeit für anderes."

„Mama, die Kids werden doch nur noch mit Unterrichtsstoff abgefüllt. Wir lernen zu viel und denken zu wenig."

„Zu meiner Zeit war das anders. Also ich würde mich nicht wundern, wenn die Kinder irgendwann keine Lust mehr haben. Wenn man stundenlang am Schreibtisch sitzt und vorher lange Schule hatte, was bleibt dann noch vom Tag?"

„Also Mama! Du bist ja richtig motivierend! Soll ich vielleicht keine Hausaufgaben mehr machen?"

Johanna beißt schmunzelnd in ein Apfelstück.

„Nein. Natürlich nicht. Aber die Schüler werden durchs Gymnasium gescheucht und anschließend ebenso durchs

Studium, als gäbe es nichts anderes von Bedeutung. Die Menschen werden in ihrer Entwicklung so schmal angelegt."

„Was meinst du mit schmal?"

„Kreatives, Kulturelles, Zeit für Freundschaften und Abenteuer – all das kommt meiner Meinung nach zu kurz. Was macht denn Menschsein eigentlich aus? Ich denke manchmal, dass zu wenig Zeit für eine Ausbildung der Gesamtpersönlichkeit übrig bleibt. Wie viele Stunden Kunst und Musik hast du?"

„Ich habe zurzeit nur eine Stunde Musik in der Woche, Kunst überhaupt nicht."

„Immer geht es vorrangig um Leistung, Ausbildung und Konkurrenz, Wettbewerbsfähigkeit."

„Was könnte man denn ändern?"

„Ja, zum Beispiel mehr Kunstunterricht. Ich würde im Fach Kunst auch keine Noten vergeben. Jeder hat doch seinen eigenen Stil. Und mehr Musikunterricht, so richtig mit Instrumentenauswahl."

„Mehr Sport wäre auch gut. Ewig sitzen wir auf dem Hintern."

„Freundschaften zu pflegen, ist auch sehr wichtig."

„Ach, da wir gerade beim Thema sind, darf ich denn nun zu der Grillparty von Herrn Kringel?"

Claudia presst ihre Lippen aufeinander, für Johanna ein deutliches Zeichen, dass ihre Mutter etwas in Gedanken abwägt.

„Bitte Mama! Bitte!"

„Warum ist das denn so wichtig?"

„Ist es einfach! Und hast du nicht gerade eben noch etwas von Freundschaften und Abenteuer erzählt? Hm!?"

Sehr geschickt die Tochter, überlegt Claudia. Sie hat ja Recht. Schachmatt. Warum eigentlich nicht? Wird schon schief gehen. Ist ja nicht gesagt, dass sich alles im Leben wiederholt.

Gedankenverloren sitzt Claudia auf Johannas Bett und kaut ebenfalls auf einem Apfelstück herum. Sie spürt Johannas Blick. Nein, aufgeben wird ihre Tochter jetzt nicht.

„Mama?"

„Ja."

„Warum ist das nur so schwer für dich?"

„Immerhin grillt und zeltet ihr bei einem Mann."

„Ja und? Hast du ein Problem mit Männern?"

„Ich?"

„Ja, du!"

„Nein. Bestimmt nicht."

„Ist denn seine Frau auch an dem Abend zu Hause?"

„Nein."

„Was grinst du so?"

Johanna prustet los. Kleine Apfelstückchen fliegen durch die Luft und landen auf dem Boden.

„Igitt. Jetzt habe ich auch noch Apfelmus in der Nase."

„Was gibt es denn da so zu lachen?"

„Mama, Herr Kringel ist solo."

„Aha. So, so. Ich denke darüber nach, ok?"

Johanna weiß, dass ihre Mutter später zustimmen wird. Sie sieht es an diesem leichten Lächeln, diesem nur kurzzeitigen Verziehen der Mundwinkel und ihrem Bemühen, jetzt Blickkontakt zu vermeiden.

„Mach jetzt erst deine Hausaufgaben fertig. Wir sprechen beim Abendessen noch mal darüber."

Nur kurz überlegt Johanna, wie sie ihre Mutter überreden könnte. In Windeseile sind die Hausaufgaben fertig. Während Claudia mit ihrem Mann telefoniert, der momentan Mitarbeiter einer Hamburger Firma zum Thema

Zeitmanagement berät und ihr erklärt, dass er erst am Samstagmorgen nach Hause kommen kann, eilt Johanna in die Küche und kümmert sich um das Abendbrot. Sie hat es sich abgewöhnt, den Telefonaten ihrer Eltern zu lauschen, stattdessen grübelt sie jedes Mal darüber nach, wie sie ihre Mutter nach solchen Gesprächen wieder aufmuntern kann. Irgendwann ist Johanna aufgefallen, dass ihre Mutter beim Telefonieren nicht mehr wütend und mit Vorwürfen reagiert. Sie war dazu übergegangen, immer weniger zu sprechen. Sie war einsilbig geworden und in ihrer Stimme schwingt nun jene Traurigkeit mit, die für ihren Mann leichter zu handhaben, also leichter zu ignorieren ist als eine aggressive Auseinandersetzung, die aber eine entscheidende Wendung innerhalb der Beziehung bedeutet. Was Richard nicht versteht, ist, dass der Wechsel von dem Gefühl der Wut hin zur Traurigkeit den Anfang vom Ende eingeleitet hat. Claudia hat begonnen zu trauern. Sie ist dabei, sich innerlich von ihrem Mann zu verabschieden. Während er bei solchen Telefonaten stets mit Erleichterung reagiert, weil sie einfach nur stiller und somit für ihn pflegeleichter geworden ist, ist sie innerlich auf dem Rückzug. Sie ist dabei, ihre Erwartungen, Wünsche und Sehnsüchte von ihm zu lösen.

Johanna beeilt sich in der Küche, wäscht zehn kleine, pralle und kräftig rote Cherry-Tomaten unter warmem, fließendem Wasser. Sie glänzen appetitlich. Geschickt schneidet sie sie jeweils in zwei Hälften und verteilt sie auf den Tellern. Auf jeder Hälfte platziert sie ein Stückchen Mozzarella und schüttet Balsamico-Essig und Olivenöl darüber. Als sie gerade dabei ist, das Baguette aus dem Ofen zu holen, kommt ihre Mutter zur Tür herein. Sie lächelt, doch hinter dem Lächeln erkennt Johanna diese Traurigkeit, keine Verzweiflung oder Depression, sondern eine feine Melancholie, die sie häufig an ihrer Mutter wahrnimmt, wenn sie mit Richard telefoniert hat, der seinen Geschäften nachgeht und es gewiss ist, dass sie den Abend wieder allein auf dem Sofa verbringen wird, eingehüllt in ihre Kuscheldecke, umgeben vom flackernden Kerzenlicht und sehnsüchtiger Musik, die sie von etwas träumen lässt, an das sie sowieso nicht mehr glauben kann.

„Das ist aber lieb von dir, dass du schon mal das Essen vorbereitest."

„Ich hoffe, du hast auch Lust auf Tomaten."

Johanna schiebt sich eine in den Mund und schmatzt. Sie schneidet das Baguette auf. Krümel spritzen zur Seite.

„Immer doch. Übrigens klappt das mit dem Kino am Freitag nicht. Papa kommt erst Samstag. Wie meistens."

Johanna schaut zu ihrer Mutter. Sie blickt traurig zum Fenster hinaus.

„Ach, Mama. Weißt du was, dann gehen wir halt ohne ihn."

Die Baguettekrümel knacken unter ihren Füßen, als sie zum Küchentisch geht, um den Brotkorb darauf zu stellen.

„Essen wir in der Küche oder im Esszimmer?"

„Entscheide du, Johanna."

„Lass uns hier bleiben. Soll ich dir einen Tee machen?"

Ihre Mutter öffnet den Kühlschrank, holt Käse und rohen Schinken heraus. Johanna reicht ihr das Besteck an.

„Ein Rotbusch-Tee mit Vanillegeschmack wäre gut."

„Wird gemacht."

Johanna füllt Wasser in den Wasserkocher, öffnet den Schrank und zieht einen Teebeutel aus der Verpackung. Sie schnuppert an dem Beutel, hängt ihn in eine Tasse, die sie ihrer Mutter letztes Jahr zu Weihnachten geschenkt hat.

„Du bist bedrückt, nicht wahr? Wegen Papa."

Mutter nickt. Sie schluckt, umfasst mit ihrer Hand das warme Brot.

„Nimm dir später niemals einen Mann, der keine Zeit hat. Was hast du von all dem Geld, wenn es kein Familienleben mehr gibt?"

Johanna gießt das sprudelnde Wasser in die Tasse. Vanilleduft steigt auf. Er erinnert Claudia an vergangene Zeiten, an eine Zeit vor der Zeit, bevor es Richard und Johanna gab.

Unwillkürlich stehen ihr die alten Bilder vor Augen: Der Tag mit Alexander Belt auf dem Campingplatz, seine Nähe, der Geruch seiner Haut, seine Hände auf ihrem Körper, der Duft nach Vanille, der von seinem Parfum und auch von seinem Duschgel ausging, der Geruch des Verbotenen, verbunden mit dem stillen Einvernehmen, dass sie von nun an ein großes Geheimnis teilten.

Nach einer kurzen Weile taucht sie auf aus dem Dschungel ihrer Erinnerungen. Intensiv verspürt sie den Wunsch, den Abend mit ihren Tagebüchern zu verbringen, um einzutauchen in eine längst vergangene, aber nicht vergessene Welt.

Johanna spießt eine Tomate auf und beobachtet stumm, wie ihre Mutter mit versonnenem Blick aus dem Fenster schaut.

„Danke für den Tee. Ist schon Zucker drin?"

„Nein."

Johanna schiebt die Zuckerdose über den Tisch.

„Wenn du nicht glücklich mit Papa bist, warum trennst du dich nicht von ihm?"

„Zwanzig Jahre wirft man nicht so einfach weg."

„Ja, vielleicht. Aber wenn ihr so weiter macht, dann wirfst du den Rest deines Lebens weg. Und das sind mehr als zwanzig Jahre. Ich sehe doch, wie deprimiert du immer bist."

Claudia seufzt, löffelt Zucker in den Tee.

„Mach dir über mich keine Gedanken, mein Kind."

„Du bist gut. Wie soll das denn gehen? Ich bin doch jeden Tag bei dir. Und außerdem tut es mir weh, dich unglücklich zu sehen."

Johanna bricht ein Stück von der Baguettestange ab, dann noch eins, das sie ihrer Mutter reicht.

„Unglücklich?"

„Du lachst fast gar nicht mehr."

Claudia streicht ihrer Tochter über den Arm.

„Jetzt lass uns über dich und deine Grillparty sprechen, o.k.?"

Johanna braucht ihre Mutter nicht mehr lange zu überreden, da sie sich längst dazu entschlossen hat, es ihrer Tochter zu erlauben, schweren Herzens zwar, doch aus der Überlegung heraus, dass solche Erfahrungen das Leben einfach bunter machen.

Wie oft hatte sie in den letzten Wochen von ihrer Tochter zu hören bekommen, sie sei doch kein Kleinkind mehr.

Nun ja, manchmal wünschen sich Mütter das.

Direkt nach dem Abendessen ruft Johanna ihre Freundin Alexandra an. Und Claudia verschwindet in ihrem Schlafzimmer, macht es sich in ihrem Bett gemütlich und legt die Tagebücher auf das Nachtschränkchen.

Dann klopft es an der Tür, als Johanna sich zwei DVD von ihrer Mutter ausleihen möchte, da sie mit Alexandra einen Filmabend geplant hat. Kurz darauf ertönt die Türklingel und die Schritte entfernen sich in Richtung Wohnzimmer.

Claudia schüttelt das Kissen auf, schiebt es sich hinter den Rücken und nimmt eins von den Tagebüchern, hält es still in ihren Händen.

Dann schaltet sie das Handy aus und auch das Festnetztelefon. Richard würde auf die Mailbox sprechen müssen. Ihr Herz schlägt bis zum Hals, als sie die erste Seite des Tagebuchs öffnet. In fetten Buchstaben steht dort:

**Sommer und Herbst 1980:**
**Reden ist Silber, Schweigen ist Gold.**

*30. August 1980:*
*Es war ein aufregender Samstag. Ich war mit Alexander auf dem Campingplatz. Er hat einen Wohnwagen dort und dabei einen kleinen Garten. Zu Hause habe ich allen erzählt, ich sei mit einer Freundin auf Radtour und würde später bei ihr zu Abend essen. Egal. Hat sowieso keiner hinterfragt. War nur ein komisches Gefühl. Hat sich nicht gut angefühlt zu lügen. Wenn meine Eltern wüssten, wo ich wirklich war, würde es zu einem großen Knall kommen. Es sei denn, sie glauben, Alexander gebe mir Nachhilfe in Deutsch.*

*Er sagt, ich dürfte niemandem von uns erzählen, sonst würde er seine Stelle verlieren und dann würde er von unserer Schule fliegen. Ja, das wäre auch für mich ein Drama. Wenigstens er hört mir richtig zu. Warum eigentlich? Was findet er nur an mir?*

*Auf der Fahrt zum Campingplatz wäre ich zwischendurch am liebsten aus dem Wagen gesprungen und weggelaufen. Das kann doch nicht richtig sein, was ich hier tue, habe ich mir immer wieder gesagt. Aber da war der große Wunsch, mit ihm ganz alleine zu sein. Manche Wünsche werden erfüllt. Aber ob man bereit dafür ist, ich weiß es nicht. Mir war schlecht vor Aufregung. Ich war bei der Autofahrt sehr still. Er auch. Wir haben nur wenig gesprochen.*

*Stattdessen hörten wir die ganze Zeit Musik. Es war eine Kassette mit gemischten Liedern, die er selbst aufgenommen hatte. Cat Stevens, Simon and Garfunkel, Peter Maffay. Ich musste etwas schmunzeln, als ich die Lieder von Maffay hörte, habe sogar einmal zurückgespult. „Und es war Sommer", „Josie" und „So bist du". Hat er das absichtlich gemacht? Zufall? Wovor habe ich nur so viel Angst? Er ist doch ein netter Mensch.*

*Er reichte mir einen Kaugummi, so groß und rund wie die Weltkugel, die er mir geschenkt hat. Wahrscheinlich an demselben Kiosk gekauft, wo ich auch immer hingehe.*

*Unsere Finger berührten sich, als ich ihn aus seiner Hand nahm. Er lächelte. Ich fühlte einen Stromschlag in meinem Körper.*

*Ob er von Anfang an wusste, wie mir zumute war? Konnte ich wirklich annehmen, dass nichts weiter passieren würde? Ach, ich hab's ja auch gar nicht angenommen, bin ja nicht blöd. Ich fühlte mich so zerrissen.*

*Ich ließ die Kaugummiblasen platzen. Das süße Zeug klebte selbst an meiner Nase. Schließlich spuckte ich den zerkauten Kaugummi zum Fenster hinaus.*

*„Wir sind gleich da.", sagte er, als er von der Autobahn abfuhr und in die Landstraße einbog. Ich nickte und schaute ihn aus den Augenwinkeln heraus an.*

*Die Farbe „weinrot" steht ihm wirklich gut. Auf seinem T-Shirt war ein kleines Krokodil aufgenäht.*

*Irgendwann bogen wir von der Landstraße ab und fuhren eine Einfahrt hinunter, neben einem Restaurant, das irgendwie altertümlich aussah.*

*„Die veranstalten hier schon mal Ritteressen", sagte er.*

*„Was ist denn das?"*

*Ich konnte mir nichts darunter vorstellen. Er erklärte es mir. Dort kann man mit einer Gruppe so eine Rittermahlzeit bestellen. Man isst dann tatsächlich mit den Fingern und trinkt aus Hörnern. Würde mir auch Spaß machen.*

*Nach dem Parken stieg er nicht sogleich aus. Wir verharrten im Auto für einen kurzen Moment, der sich in die Länge zog. Er sah mich an, schweigend. Diesmal lächelte er nicht. Nachdenklich sah er aus. Dann strich er mir eine Haarsträhne aus der Stirn und sagte:*

*„Lass uns aussteigen. Jetzt zeige ich dir meine kleine, verborgene Welt."*

*Es gibt also mehrere Welten für ihn. Diese hier ist die verborgene.*

*Die Autotür quietschte beim Öffnen. An der Einstiegskante blätterte der Rost ab.*

*Beim Laufen fühlte ich die Steinchen unter den dünnen Sohlen meiner Leinenschuhe. Zum Glück war der Schotterweg nur kurz. Als wir sein Grundstück betraten, schaute ich noch mal zurück, ob uns auch niemand gesehen hatte. Er schien unbeirrt, schien sich hier sicher zu fühlen, unbeobachtet. Er schloss die Tür des Wohnwagens auf, stieg hinein und reichte mir die Hand. Die Luft war stickig in dem Raum. Zur linken Seite war eine Sitzgruppe mit Eckbank, in der Mitte ein Tisch. Er bat mich, mit ihm die Fenster zu öffnen. Zur rechten Seite sah ich ein Bett und an der Seitenwand war ein kupferfarbener, gebogener Metallhaken, an dem ein bunter Stoffvorhang mit einer Kordel befestigt war. Hiermit konnte man sozusagen den Schlafbereich abtrennen.*

*Ich tat so, als hätte ich das Bett nicht bemerkt, aber innerlich fühlte ich ein großes Unbehagen. Was hat er nur mit mir vor? Das habe ich mich die ganze Zeit über gefragt.*

*Schrecklichen Durst hatte ich. Zu meiner Verwunderung war der Kühlschrank randvoll mit allem, was man sich so wünschen kann. Er sei öfter hier, gab er mir zur Antwort auf meinen fragenden Blick. Er liest in meinem Gesicht. Alexander sagte, ich könnte mir aus dem Kühlschrank nehmen, was ich wollte. Ich sollte mich wie zu Hause fühlen. Na ja. Wie zu Hause. Lieb gemeint. Aber wenn er wüsste, wie ich mich bei mir zu Hause fühle, dann hätte er das wohl nicht gesagt. Zu Hause fühle ich mich meist beschissen. Es ist so still und düster. Ich weine oft, heimlich, wenn es keiner merkt. Warum – das weiß ich schon gar nicht mehr.*

*Hoffentlich lesen Mama und Papa nicht in meinem Tagebuch. Wem soll ich es denn sonst erzählen. Nun, zurück zum Camping: Sein Wohnwagen war größer, als ich angenommen hatte. Ein richtig gemütlicher Zufluchtsort, sogar mit Fernseher, Stereoanlage und selbst im Badezimmer – ich hätte es nicht gedacht – war genügend Platz. Lange betrachtete ich die Dusche, weiß auch nicht warum. Er stand hinter mir, ich fühlte seinen Atem in meinem Nacken, während ich daran dachte, mit ihm in der Dusche zu stehen. Es war sehr heiß an diesem Wochenende, „flirrend heiß und um allein zu sein, sagte ich den andern, ich hab' heut' keine Zeit." Immer wieder gingen mir Peter Maffays Lieder durch den Kopf, als habe er die Musik für mich, für diesen Augenblick komponiert.*

*„Tu dir keinen Zwang an, wenn du duschen möchtest."*

*Ich konnte nichts erwidern, drehte mich nur zu ihm hin und sah in seinen Augen, dass er schon wieder wusste, was ich dachte.*

*Oder wusste er es gar nicht? Dachte er vielleicht selbst daran?*

*Er fragte, ob ich Lust zum Grillen hätte.*

*Es war das erste Mal in meinem Leben. Zu Hause wird nicht gegrillt. Papa hasst Grillen.*

*Alexander suchte die Grillanzünder und die Grillzange.*

*Dabei kniete er auf der Bank und hatte die Sitzfläche der anderen Bank hochgeklappt. Ich saß ihm gegenüber, konnte in seinen Ausschnitt schauen, seine Brustbehaarung sehen. Nicht nur sein Kopfhaar ist blond. Ich wollte ihn da schon so gern berühren. Seine Kette baumelte am Hals, der kleine, goldene Löwe.*

*Als er hochschaute, guckte ich ganz schnell weg.*

*Jedenfalls lagen dreißig Minuten später die Würstchen auf dem Grill. Mehr wollte ich nicht. Bauchfleisch kann man doch nicht essen. Igitt!*

*Ich durfte in die Würstchen stechen. Es zischt so schön, wenn man hineinsticht.*

*Er versuchte, das Gespräch auf unseren ersten Ausflug am See zu lenken. Ihm war meine Traurigkeit aufgefallen. Ich wich ihm zunächst aus, sagte nur, dass ich schlecht geschlafen hatte.*

*Nach dem Essen hielt er mir eine von seinen Marlboros hin. Er trank Bier. Mir bot er eine Cola an. Später gingen wir zum Kanal und setzten uns dort hin. Andere Camper kamen vorbei, grüßten knapp und liefen am Ufer entlang. Einer sprang ins Wasser. Ich erschrak, weil doch ständig Schiffe vorbeifuhren. Offensichtlich hatte er keine Angst.*

*Alexander legte seinen Arm um mich. Ich erstarrte zur Salzsäule. Mit seiner rechten Hand streichelte er wie selbstvergessen meinen rechten Oberarm. Mein Herz überschlug sich fast.*

*„Gefällt es dir hier?", wollte er wissen.*

*Ich brachte kaum einen Ton heraus. Worauf sollte ich denn antworten? Wie ich seine Berührung finde oder die*

*Umgebung oder einfach nur, mit ihm dort zu sein? Nach kurzem Überlegen sagte ich, dass ich es sehr schön finde.*

*Ich beobachtete den Schwimmer, den Mann, der gerade ins Wasser gesprungen war. Mit schnellen Armzügen durchquerte er den Kanal.*

*Plötzlich spürte ich Alexanders Lippen auf meiner linken Wange. Ich wurde knallrot. Dann legte er seine Hand an meine rechte Wange, drehte mein Gesicht zu sich hin, näherte sich und gab mir einen Kuss auf den Mund.*

*Ich ließ es geschehen. Ich schloss die Augen und versank in einem Traum. Alles um mich herum verschwand. Es gab nur uns und dieses unbekannte, heftige Gefühl, das mich überflutete und mir den Atem nahm. Oder war es die Angst, die mir den Atem nahm?*

*„Du bist ein Naturkind.", sagte er. Was meinte er damit?*

*Er fragte, ob ich Lust hätte zu schwimmen. Wir entkleideten uns bis auf die Unterwäsche und sprangen ins Wasser. Seine Brille legte er ins Gras. Ich habe ihn noch nie ohne Brille gesehen. So nackt sieht er dann aus. Als ein weiteres Schiff heran kam, kletterten wir die Leiter am Ufer hinauf. Wir setzten uns ins Gras und er zog seine Zigaretten aus der Jeans, die neben der Brille lag. Ein paar Ameisen krabbelten die Hosenbeine entlang.*

*Seine Haare sind dunkler und lockiger, wenn sie nass sind.*

*Dann schüttelte er seinen Kopf und einzelne Wassertröpfchen spritzten mir ins Gesicht.*

*Schließlich saßen wir einfach nur am Ufer, rauchten und sahen still den Schiffen nach. Unsere Schultern berührten sich. Ich war ganz durcheinander. Zwischendurch huschten die schrecklichen Bilder von Holgers Tod durch meinen Kopf, immer wieder mal, blitzartig und ganz besonders, als der Schwimmer von der anderen Seite des Kanals zu uns zurück wollte und ich ein Schiff herankommen sah. Mein Körper fing an zu zittern. Panik.*

*Natürlich blieb ihm nicht verborgen, dass mich irgendetwas bedrückte. Er fragte nach. Zuerst leugnete ich es einfach. Doch als er erneut seinen Arm um mich legte und sagte, ich könne mit ihm alles besprechen, er sähe doch, wie traurig ich aussehe, da konnte ich nicht mehr an mich halten und begann zu weinen.*

*„Lass uns zum Wohnwagen zurückgehen", sagte er. Wir zogen uns an, ohne uns abzutrocknen. Im Wohnwagen haben wir uns geduscht, nacheinander. Als er aus der Dusche kam, konnte ich ihn durch den Türspalt im Spiegel sehen. Ein wirklich hübscher Mann. Sagt man bei Männern auch „hübsch"? Ich sah ihm beim Abtrocknen zu. Ich glaube, er hat es nicht bemerkt. Als er aus dem Bad kam, trug er nur eine Shorts und ein enges T-Shirt. Wo sollte ich da nur hinschauen? Aber er tat ganz natürlich, als sei es völlig normal. Ist das denn normal? Ich habe keine Ahnung. Er sah mich an, wie ich so dasaß auf der Bank. Sein Blick war verändert und er schaute mich länger an als sonst. Ein Wort sprach er nicht. Dann kam er auf mich zu, fuhr mit seiner Hand durch mein Haar, vergrub seine Nase in meinen Haaren und seufzte. Ich war total angespannt und aufgeregt. Wir gingen nach draußen und er feuerte noch einmal den Grill an. Kartoffeln hat er drauf gelegt und Fleischspieße mit Gemüse dazwischen.*

*Währenddessen saßen wir auf den Gartenstühlen, rauchten mal wieder und schoben Hunger.*

*Es war so vertraut. Wir rochen beide nach seinem Duschgel. Ein Geruch von Vanille und Rauch lag in der Luft.*

*Nach dem Essen stand er auf, nahm meine Hand und zog mich hoch. Er führte mich hinein in seinen Wohnwagen, führte mich zum Schlafbereich. Wir legten uns auf sein Bett. Ich legte mich auf den Bauch. Mit seinen Fingern fuhr er meine Wirbelsäule entlang. Als er die Gänsehaut an meinen Armen bemerkte, strich er sanft über die feinen Härchen. Ich zog mein           T-Shirt straff. Alles drehte sich in meinem Kopf. Wieder entstand dieses unbekannte, alles umfassende Gefühl. Zeitgleich kam die Angst. Ich begann zu zittern, legte mich auf die Seite, drehte ihm den Rücken zu.*

*Er flüsterte, wohl in Erinnerung an Peter Maffay: „Nur weil du jung bist, tust du nicht, was du fühlst."*

*Ich antwortete ihm sehr leise: „Und es war Sommer."*

*Auch jetzt noch spüre ich seinen warmen Körper, fühle ich, wie er mich in seinen Armen hält, sein Bauch an meinem Rücken. Und ich fühlte sein Verlangen. Aber er hielt mich nur fest, ganz fest, während ich erneut zu weinen begann. Chaos im Kopf.*

*Ich erzählte ihm alles, wie es war am Bahndamm, die ganze schöne Zeit und wie es war, als der Zug kam, dieser gottverdammte Zug, der Holgers Leben auslöschte. Ich habe es sonst niemandem verraten.*

*„Nichts ist mehr so wie es war.", sagte er zärtlich.*

*Dann drehte ich mich zu ihm herum mit meinen tränenverschmierten Augen. Er strich mir über die Stirn, wischte Tränen von meiner Wange.*

*Er schaute mich einfach nur an, so unendlich liebevoll.*

*Ganz langsam näherte er sich meinem Gesicht. Seine Lippen auf meinen. Er küsste mich so zärtlich. Unbeholfen glitten meine Hände über seinen Rücken. Sein T-Shirt fühlte sich klamm an. Alles drängte in mir, aber ich wusste nicht weiter. Er zog sein Shirt aus. Ich war verlegen. Doch er zog mich an sich und küsste meinen Hals, meinen Mund.*

*Seine Hände wanderten unter mein T-Shirt, fuhren eben-*
*falls meinen Rücken entlang. Die Zeit stand still. Plötzlich*
*hielt er inne, setzte sich auf und schaute mich an. Seine*
*Locken waren ganz zerzaust. Seine Wangen glühten. Mir war*
*schwindelig und ich glaubte, ich war irgendwie überhaupt*
*nicht anwesend, obwohl ich natürlich da war.*

*Es kam mir vor wie in einem Traum.*

*Seinen Blick werde ich nie vergessen, so intensiv und*
*durchdringend, als schaue er ganz tief in mich hinein.*

*„Lass uns warten, Claudia. Heute ist kein guter Zeit-*
*punkt.“*

*„Aber warum nicht?“, fragte ich. Traurig war ich, aber*
*auch erleichtert.*

*„Weil ich deine Traurigkeit nicht ausnutzen möchte.“*

*„Kommen wir denn irgendwann hierhin zurück?“*

*Er küsste mich auf die Stirn und sagte: „Wenn du es möch-*
*test.“*


Claudia schließt das Tagebuch und spürt ihren Erinnerungen nach. Längst vergessene Empfindungen breiten sich aus.
Ein wehmütiges Lächeln huscht über ihr Gesicht. Was für
heimliche Schätze *andere* Menschen wohl mit sich
herumtragen? Für einen Moment überlegt sie, ob sie nicht
wieder mit dem Tagebuchschreiben anfangen soll. Warum
eigentlich nicht? Doch sogleich erkennt sie die Gefahr, die
darin liegt, sich selbst zu begegnen, sei es, dass sie alte Geschichten liest oder aber über die gegenwärtigen schreibt und
sich selbst erforscht.

Wann immer man sich mit sich selbst beschäftigt, nach-
spürt und den eigenen tieferen Wünschen und Bedürfnissen
lauscht, kann es geschehen, dass der innere Ruf so laut wird,

dass man plötzlich Dinge tun möchte, vor denen man sich selbst fürchtet.

Mehr denn je fühlt sie den Wunsch auszubrechen, Grenzen zu überschreiten und sich ihren spontanen Wünschen hinzugeben.

Doch wo würde das hinführen? Diese Frage macht ihr am meisten Angst. Letztendlich ist es die Angst vor den Konsequenzen, die Angst, dass sich durch unbedachtes Handeln irreversible Konsequenzen ergeben, mit denen sie nicht leben möchte.

Sie denkt an ihren Kollegen Jens, der ihr schon seit langem Angebote macht. Immer wieder ist sie ihm ausgewichen. Sie weiß, dass er weiß. Er weiß, wie unzufrieden sie mit ihrer Ehe ist. Er weiß, wie einsam sie sich oft fühlt und wie viele Abende sie allein mit ihrer Tochter verbringt, weil Richard durch die Gegend fährt, um Geld zu verdienen.

Wie oft ist sie ihm ausgewichen? Warum hat er nie aufgegeben? Ist er einfach nur unverschämt und penetrant? Oder aber erfüllt er ihre unausgesprochenen Wünsche nach Zärtlichkeit, die sie sogar vor sich selbst verbergen will. Vielleicht auch beides.

Bei dem Gedanken an ihn fühlt sie ein heftiges Unbehagen in sich aufsteigen, eine plötzliche innere Unruhe. Sie spürt die Hitze in ihrem Gesicht. Ihr Puls jagt drauf los. Herr Groß bezeichnet ihn als Vampir. Bei den Patienten scheint er nicht gerade beliebt zu sein.

Sie streicht mit ihren Fingern über das Tagebuch, weiches Leder, dunkelgrün gefärbt. Mit einem kleinen Schloss kann man es verschließen.

Vom Wohnzimmer her hört sie die Mädchen lachen. Wann hat sie selbst das letzte Mal so herzhaft gelacht? Auf jeden

Fall mit Alexander, damals auf seinem Campingplatz, wenn sie sich davon geschlichen haben und es nur sie beide gab.

Was wohl aus ihm geworden ist?

Sie denkt an jene Nachmittage, an denen sie stundenlang miteinander geredet oder einfach nur nebeneinander gelegen und Musik gehört haben. Bei ihm fühlte sie sich verstanden und wahrgenommen.

Mittlerweile erscheinen ihr die Worte „Erzählen" und „Zuhören" wie Begriffe aus einer vergangenen Zeit.

Claudia steigt aus dem Bett und geht ins Badezimmer. Als sie die Tür abschließt, rufen Johanna und Alexandra nach ihr, alle beide im Chor.

„Hallo! Komm doch zu uns! Hallo!" Dann albernes Gelächter.

Als Claudia das Wohnzimmer betritt, sieht sie die beiden gemütlich auf dem Sofa sitzen. Der Tisch sieht aus wie ein Schlachtfeld, eine aufgerissene, geplünderte Tüte Chips, eine zerknüllte Tüte, in der mal Gummibärchen waren. Zwei rote Bärchen liegen neben einem angebissenen Snickers. Daneben Schokoladenkrümel. Zwei halbvolle Gläser mit Cola stehen neben der Flasche.

„Euch geht's wohl gut, was?"

„Na klar, Mama. Hast du Lust, mit uns einen Film zu schauen? Wir fangen gerade mit einem neuen an."

„Was wollt ihr denn gucken?"

„Shining."

„Oh Gott! Den Horrorstreifen? Das wollt ihr euch antun? Der ist doch erst ab sechzehn erlaubt."

„Egal. Ist ja ein Erwachsener dabei.", kontert Johanna grinsend.

„Von mir aus. Aber wenn es euch zu gruselig wird, schalten wir ab. Ich hole mir nur etwas Sprudel."

„Ach, Mama, ist doch o.k., wenn Alexandra heute Nacht bei uns bleibt, oder?"

„Ist schon in Ordnung. Weiß denn deine Mutter Bescheid?"

„Ja. Ist alles geklärt."

„Sag mal, erlaubt deine Mutter, dass du zu der Übernachtungs- und Grillparty von eurem Klassenlehrer kannst?"

„Sie hat nichts dagegen."

„Siehst du, Mama. Wir sind nämlich schon groß!"

Claudia streicht Johanna mit der Hand über den Arm. Wie ein Kind sieht sie wirklich nicht mehr aus. Es wird nicht mehr lange dauern, dass sie immer häufiger unterwegs sein wird, unterwegs mit Freunden, beim Training oder aber auch weg zum Studieren oder sonst wo.

„Ich kann euch beide ja zur Party fahren."

„Du erlaubst es jetzt also?"

„Ja."

„Danke."

Unauffällig wischt Claudia sich eine Träne aus dem Auge. Sie möchte nicht, dass Johanna sieht, wie traurig sie ist. Was wird zurückbleiben? Eine Mutter, die froh ist, wenn das Kind mal zu Hause ist? Eine Frau, die auf ihren Mann wartet?

Eine Woche später fuhr Claudia zwei alberne Mädchen zum Camping-Wochenende. Ihr Klassenlehrer öffnet fröhlich die Tür. Kleine Lachfältchen bilden sich um die Augen herum. Er hat wohl öfter Grund zum Lachen.

Muss der aber guter Stimmung sein, geht es Claudia argwöhnisch durch den Kopf. Aber er sieht nicht übel aus. Groß, schlank, dunkles, leicht gewelltes Haar und einen offenen, herzlichen Blick. Das gelbe Hemd mit den hochgekrempelten Ärmeln passt gut zu seiner leicht gebräunten Haut. Zwei Knöpfe sind geöffnet und an seinem Hals erblickt sie eine goldene Kette. Sie zuckt, als sie den Anhänger entdeckt, einen kleinen, goldenen Löwen. Wie mein alter Klassenlehrer, genau wie Alexander, schießt es ihr durch den Kopf.

Wäre eher eine Partie für mich selbst, überlegt sie, schmunzelt kurz, unterdrückt ein Grinsen und reicht ihm höflich die Hand.

„Sie sind bestimmt die Mutter von Johanna!"

„Stimmt."

„Man sieht's."

„Wieso?"

„Sie haben die gleiche Art zu Lächeln."

Claudia räuspert sich und errötet. Ziemlich aufmerksam der Herr. Hauptsache, er zieht keine voreiligen Schlüsse.

Alexandra stupst Johanna in die Rippen und zwinkert ihr zu. Johanna nickt.

„Kommen Sie doch rein. Und ihr Mädels könnt eure Taschen in das zweite Zimmer auf der linken Seite stellen."

Die beiden laufen los. Alexandra dreht sich noch einmal um.

„Haben Sie noch etwas Zeit, Frau Mertens? Ein Schlückchen Sekt vielleicht oder einen Prosecco?"

„Der flirtet mit deiner Mutter. Merkst du was?", flüstert Alexandra ihrer Freundin ins Ohr.

„Ich hör's. Tut ihr auch mal gut."

„Wieso?"

„Mein Vater ist ja ständig unterwegs. Ich könnte es ihr nicht verdenken."

Fragend sieht Claudia den Mädchen hinterher, während Herr Kringel seine Frage noch einmal wiederholt.

„Ja, gern. Ich kann noch bleiben. Habe ein bisschen Zeit."

So ein attraktiver Mann ist doch bestimmt nicht alleine.

Kurz darauf sitzen alle vier in seiner Küche. Ein heller, großer Raum mit Blick in den Garten, der zum größten Teil aus einer riesigen Rasenfläche besteht. Ein paar Bäume spenden Schatten.

„Ist wirklich sehr großzügig von Ihnen, eine Übernachtungsparty zu veranstalten."

Herr Kringel hört die Verunsicherung in Claudias Stimme. Ihm ist bewusst, dass dieser Umstand bei manchen Eltern Fragen aufwirft.

„Wenn Sie mögen, können Sie ja mitmachen."

Er fährt sich mit seiner Hand über die Stirn und dann durchs Haar. Dabei schaut er sie an, ungeniert und wartet tatsächlich auf Antwort.

Eins zu null, denkt Claudia. Sehr geschickt, in jeder Hinsicht. Nur was antwortet man denn so schnell darauf?

Johanna wirft ihrer Mutter einen wütenden Blick zu, kratzt mit ihren Fingernägeln auf der Tischdecke herum und räuspert sich unüberhörbar.

„Aha, ich sehe schon, die Tochter hat etwas dagegen."

„So geht das auch nicht, Herr Kringel. Die Party ist für uns und nicht für meine Mutter oder andere Eltern gedacht."

Verlegen nippt Claudia an ihrem Glas, verschluckt sich und hustet.

Alexandra tritt Johanna unter dem Tisch gegen das Bein.

„Vielleicht ein anderes Mal.", gibt Claudia zur Antwort.

Sie stellt das leere Glas auf den Tisch. Dann umarmt sie Johanna, die aufgestanden war, und hält sie für einen Augenblick fest.

„Ich wünsche euch eine schöne Zeit. Und ruft mich an, wenn ich euch abholen soll."

„Das machen wir.", entgegnet Herr Kringel schnell.

Irgendetwas schwingt in ihrer Stimme mit, klingt ganz sacht im Hintergrund, überlegt er. Man erkennt es nur, wenn man genau hinhört, wie eine leise Melodie, aber so zart, dass man sie kaum wahrnimmt.

„Ich wünsche Ihnen auch eine schöne Zeit, Frau Mertens."

„Danke. Mal sehen, was ich damit anfange."

Als er die Tür schließt, langsamer als sonst, da er über Claudias Antwort nachdenkt, da wird es ihm bewusst. Traurigkeit ist es. Es liegt eine verborgene Traurigkeit in ihrer Stimme.

Am nächsten Tag holt Claudia die Mädchen zur Mittagszeit ab. Etwas übermüdet sehen sie aus, aber glücklich. Wieder bittet Herr Kringel sie freundlich herein. In der Küche brüht er einen Kaffee auf und bietet ihr ein Brötchen an. Johanna und Alexandra verschwinden kichernd aus der Küche. Zwiespältig setzt sie sich an den Tisch. Eigentlich will sie sofort nach Hause. Richard ist da, aber er sitzt in seinem Arbeitszimmer und hat zu tun, bereitet irgendein Seminar vor. Oder vielleicht ist es auch die Nachbereitung. Keine Ahnung.

„Nehmen Sie Milch und Zucker?"

Wie sicher er ist, als wenn es selbstverständlich sei, zusammen zu frühstücken.

Seine Bestimmtheit, zielgerichtet und großzügig, reizt sie.

„Nur Milch bitte."

„Kondensmilch oder normale?"

„Normale, bitte. Und wie war's gestern mit einer Horde alberner Mädchen?"

„Waren ja nicht nur Mädchen da. Die Jungs können auch ganz schön albern sein."

Claudia spürt Wut in sich aufsteigen. Johanna hatte doch gesagt, dass gar keine Jungen dabei sind. Mit ihr werde ich später erst mal ein Hühnchen rupfen, schießt es Claudia durch den Kopf.

„War ganz toll! Sehr nette Kinder. Na ja, Kinder kann man ja gar nicht mehr sagen. Fühlen sich wie Erwachsene oder wollen zumindest so behandelt werden."

„Ist irgendetwas zu Bruch gegangen?"

„Aber nein."

Er reicht Claudia eine große Tasse, auf der die Beatles abgedruckt sind.

Wonach riecht er nur? Sehr angenehm. Ein Duft, der keinen Namen hat. Seine Haare sind noch feucht, große Locken. Eine kringelt sich an seiner Schläfe entlang. Claudia hat Lust, einmal kurz dran zu ziehen und zu sehen, wie die vorwitzige Locke dann hochspringt.

„Ein Brötchen dazu? Es sind so viele übrig. Dann esse ich auch noch eins."

„Gern. Sind wir die letzten Gäste?"

„Ja. Die anderen sind seit zehn Minuten fort. Einer der Väter hat ein Taxiunternehmen. Er kam mit einem Großraumtaxi vorbei und hat die anderen eingesammelt."

„Aber dann halte ich Sie nur auf. Bestimmt wollen Sie ..."

„Nein, nein.", unterbricht er sie, „Sie halten mich nicht auf. Ist doch schön, wenn man sein Brötchen nicht alleine essen muss, oder?"

Claudia merkt auf. Was hat er da gesagt? Meint er sich oder mich, überlegt sie. Ob Johanna etwa aus dem Nähkästchen geplaudert hat? Oder meint er seine eigene Situation? Wie auch immer. Lohnt sich nicht, darüber nachzudenken. Zu Hause sitzt Richard. Wie ein Mahnmal, denkt sie bitter, senkt dabei ihren Kopf und zerdrückt Krümel auf ihrem

Teller.     Richard glänzt durch Abwesenheit. Wenn er fort ist und auch wenn er anwesend ist. Er ist der einzige, den sie kennt, der sogar dann abwesend ist, wenn er anwesend ist.

„Ja, alleine zu essen, ist nicht so schön."

Sie schaut ihn an in der Hoffnung, in seinem Blick lesen zu können. Denn sie will nicht plump drauf los fragen, ob er eine Partnerin hat.

Er hält ihrem Blick stand. Schließlich ist sie es, die wegschaut. Sie hält sich die warme Tasse an die Wange.

Nach kurzem Überlegen nimmt sie das Gespräch wieder auf.

„Was machen Sie denn heute noch?"

„Aufräumen, Hefte korrigieren, faulenzen."

„Und sonst?"

Er zieht eine Scheibe Schinken aus dem knisternden Papier, legt sie auf seinen Teller, schneidet dann in Zeitlupe den Fettrand ab. In Wellen drapiert er den Schinken auf seinem Brötchen.

„Nichts sonst. Da ist keiner. Ich habe weder Frau noch Kinder."

Claudia schweigt und wartet darauf, dass er weiter spricht. Doch er kaut still auf seinem Brötchen herum, hat Mühe, den Schinken abzubeißen. Als die ganze Scheibe an seinem Kinn hängt, muss er laut lachen. Sie plumpst auf seinen Teller.

„Manche Sachen sollte man nicht essen, wenn man Besuch hat."

„Machen Sie sich nichts draus. Mir passiert so etwas, wenn ich Hamburger esse."

„Was fangen Sie mit dem Sonntag an?"

„Tja, das ist eine gute Frage. Ist abhängig davon, wie lange mein Mann noch in seine Arbeit vertieft ist. Eigentlich wollten wir Rad fahren. Aber ich glaube, daraus wird mal wieder nichts."

„Eigentlich?"

„Ja, eigentlich."

„Gibt es öfter ein „eigentlich"?

„Sie wollen es aber genau wissen."

„Schlimm?"

Claudia führt die Tasse zum Mund, nimmt einen Schluck von dem heißen Kaffee, nimmt noch einen Schluck, ein Versuch, Zeit zu gewinnen, bevor sie eine Antwort gibt.

„Im Gegenteil."

Als sie die Tasse wieder abstellt, gießt er noch etwas nach. Die nächste Minute vergeht schweigend. Sie laufen durch das Labyrinth ihrer Gedankengänge, in denen man sich so leicht verirren kann.

„Schön haben Sie es hier. Eine große Küche ist immer irgendwie gemütlich."

„Danke. Mögen Sie Musik?"

„Ja."

Sofort steht er auf und geht zu seinem CD-Spieler, einem kleinen metallfarbenem Kästchen mit zwei ebenso kleinen schwarzen Boxen.

„Sylvan."

„Wie bitte?"

„Die Scheibe ist von Sylvan. Progressive Rock. Kennt kaum einer. Kürzlich war ein Konzert in Altenberg in Oberhausen."

„Sie besuchen Konzerte?"

Kaum ausgesprochen, schämt sie sich für diese Frage. Wie dämlich auch.

„Denken Sie, Lehrer sitzen nur zu Hause oder in der Schule?"

Er lacht und reicht ihr die CD-Hülle.

„Haben Sie Lust, mal mitzukommen?"

Wahrscheinlich steht er doch nicht auf junge Mädchen, überlegt sie. Was man sich alles so zusammenreimen kann, denkt sie beschämt, während er hinter ihr steht, seine Hand auf ihrer Schulter.

„Posthumous Silence. Wie kommt man zu so einem Titel?"

Er nimmt ihr die Hülle aus der Hand und zieht ein kleines Büchlein heraus.

„Es ist ein Konzept-Album. Die Lieder handeln von einem Vater, der nach dem Selbstmord seiner jugendlichen Tochter deren Tagebuch findet und darin liest."

„Oh Gott! Wie schrecklich! Wieso erfindet man denn so eine fürchterliche Story?"

Claudia schiebt den Stuhl ein Stück zurück und lauscht in Richtung Flur. Die Mädchen hören offensichtlich auch Musik und unterhalten sich.

„Habe ich mich auch schon gefragt. Die Musik ist vielschichtiger und komplexer als das ewige Tamtam, das wir täglich im Radio hören. Wollen Sie sich die CD ausleihen?"

Dann habe ich einen Grund, wieder Kontakt aufzunehmen, denkt er.

„Zweimal gern."

„Wie meinen?"

„Ich würde gern mal mit zum Konzert und mir ebenso gern die CD ausleihen."

„Das freut mich. Ich google mal, wann und wo die Gruppe wieder auftritt. Und für Ihren Mann ist das in Ordnung?"

„Den muss ich nicht fragen. Ich müsste es nur zeitig wissen, damit ich den Termin mit meinem Dienstplan vereinbaren kann."

„Was machen Sie denn beruflich?"

„Ich bin Krankenschwester auf einer Station für Innere Medizin."

„Da haben Sie auch viel zu tun, nicht wahr?"

„Ja. Deshalb verpasse ich schon mal die Elternsprechtage. Ärgert mich immer wieder. Aber jetzt wissen Sie ja, dass es bei mir kein Desinteresse ist, sondern die Diktatur des Dienstplans.

Manchmal ändert sich der Dienst von einem Tag auf den anderen, wenn ich einspringen muss, weil eine Kollegin erkrankt ist. Und eigentlich haben wir nie genug Zeit für die Patienten. Das erschöpft einen auch, wenn man weiß, dass ein Patient ein paar Minuten mehr an Zeit gebraucht hätte und man es einfach nicht geschafft hat. Oder aber man bekommt vom Teamleiter eins auf den Deckel, weil man sich in irgendeinem Zimmer fünf Minuten zu lange aufgehalten hat. Immer dieser Druck und immer Zeitmangel."

„Ich sag's Ihnen rechtzeitig. Ich würde mich wirklich sehr freuen."

Warum eigentlich, fragt sie sich. Sie schaut aus dem Fenster, hebt die Tasse zum Mund und trinkt.

„Ich freue mich auch. Aber ich glaube, ich sollte langsam mal nach Hause."


Wie erwartet, verläuft der Sonntag ohne große Abwechslung. Richard sitzt in seinem Arbeitszimmer und grübelt über ein neues Konzept nach, wie man schwierige Mitarbeiter zur effizienten Zusammenarbeit bewegt. Sein kurzes, an den Schläfen ergrautes Haar steht in alle Richtungen. Claudia kennt das schon. Je länger er über etwas nachdenkt, desto mehr zerwühlt er seine Haare. Manchmal liegen sie dann in kleinen Ansammlungen um seinen Schreibtischstuhl herum. Als er das letzte Mal stundenlang mit rauchendem Kopf ein ganzes Wochenende in seinem Zimmer verbracht hat, hatte seine Brille auch noch zusätzlich eine Absplitterung am Glas. Gedankenverloren pendelte er sie in seiner Hand hin und her, bis sie dann durchs Zimmer flog und den Fenstergriff traf. Seitdem hat er einen Socken um den Griff gewickelt.

Claudia stellt ihm ein Glas Orangensaft auf den Schreibtisch.

„Du musst mehr trinken."

„Ja, ja. Mach ich gleich."

Starr schaut er auf seinen Monitor. Er kratzt sich am Kopf.

„Wann bist du denn fertig?"

„Dauert nicht mehr lange. Dann können wir Rad fahren."

„Ich gehe mal kurz in den Keller, bin gleich zurück."

Er dreht sich um, nickt. Seine Brillengläser sehen fleckig aus.

„Wir können dann auch sofort los."

Sie küsst ihn auf die Wange.

Als sie zurück kommt, lugt sie in sein Zimmer. Noch immer sitzt er an seinem Computer. Er hat den Saft getrunken. Auf dem Fußboden liegt zerknülltes Druckerpapier. Sie überlegt noch kurz, ob sie ihn ansprechen soll. Schon formen sich ihre Lippen zu einem Laut. Da hält sie inne und schluckt den Satz hinunter. Leise schließt sie die Tür.

Im Wohnzimmer legt sie sich aufs Sofa und hört die Musik von Sylvan.

Johanna ist längst bei Alexandra.

Die Musik geht unter die Haut. Allein schon die Klänge lassen eine traurige Geschichte erahnen. Das Telefon klingelt. Richard hebt ab. Sie hört seine Stimme laut und überdeutlich, geschäftsmäßig, korrekt. Er macht seinen Job. Überall.

Sie denkt an Herrn Kringel. Von Johanna weiß sie, dass er Dennis mit Vornamen heißt. Moderner Name. Sein Nachname passt zu seinen großen Locken.

Richards Stimme verstummt. Er hat das Gespräch beendet. Schon wieder klingelt das Telefon. Sie lauscht. Seine Tür quietscht, als er sie öffnet.

„Claudia? Wo steckst du?"

„Hier im Wohnzimmer."

„Ist für dich. Ein Herr Kringel möchte dich sprechen."

Sie nimmt den Hörer entgegen und lächelt. Sofort dreht er sich um und wandert zurück ins Arbeitszimmer.

„Bin gleich fertig, mein Schatz."

Er bemerkt nicht, wie fröhlich sie sich auf einmal anhört und wie sie lacht, während sie mit Herrn Kringel telefoniert.


Es ist noch dunkel, als Claudia den klingelnden Wecker abstellt, ein automatisierter Ablauf. Noch im Halbschlaf trifft sie mit ihrem Zeigefinger zielgenau den Knopf und der Piepston verstummt. Besonders montags fällt ihr das Aufstehen zur Frühschicht besonders schwer, da sie an den Wochenenden stets sehr spät zu Bett geht.

Während sie in der Dusche steht und sich mit geschlossenen Augen das warme Wasser über den Kopf laufen lässt, wandern ihre Gedanken von einem Thema zum anderen.

Sylvans Konzert ist in vier Wochen in der Nähe der holländischen Grenze. Sie hat den Namen der Stadt vergessen.

Eine Stunde später fährt sie zur Klinik, nachdem sie in aller Ruhe gefrühstückt hat. Hetze, besonders schon am frühen Morgen, ist ihr zuwider.

Als sie das Dienstzimmer betritt, findet sie Vanessa, Kollegin Uschi und Jens vor. Das Gespräch endet abrupt, als sie Claudia entdecken. Spontan steht Vanessa auf und verlässt den Raum. Die Stimmung ist gespannt und Claudia spürt, dass Jens zwanghaft versucht, ein anderes Thema anzuschneiden. Uschi spielt mit einer leeren Spritze, die sie mit Wasser aufzieht. Dann spritzt sie Jens auf die Hände und lacht höhnisch.

„Wichser", flüstert sie ihm ins Ohr, zwar leise, doch so, dass Claudia es trotzdem hört.

„Ich kümmere mich jetzt um die Patienten, die zum Röntgen müssen."

Jens nickt und trocknet sich die Hände mit einem Papiertuch.

Als Uschi verschwunden ist, setzt sich Claudia zu ihm. Er schaut sie herausfordernd an, als wolle er damit ausdrücken, dass niemand ihm etwas anhaben kann, und dass man es auch gar nicht erst wagen sollte.

„Was wird hier eigentlich gespielt, Jens?"

„Nichts."

„Du hältst mich wohl für blöd?

„Nein. Wie könnte ich? Du bist doch eine intelligente Frau."

„Jetzt sag schon."

„Wenn du es genau wissen willst, dann nimm dir mal den Dienstplan."

„Und dann?"

„Ich habe Vanessa nächstes Wochenende auf Spätschicht gesetzt. Sie hätte sonst Frühdienst gehabt."

„Wieso hast du das gemacht?"

„Abends fehlt jemand im Spätdienst. Sie ist ein bisschen sauer, weil sie auf irgend so eine Party wollte. Dienst geht halt vor."

„Den Dienst könnte ich ja mit ihr tauschen."

„Das wirst du nicht."

„Ich glaube, jetzt gehst du ein bisschen zu weit."

„Sie glaubt wohl, sie kann sich alles erlauben. Kürzlich hat sie schon Dienst mit Uschi getauscht. Eigentlich hätte ich mit ihr zusammen Frühdienst gehabt."

Claudia nimmt die Spritze in ihre Hände, ist noch etwas Wasser drin. Sie drückt es heraus und lässt es in eine Kaffeetasse laufen.

„Du willst wohl unbedingt zusammen mit ihr Dienst haben. Kann das sein?"

„Quatsch. Du spinnst ja. Sie macht halt noch viele Fehler und ich muss ihr auf die Finger schauen. Ist doch besser als sofort die Pflegedienstleitung einzuschalten, oder?"

Intuitiv fühlt Claudia die Drohung, die in diesen Worten liegt.

„Was hast du nur gegen Vanessa?"

„Nichts. Das bildest du dir nur ein."

„Ach so?"

„Kümmere du dich doch lieber um deinen Lieblingspatienten, den alten Gentleman. Vielleicht willst du ihm auch noch den Rücken schrubben?"

Wütend blickt er zu Claudia, mit vorgeschobenem Kinn. Seine Augen funkeln.

Wieder spürt Claudia dieses unbestimmte Unbehagen in sich aufsteigen. Gern hätte sie die Spritze erneut mit Wasser aufgezogen oder noch besser mit Kaffee und hätte ihm die volle Ladung ins Gesicht gespritzt. Doch sie lässt die Spritze neben der Tasse liegen. In Gedanken überlegt sie, auf welche

Art und Weise man ihm beikommen könnte. Doch er versteht sich zu gut mit der Pflegedienstleitung. Sich dort zu beschweren, hätte keinen Sinn. Dann gäbe es noch mehr Terror. Aber langsam reicht es. Erst kürzlich hörte sie, wie er Vanessa am Telefon zusammenstauchte, nur weil sie sich krank melden wollte. Sie war dann trotzdem zur Arbeit gekommen, total verschnupft, mit Husten und roten Augen. Uschi hatte es ihr zugetragen, da sie selbst an jenem Tag dienstfrei hatte.

Mit dieser starken Erkältung war Vanessa eine Gefahr für so manchen schwer kranken Patienten mit Immunschwäche. Längst hat Claudia verstanden, dass die Ausübung von Macht für Jens wichtiger ist als das Wohl der Patienten. Und seiner Fürsorgepflicht dem Personal gegenüber kommt er sowieso nicht nach. Doch Vanessa ist zu jung, zu unerfahren und ängstlich, um sich zu wehren. Irgendwie hat Jens es bisher immer geschafft, alle gegeneinander auszuspielen und in Schach zu halten. Er erzeugt eine Atmosphäre der Angst und des Misstrauens. Irgendwann fürchtet jeder jeden, weil jeder in dem anderen einen Spion, einen Widersacher sieht. Jeder fürchtet, es sich mit Jens zu verscherzen.

Noch immer beobachtet er Claudia mit bösem Blick, doch sie erwidert ihn nicht. Soll er doch schauen. Wenn man nicht zurück schaut, geht seine Botschaft ins Leere.

Langsam erhebt sie sich von ihrem Platz, streicht noch schnell ein paar Brotkrümel von der Tischdecke, dreht sich um und geht aus dem Zimmer.


Herr Groß liegt erschöpft in seinem Bett. Sein Gesicht ist blass. Auf dem Ärmel seines Schlafanzugs klebt Blut. Müde lächelt er ihr entgegen, als Claudia auf ihn zukommt.

„Ich dachte schon, ich sehe Sie nicht wieder."

Sie schiebt die Bettdecke an die Seite, setzt sich auf die Bettkante und legt ihre Hand auf seinen Arm.

„Wie geht es Ihnen?"

„Es muss."

„Wer sagt denn so 'was?"

Er dreht seinen Kopf zur Wand. Sein Haar klebt fettig am Hinterkopf. Claudia hört ihn weinen.

„Sie haben es überstanden. Bald sind Sie hier raus."

„Ja."

„Sie brauchen sich nicht zu schämen, weil Sie weinen."

„Ich will aber nicht weinen. Ich habe die ganze Nacht geweint. So viele Tränen. Wo die nur alle herkommen?"

Auf seinem Nachttisch erblickt sie einen sitzenden kleinen, hellbraunen Teddy mit niedlichen, dunklen Knopfaugen und einem charmanten Lächeln. Seine Pfoten sind mit dunklem Nappaleder repariert worden. Offensichtlich ein Teddy mit Lebenserfahrung, der schon so Einiges hinter sich hat und viele Geschichten zu erzählen wüsste, wenn er nur sprechen könnte. Er trägt ein grünes Tüchlein um seinen Hals, das vorne mit einer gelben Schleife zusammengebunden ist.

Sie lehnt sich ein Stück weit ins Bett und legt den Teddy in seine Arme. Sofort greift er nach ihm und drückt ihn an seine Brust. Still bleibt sie bei ihm sitzen, streichelt seinen Arm und flüstert ihm beruhigende Beschwörungsformeln ins Ohr, jene Worte, mit denen auch Mütter ihre Kinder besänftigen.

Für einen kurzen Moment denkt sie an Jens und an den Kommentar, den er abgeben wird, wenn sie seiner Meinung nach zu lange bei Herrn Groß im Zimmer ist.

Doch es ist ihr egal, auch wenn er wieder sagen sollte, dass sie sich nicht an die Regeln des Qualitätsmanagements halte. Sie weigert sich, einen Begriff wie Humanität der Vergangenheit angehören zu lassen.

Als seine Tränen versiegen, dreht er sich zu ihr hin, nimmt sich ein Tempotuch und putzt sich die Nase.

„Der Darm ist in Ordnung. Nur ein kleiner Riss am After. Von dort kam das Blut. Und dann noch eine Nieren- und Blasenentzündung. Ist aber noch nicht alles. Auch noch eine Entzündung der Bauchspeicheldrüse. Deswegen war ich auch so kraftlos. Die Nahrung konnte von meinem Körper nicht mehr richtig verarbeitet werden. Schwerer Vitaminmangel. Ich muss noch ein paar Tage hier bleiben. Bekomme jetzt erst mal nur Nahrung über Kanüle. Ein Wunder, dass ich noch lebe."

„Sie sind halt zäh ... und willensstark. Sie sind nicht so leicht klein zu kriegen."

Er hält seinen Teddy hoch und schiebt die Arme nach vorn. Er reicht ihn Claudia.

„Das ist Sammy. Er möchte Sie in die Arme nehmen. Ich glaube, er mag Sie."

Sie nimmt ihn entgegen, gibt ihm einen Kuss auf die Nase.

„Ein hübscher kleiner Kerl."

„Er ist schon ziemlich alt. Meine Tochter Birte hat ihn mir vor bestimmt dreißig Jahren geschenkt. Das ist das einzige, was ich noch von ihr habe. Und Fotos wie diese hier in dem Album. Und meine Erinnerung. Ich vermisse sie ganz entsetzlich."

„Warten Sie nicht zu lange."

„Worauf?"

„Bis Sie sie anrufen. Wir haben nicht ewig Zeit."

„Wohl wahr. Ich weiß nicht, wie es den anderen Männern aus meiner Generation geht, wie sie weiter gelebt haben nach all dem, was früher war. Ach, ich langweile Sie bestimmt. Geschichten eines alten Mannes, die bald keiner mehr hören wird. Wir sterben aus."

„Was reden Sie da? Sprechen Sie."

Claudia gibt ihm den Teddy zurück. Er setzt ihn wieder auf den Nachttisch, zupft sein Tuch zurecht.

„Der Krieg und die Gefangenschaft haben uns kaputt gemacht. Ich habe mich zwar immer bemüht, meiner Arbeit nachzukommen und mich um meine Familie zu kümmern. Aber ich konnte so vieles nicht mehr ertragen, keinen Lärm, keine plötzlichen Geräusche, keine weiten Plätze und eigentlich auch mich selbst nicht. Meine Familie litt unter meinen Launen, meiner Gereiztheit. Wenn ich einfach nur allein sein wollte, war das nicht möglich, da ich ja Kinder hatte. Und dann war ich ziemlich ungenießbar. Oft konnte ich auch keine Nähe zulassen. Ich ertrug die Berührungen nicht. Dann hatte ich Schuldgefühle. Es ist so schrecklich zu spüren, dass man die Liebe, die man empfindet, nicht ausdrücken kann. Ich war von meiner Frau und meinen Kindern durch eine unsichtbare Wand getrennt. Oft habe ich mich abgewendet, wenn sie mich eigentlich gebraucht hätten, weil deren Gefühle für mich gefährlich waren. Sie riefen alte Geschichten in mir wach, an die ich nicht erinnert werden wollte."

Plötzlich hält er inne, als er Claudias Traurigkeit bemerkt. Eine Träne läuft ihre Wange hinunter. Sie wischt sie fort, steht auf und geht zum Fenster. Mit ihren Händen stützt sie sich auf der Fensterbank ab und schaut nach draußen. Dann hört sie hinter sich ein ihr sehr bekanntes Geräusch. Es ist das Aufsetzen der Krücken auf dem Boden. Dann steht er neben ihr.

„Sie kennen das, nicht wahr?"

Sie nickt, ohne ihn dabei anzusehen.

„Ich habe es vermutet. Versuchen Sie, ihm zu verzeihen. Er braucht Sie, mehr als Sie es sich vorstellen können."

Sie verbirgt ihr Gesicht in ihren Händen.

„Wie verrückt ist das eigentlich? Da steht die Kranken-schwester traurig am Fenster und der Patient versucht zu trösten."

„Ja und? Eine Begegnung zwischen zwei Menschen jen-seits jeglicher Rollen und Konventionen."

Ihre Blicke verlieren sich in der Ferne.

„Wenn Kollege Jens uns sieht, gibt's Ärger."

„Er ist ein echter Tyrann. Solange es solche Menschen gibt, ist es nie vorbei."

„Was meinen Sie eigentlich damit? So etwas Ähnliches haben Sie schon einmal gesagt."

„Er lebt seinen Hass aus und missbraucht seine Stellung als Vorgesetzter. So ein Stationsteam ist zwar nur eine kleine Gruppe, aber die Dynamik einer kleinen Gruppe kann ge-nauso schlimm sein wie die in einer großen."

„Ich verstehe Sie nicht."

Claudia putzt sich die Nase und er wartet, bis sie das Tempotuch in ihre Hosentasche steckt.

„Misstrauen und Angst erzeugen. Sich jemanden aussu-chen, den man auf dem Kieker hat und ihn dann mürbe ma-chen, ihn attackieren, im Kollegenkreis diffamieren, ihn schrittweise klein machen und ausgrenzen und dafür sorgen, dass die anderen mitmachen. Alle schauen zu und keiner tut etwas. Dieses Prinzip ist sehr alt. Wollen Sie mir sagen, Sie haben noch nicht bemerkt, was in Ihrem Team los ist? Die Patienten unterhalten sich schon darüber. Nicht selten, dass Pfleger Jens Vanessa vor anderen nieder macht oder ihr auf den Hintern klopft und sie in Rage bringt. Einmal habe ich gesehen, wie sie mit hochrotem Kopf weinend zur Toilette lief. Man muss nur ein wenig über den Flur spazieren, dann bekommt man so einiges mit oder auch erzählt. Ich glaube, im beruflichen Bereich heißt das *Mobbing*."

Claudia fühlt, wie sich innere Unruhe in ihr ausbreitet. Sie dreht sich mit dem Rücken zum Fenster und schaut ins Zimmer. Jeden Moment könnte die Tür aufgehen.

„Ich muss jetzt gehen."

„Habe ich Sie vertrieben?"

„Nein, das haben Sie nicht. Machen Sie sich keine Gedanken. Sie haben nur etwas auf den Punkt gebracht."

Schnurstracks geht sie zum Dienstzimmer, nimmt sich die Mappe mit den Dokumentationen und blättert in der Akte von Frau Zesabuk. Dann legt sie die letzten Dienstpläne daneben und vergleicht die Eintragungen. Die Buchstaben beginnen vor ihren Augen zu schwimmen, als sie eine plötzliche Ahnung beschleicht.

„Wenn du es möchtest", hatte Alexander auf dem Campingplatz gesagt. Claudia liegt auf ihrem Bett und denkt über seine Worte nach. Wir werden zurückkehren, wenn ich es möchte, überlegt sie. Warum hatte er es auf diese Art und Weise ausgedrückt? Will er denn gar nicht? Sogleich ärgert sie sich über sich selbst. Wie dumm, an seinen Wünschen zu zweifeln. Natürlich will er. Aber was konkret?

In ihren Gedanken gefangen, zieht sie sich mehr denn je in ihrem Zimmer zurück, hört verträumte und traurige Musik, geht nicht ans Telefon und lässt sich sogar verleugnen, selbst wenn Rüdiger anruft. Stundenlang liegt sie auf ihrem Bett mit geschlossenen Augen oder starrt die Decke an.

Sie freut sich auf jede Unterrichtsstunde und fürchtet deren Ende, ein Auf und Ab an Sehnsucht und Traurigkeit. Hilflos fühlt sie sich überflutet von ihren zwiespältigen Wünschen.

„Wir müssen aufpassen", sagt er, „dass niemand etwas merkt. Komm nicht so oft ans Lehrerzimmer, sonst wecken wir schlafende Hunde."

Eines Nachmittags steigt sie auf ihr Fahrrad und klingelt einfach an seiner Haustür. Sie zittert vor Aufregung. Zunächst passiert nichts. Er öffnet nicht. Da klingelt sie ein zweites Mal. Die Tür geht auf und sie schaut in ein müdes Gesicht. Er reibt sich die Augen.

„Du?"

„Ja. Ich bin's."

Schnell versucht sie, seine Mimik zu deuten. Ist es Verwunderung oder Missbilligung in seinem Gesichtsausdruck?

„Komm rein. Ich bin von deinem Klingeln wach geworden. Ich habe ein Schläfchen gehalten."

„Soll ich wieder gehen?"

Er lacht. Sie liebt dieses Lachen, dieses warme, vertraute Lachen, eher ein lautes Lächeln, etwas das nur sie allein kennt im Gegensatz zu ihren Mitschülerinnen, ein Lächeln, das er nie in der Schule zeigt.

„Du bist doch gerade erst gekommen. Ich freue mich. Hast du Hunger?"

„Ein bisschen."

„Das ist gut. Ich wollte jetzt nämlich etwas kochen. Spaghetti Bolognese magst du doch bestimmt, oder?"

„Klar doch."

„Hast du schon mal selbst etwas gekocht?"

„Nein. Die Küche ist das Reich meiner Mutter. Da haben wir Kinder nichts verloren."

„Wie bitte?"

„Ja. So ist das. Sobald ich in der Küche Geräusche mache, kommt sie angelaufen, um zu überprüfen, dass ich nicht die ganze Küche versaue. Oh, entschuldige den Ausdruck."

„Du musst dich nicht entschuldigen. Wir sind hier nicht in der Schule."

„Und es gibt auch keine Noten fürs Kochen, nicht wahr?"

„Nein. Du bist ja witzig." Er schüttelt den Kopf.

„Mein Vater kann auch ganz gut kochen. Er backt auch leckeren Kuchen."

„Wie alt ist er eigentlich?"

„Mal überlegen, hm, von 1923, also ist er 57 Jahre. Meine Mutter ist zwei Jahre jünger."

„Ist eher selten, dass Männer dieser Generation kochen und backen."

„Er hilft sogar im Haushalt und im Garten."

„So. Du kannst schon mal das Hackfleisch anbraten und ich schäle die Zwiebeln."

Als er ihren fragenden Blick sieht, fügt er hinzu:

„Ganz einfach. Du machst die Herdplatte an, höchste Stufenzahl, Topf drauf, Öl rein, heiß werden lassen, Gehacktes hinein und drin rumstochern und es klein machen, bis diese Fleischbrösel entstehen und es leicht braun wird. Gehacktes muss gut durchgebraten werden."

„Wird schon schief gehen."

„Glaub´ ich nicht. Du machst das schon. Verstehst du dich eigentlich gut mit deinen Eltern?"

„Geht so."

„Und mit deinem Bruder?"

„Mit Tim ist es o.k."

Sie senkt ihren Kopf und starrt auf das dampfende Fleisch in dem heißen Fett wie jemand, der sich bemüht, aus dem Kaffeesatz zu lesen. Ihre Einsilbigkeit bleibt ihm nicht verborgen.

Alexander beobachtet sie für einen Moment, schneidet dann die zweite Zwiebel in kleine Stücke und tritt zu ihr an den Herd.

„Die müssen jetzt da hinein."

Mit dem Messer schiebt er die Zwiebeln in den Topf. Sofort fühlt Claudia ein heftiges Brennen in den Augen.

„Was ist das denn?"

„Das sind die Zwiebeln. Tut richtig weh, nicht wahr?"

„Und wie. Man sollte sich beim Zwiebelschneiden am besten eine Schwimmbrille aufziehen."

Sie reibt sich die Augen. Alexander öffnet das Küchenfenster.

„Wir können jetzt das Nudelwasser aufsetzen."

Neugierig schaut sie ihm zu. Gar nicht übel. So kann man auch noch Kochen lernen.

Beim Essen fällt ihm Claudias großer Appetit auf, als habe sie seit Tagen nichts Richtiges zu essen bekommen.

"Dafür, dass du nur ein bisschen Hunger hast, verschlingst du aber Berge."

„Ja.", sagt sie kurz mit vollem Mund, „ich wundere mich auch, dass ich so einen Hunger habe. Hätte ich nicht gedacht. Bei dir schmeckt es halt so gut. Zu Hause ist oft so miese Stimmung beim Essen. Da kriege ich kaum einen Bissen runter. Kannst du Musik anmachen?"

„Was denn?"

„Egal."

Er zieht eine Schallplatte von Police aus dem Schrank. Könnte ihr gefallen, überlegt er. Verstohlen sieht sie sich im Raum um. Sein Esszimmer ist nicht vom Wohnzimmer abgetrennt, helle Möbel im Skandinavischen Stil. Ein Teil des Zimmers dient als Essplatz, an dem ein Tisch für sechs Personen steht. Die gelbe Tischdecke aus Baumwollstoff hätte gut und gerne ein Bügeleisen verdient. Die weißen Rosen in der Glasvase am Ende des Tisches sehen frisch aus, ebenso wie das Wasser. Ob er sie sich selbst gekauft hat? Oder von einer Frau bekommen? Die Bilder an den Wänden sind offensichtlich Fotografien aus seinen Urlauben. Naturaufnahmen, ein See, in dem sich schneebedeckte Berge spiegeln, dann ein Sonnenuntergang am Strand, ein blühender Kastanienbaum auf einer Wiese.

Auf einem anderen Bild erkennt man ein Mädchen von hinten. Seiner Größe nach zu urteilen müsste es vielleicht zwölf oder dreizehn Jahre alt sein. Es läuft über den Strand auf das Meer zu und trägt einen hellblauen Bikini. Seine blonden Haare flattern im Wind.

„Hast du Kinder?"

„Nein. Ich habe ja noch nicht einmal eine Frau."

„Warum nicht?"

„Weiß nicht. Meine Freundin und ich haben uns letztes Jahr voneinander getrennt. Seitdem bin ich allein."

„Möchtest du denn ein Kind haben?"

„Wieso fragst du?"

„Weil ich gerade das Foto mit dem Mädchen sehe."

„Ach so."

„Wer ist denn das?"

„Irgendein Mädchen am Strand. Es wirkte so lebensfroh, so leicht. Sie lachte, als sie auf das Wasser zulief. Ihre Eltern rannten kurz darauf hinter ihr her. Ich hätte sie erst gar nicht alleine gelassen."

„Nicht? Warum?"

„Nachher verschwindet sie im Meer, schwimmt zu weit raus, bevor die Eltern sie aufhalten können. Das ist doch der blanke Horror."

„Ja. Du würdest gut auf deine Kinder aufpassen."

Claudia schiebt ihren Teller zur Seite. Ihre Stimme hat plötzlich etwas Trauriges.

„Magst du nicht mehr aufessen?"

„Bin satt. Danke. Die Musik ist gut. Was ist das?"

„Die Gruppe heißt The Police."

Sie steht auf, geht zu der Stereoanlage und setzt sich davor auf den Boden. Durch die Glastür des Schranks, neben dem der Plattenspieler auf einem Regal steht, sieht sie seine Schallplattensammlung. Muss eine Menge Geld gekostet haben. Sie nimmt das Plattencover in die Hand und liest die Titel: *So Lonely. Don´t Stand So Close To Me. Roxanne.*

"Gefällt dir die Musik?"

„Ja.", sagt sie leise.

„Der Sänger Sting ist selbst einmal Lehrer gewesen."

„Ja wirklich?"

Alexander setzt sich zu ihr. Wie hypnotisiert starrt sie auf die beiliegenden Texte. Er kann ihre Spannung fühlen.

„*Young teacher, the subject of schoolgirl fantasy. She wants him so badly ...*"

"Was redest du da, Alexander?"

„Das ist aus dem Lied „*Don't Stand So Close To Me*". Er besingt Erfahrungen eines Lehrers. Das Lied handelt von der gegenseitigen Anziehung."

„Magst du mich also?" Sie lehnt die Plattenhülle an den Schrank.

„Du kannst vielleicht Fragen stellen. Was glaubst du denn?" Er rückt seine Brille zurecht.

„Na, sag schon."

„Ja, Claudia, ich mag dich. Sehr sogar. Weißt du das denn nicht?"

„Doch. Eigentlich schon. Ich wollte es nur einmal hören."

„Es fällt dir schwer zu glauben, was du erfühlst. Vielleicht liegt es daran, dass du noch sehr jung bist, oder aber daran, dass unsere Situation für dich sehr ungewöhnlich ist. Im Laufe des Lebens lernst du, Dinge zu wissen, ohne danach zu fragen."

„Ich mag dich auch, sehr sogar."

Nur flüchtig schaut sie ihn an und senkt sofort ihren Blick.

„Ich weiß."

„Ja?"

„Ja. Und nun?"

„Ich weiß nicht." Sie errötet und wickelt ihre langen Haare um den Zeigefinger.

Er zögert einen Moment, bevor er sich ihr nähert und ihren Nacken streichelt.

„Magst du das?"

„Vielleicht."

Er nickt und lächelt, beinahe verlegen.

„Komm, wir gehen zum Sofa. Der Boden ist doch ein bisschen hart. Möchtest du noch etwas zu trinken?"

„Eine Cola, bitte."

„Wird gemacht."

Er geht in die Küche und kommt mit einer Flasche und zwei Gläsern zurück, stellt sie auf den kleinen, quadratischen Sofatisch. Dann holt er aus dem Schrank ein Fotoalbum heraus und setzt sich neben sie, so nah, dass ihre Oberschenkel sich berühren. Sie rutscht nicht weg, denkt er. Sie duldet die Nähe.

„Jetzt zeige ich dir ein paar von meinen Urlaubsbildern. Nichts Spektakuläres, aber ich schaue sie mir immer wieder gerne an."

Er blättert in dem Album, eine Seite nach der anderen. Und Claudia lauscht interessiert seinen Ausführungen. Fotos vom Schwarzwald, dampfende Wälder, von Nebeln durchdrungen. Kleine Städtchen mit Fachwerkhäusern und verwinkelten Gassen. Der Blick durch einen Torbogen auf den dahinter liegenden Marktplatz, auf dem ein Brunnen vor sich hin plätschert. Auf dem Rand sitzt eine etwas mollige Frau, die mit dem Wasser spielt. Dann noch ein Bild von dem Brunnen, nur näher dran, die Frau lächelt in die Kamera. Sie hat rote, kräftige Wangen, als habe sie Freude am Lachen. Zu ihren Füßen picken Tauben nach Brotkrümeln.

„Das ist Peggy, meine Ex-Freundin. Sie war für kurze Zeit an unserer Schule. Dann ist sie zurück in die USA. Deutschland sei ihr zu langweilig."

„Zu langweilig?"

„Sie liebte Shopping, zu jeder Tag- und Nachtzeit. Sie liebte den Spaß an der Freude. Irgendwie lachte sie über alles Mögliche, auch über Dinge, die eigentlich gar nicht komisch sind."

„Und du liebst die Natur. Ich glaube, ewig so'n Rummel ist nichts für dich. Stimmt's?"

„Du hast es erfasst. Das konnte auf Dauer nicht gut gehen. Und was ist mit dir? Mit dir und Rüdiger?"

„Lass und lieber von etwas anderem reden. Wer sollte sich schon wirklich für mich interessieren?" Claudia greift nach dem Colaglas und trinkt einen hastigen Schluck.

„So ein Unsinn. Wie kommst du denn darauf? Wer dich findet, hat großes Glück."

Er streicht über ihr Haar.

„Ach was. Blätter lieber weiter in dem Album."

„Das willst du gar nicht hören, nicht wahr? Irgendwann, später einmal, wenn ich schon alt und grau bin, dann denkst du vielleicht daran."

„Sag nicht so 'was. Das macht mich ganz traurig."

Er klappt das Fotoalbum zu und wirft es auf den Boden.

„Lass dich mal in den Arm nehmen. Wir denken jetzt nicht an andere und auch nicht an eine unbestimmte Zukunft. Wir machen es uns jetzt gemütlich."

Sie legen sich nebeneinander und als er Claudia in den Arm nimmt, spürt er, wie verkrampft sie ist. Sie zittert. Ihre Atmung geht schnell und flach.

„Du brauchst keine Angst zu haben. Ich tue nichts, was du nicht willst."

Claudia lauscht dem Ticken seiner Armbanduhr. Von der Küche her hört sie Vögel zwitschern. Das Fenster steht noch auf. Der Bratengeruch ist verflogen. Stattdessen riecht sie ihn, seine Haut, den Duft nach Vanille. Sein Körper fühlt sich sehr warm an. Sie spürt ein ängstliches Verlangen, ihn zu küssen, doch traut sie sich nicht. Sie rührt sich nicht, ihre Nase an seinem Hals.

Als habe er ihre Phantasien erahnt, rückt er ein kleines Stückchen von ihr ab, nur so weit, dass er ihr in die Augen schauen kann. Sie erwidert seinen Blick, weicht ihm nicht aus, wartet nur und lässt geschehen.

Als sie seine weichen, vollen Lippen fühlt und seine Zunge, die mit ihrer spielt, da ist es ihr, als fänden tausend Explosionen in ihrem Innern statt. Eine unendliche Weite tut sich auf, ein Universum, das sich endlos ausdehnt, eine Intensität, die ihr den Atem nimmt und von der sie nicht weiß, ob ihr Körper sie verkraften kann. Sie öffnet ihre Augen, sieht das Foto mit dem Mädchen im blauen Bikini. Es läuft aufs Meer zu. Jetzt erkennt Claudia ihre Fußspuren im Sand. Und für einen winzigen Augenblick ist es ihr, als drehe das Mädchen seinen Kopf, schaue zurück, direkt zu ihr hin, als suche sie ihren Blick, als sehe sie Claudia auf dem Sofa liegen, neben Alexander.

Der Mann und das Mädchen.

Claudia schließt ihre Augen.

Sie bleiben einfach nur dort liegen, Arm in Arm. Verbotene Geborgenheit, die einzige, die sie kennt. Unstatthafte Zärtlichkeit. Doch in seiner Umarmung fühlt sie, dass sie die Welt ertragen kann so wie sie ist, wie sie sich jeden Tag für sie darstellt. Allmählich verstummt die Musik und an ihren gleichmäßigen Atemzügen, die sich beruhigt haben, erkennt er, dass sie eingeschlafen ist. Er bewegt sich nicht und schaut sie einfach nur an, dieses junge, sich entfaltende, erblühende Mädchen, das nichts von seiner eigenen Anmut weiß.

Sie könnte meine Tochter sein, sagt er sich. Er kaut auf seiner Unterlippe, hängt seinen Gedanken nach. Wie soll das nur weiter gehen? Wenn das raus kommt, gibt es eine Tragödie. Aber es jetzt zu beenden, das schaffe ich nicht. Und ich will es auch nicht. Ich würde ihr das Herz brechen. Ich kann ihr doch nicht sagen, dass wir uns nicht mehr sehen können. Wie soll es dann im Unterricht werden? Wie soll ich sie unterrichten, wenn sie da sitzt mit ihren traurigen Augen? Wäre sie doch einfach nur vier Jahre älter, mindestens vier.

Sie hat mehr Substanz, mehr Grips, mehr Tiefgang als viele Frauen, denen ich begegnet bin. Sie schaut in mich hinein. Sie ist ein Schmetterling unter Raupen. Aber sie hält sich für ein hässliches Entlein. Dabei ist sie der Schwan. Nur weiß sie es noch nicht. Ich möchte ihr gern so vieles zeigen, etwas in ihr anlegen, zur Entfaltung bringen, etwas aufwecken. Ein Samenkorn in sie hineinbringen. Wie friedlich sie da liegt.

Eines Tages werde ich sie verlieren, warum auch immer. Was auch immer dazu führen wird. Aber ich wünsche mir, dass sie mich niemals vergisst. Niemals.

Er schaut zum Fenster. Schleichend hat die Dämmerung begonnen. Wahrscheinlich ist sie mit dem Fahrrad hier. Er möchte sie nicht im Dunkeln nach Hause fahren lassen. Sanft streicht er ihren Rücken entlang, fühlt den Verschluss ihres BHs, küsst ihre Stirn. Sie streckt sich und erwacht in seinen Armen.

„Du bist eingeschlafen."

„Oh je, das tut mir leid." Sie reibt ihre Augen.

„Das muss es nicht. Es war ein Geschenk für mich."

„Ein Geschenk?"

„Ja. Vertrauen ist ein Geschenk."

Sie löst sich aus seiner Umarmung und setzt sich auf. Dann holt sie ein Haargummi aus ihrer Hosentasche und bindet ihre Haare zu einem Zopf. Eine lange Strähne fällt heraus, die sie sich hinter ihr Ohr steckt.

„Ich glaube, ich muss gleich nach Hause."

„Ja. Bevor es dunkel ist. Sonst mache ich mir Sorgen."

Still schaut sie ihn an, mit diesem fragenden Blick, den er schon oft an ihr gesehen hat, wenn sie noch einen Moment nachdenkt, bevor sie endlich ihre Frage formuliert. Anfangs hat es ihn verwundert, dass sie nach Selbstverständlichkeiten fragt, bis er später schließlich verstanden hat, dass das Selbstverständliche für sie nicht selbstverständlich ist und sie es absichern muss, um daran glauben zu können.

„Du denkst wirklich an mich, auch wenn ich schon fort bin? Du fragst dich, ob ich gut nach Hause komme?"

„Natürlich."

Ein Lächeln huscht über ihr Gesicht.

„Ich möchte dir noch etwas mitgeben, ein Buch von Hermann Hesse. Es heißt *Demian*. Schon mal etwas von ihm gelesen?"

„Nein."

Er greift nach dem Buch, das auf dem Tisch liegt und hält es ihr hin.

„Ich leihe es dir. Es wird dir gefallen. Du kannst es mir irgendwann wieder zurück bringen."

Sie nimmt es entgegen, ein kleines, blaues Taschenbuch. Unter dem Titel *Demian* steht *Die Geschichte von Emil Sinclairs Jugend*. Zu unterst ein Foto von Hesse selbst. Als sie das Buch öffnet, rutschen zwei Zettelchen heraus. Die Seiten sind bereits leicht vergilbt und an manchen Stellen findet sie Anmerkungen, mit Bleistift geschrieben. Einzelne Sätze sind unterstrichen.

Fast andächtig beobachtet er sie, wie sie das Büchlein für sich entdeckt, wie sie es mit ihren Augen, ihren Sinnen in Besitz nimmt. Sie riecht an den Seiten, manche Passagen liest sie sofort und als sie es zuklappt, hält sie es an ihre Lippen und schließt die Augen.

Er kämpft gegen sein Verlangen an, sie wieder in den Arm zu nehmen und zu küssen. Zu schön erscheint ihm der Moment, in dem sie auf fast sinnliche Art und Weise das Buch in ihren Händen hält. Es ist, als habe Hesses Demian in ihren Händen eine neue Präsenz erfahren, als erwache Emil Sinclair selbst zu neuem Leben.

Und als sie ihn plötzlich unverhofft anschaut, die Arme vor ihrem Körper und das Buch an ihre Brust gedrückt, da kommt er sich schließlich vor wie ein Narr, der erst jetzt begreift, dass er ihr dieses Buch nur schenken kann. Eine andere Möglichkeit gibt es nicht. Sie will es für sich behalten, ihren Schatz, ein Buch von ihm, das er selbst gelesen und bearbeitet hat. Etwas von seinem Wesen ist darin enthalten durch seine Schrift, seine Anmerkungen und Unterstreichungen, dadurch, dass er es angefasst und gelesen hat. Es ist etwas von ihm. Und es ist dieser Augenblick, in dem er begreift, dass Claudia nicht nur für ihn schwärmt, wie es auch andere Teenager tun. Es ist dieser Augenblick, in dem ihm bewusst wird, dass sie ihn liebt und sie auf eine Weise miteinander verbunden sind, wie er sie nie zuvor mit einer anderen Frau erlebt hat.

„Du darfst es behalten. Ich schenke es dir", hört er sich sagen.

Da legt sie das Buch zur Seite, nähert sich ihm und gibt ihm einen Kuss auf die Wange.

„Danke", sagt sie im Flüsterton. Dann küsst sie ihn auf den Mund und er zieht sie zu sich heran und lässt sich rückwärts auf das Sofa gleiten. Sie versinken in einem endlosen Kuss. An der Grenze seiner Kontrolle, in dem Moment, in dem er jetzt eigentlich ihre Bluse öffnen und sich seinem Verlangen überlassen würde, löst er sich aus der Umarmung, holt tief

Luft und hält den Atem an. Er wendet sein Gesicht ab und seufzt.

„Was ist? Habe ich etwas falsch gemacht?" Claudia setzt sich auf. Ihre Augen werden feucht.

„Nein, du hast nichts falsch gemacht. Es ist nur schon so spät und ich will mir doch keine Sorgen machen müssen, ob du auch wohl behalten nach Hause kommst."

Er steht auf und schaut in den Garten. Es liegt Abend in der Luft. Wie schön, wenn sie bleiben könnte. Eine laue Sommernacht, in der wir uns lieben im Gras, bis der Morgen kommt.

Claudia schlingt ihre Arme um ihn, presst ihr Gesicht an seinen Rücken.

„Ach, Claudia."

Er dreht sich herum und gibt ihr einen Kuss auf die Stirn.

„Alexander, ich möchte so gerne bei dir bleiben."

„Das wäre schön, nicht wahr?"

„Wunderschön. Jeden Abend beim Einschlafen denke ich an dich."

„Und ich an dich."

„Bestimmt?"

„Bestimmt."

Er winkt ihr zum Abschied, als sie mit ihrem Sportrad aus seiner Einfahrt fährt und in die Straße einbiegt. Der Dynamo surrt leise vor sich hin und die Vorderlampe gibt ein nur milchiges Licht. Allmählich verschwindet sie aus seinem Blickfeld. Noch immer sieht er ihren Arm in der Luft, das Lederband an ihrem Handgelenk, wie sie zurückwinkt und lächelt. So etwas wie Glück spiegelt sich in ihrem Gesicht. Traurig schließt er seine Haustür mit dem Wissen des Älteren und der Sehnsucht eines Mannes, der begonnen hat, sich vor sich selbst zu fürchten. In der Küche brüht er sich einen Kaffee auf, gießt etwas Milch hinein und im Gegensatz zu seiner sonstigen Gewohnheit gibt er einen Teelöffel Zucker hinzu. Auf dem Weg durchs Wohnzimmer greift er in die Glasschale auf der Anrichte und nimmt sich einen Riegel Schokolade. Dann öffnet er die Terrassentür und tritt hinaus in die milde Abendluft. Zum Glück kann man den Garten nicht einsehen, schießt es ihm spontan durch den Kopf. So ist es möglich, mit Claudia nach draußen zu gehen, ohne lästige Fragen beantworten zu müssen.

Er setzt sich auf einen Gartenstuhl neben einem Tisch aus Teakholz, auf dem ein Aschenbecher aus weißem Porzellan steht, ein Mitbringsel aus Prag. Der letzte Urlaub mit Peggy, den sie vorzeitig abgebrochen hatten. Er sei ihr nicht kommunikativ genug gewesen und nicht aufgeschlossen genug für ihre Interessen. Dabei sei es doch nicht zu viel verlangt, ein paar Stunden am Tag in Bekleidungsgeschäften zu verbringen und von ihm ein Feedback zu verlangen. Ständig wollte sie wissen, wie sie in diesem oder jenem Kleid aussah und ob der blaue oder grüne Pullover besser zu ihren blauen Augen      passte. Und dann kamen da noch die Schmuckgeschäfte hinzu. Sie liebte Schmuck aus Prag. Darum wollte sie auch in diese Stadt.

Wenn sie wüsste, dass er sich mit Claudia trifft, einer Vierzehnjährigen, dann wäre für sie endgültig besiegelt, dass er anormal sei und dazu auch noch ein Pädophiler, ein widerwärtiges Schwein. Wo Männer doch sowieso ihrer Meinung nach meistens Schweine seien, die nur an sich selbst denken.

Einem plötzlichen Impuls folgend, steht er auf, greift sich den Aschenbecher, geht zurück in die Küche und wirft ihn in den Müll. Aus seinem Küchenschrank holt er sich einen

Aschenbecher aus Glas und geht wieder nach draußen, zündet sich eine Zigarette an und denkt an Claudia. Ihr Geruch liegt noch immer in der Luft. Seine Arme riechen nach ihr. Er ertappt sich dabei, dass er wie damals, als er selbst ein Jugendlicher war, sich nicht duschen möchte, um den Duft der Freundin solange wie möglich bei sich zu behalten.

Mit diesem Geruch möchte er einschlafen in der Illusion, dass sie noch bei ihm sei, neben ihm, in seinen Armen, in seinem Bett, ineinander gedrängt, miteinander vereint, ewig.

Als das Telefon klingelt, schreckt er aus seinen Gedanken hoch. Eine leise Stimme. Claudia flüstert.

„Hallo Alexander. Ich wollte dir nur sagen, dass ich gut zu Hause angekommen bin."

„Das ist lieb von dir, dass du anrufst. Warum flüsterst du?"

„Damit niemand merkt, dass ich gerade angekommen bin. Ich schleiche mich in mein Zimmer und tu so, als wenn ich schon länger hier gewesen wäre, wenn nachher jemand kommt und nachfragt. Meine Eltern schauen sich einen Film an und haben nicht bemerkt, dass ich gekommen bin."

„Du bist mir eine."

„Ich wollte nicht, dass du dir Sorgen machst. Du machst dir doch sonst Sorgen?"

„Ja. Das hätte ich."

Dann plötzliche Stille.

Er spürt ihr Zögern und obwohl sie nur telefonieren, sieht er ihren Blick, diesen charakteristischen Gesichtsausdruck, wenn sie ihn wieder etwas Selbstverständliches fragen möchte, nur diesmal fragt sie nicht. Es ist, als wenn in diesem Schweigen die Frage selbst liegt. Das Schweigen an sich ist ihre Frage. Und er antwortet ihr, wie er ihr noch viele Male antworten wird.

„Schön, dass du hier warst. Ich habe mich sehr gefreut."

„Ich fand es auch sehr schön."

Wieder Schweigen. Und er versteht.

„Du darfst gerne wiederkommen."

„Danke. Ich passe auch auf, dass es niemand merkt. Schweigen ist Gold."

„Schweigen ist Gold. Bis morgen."

„Ja, bis morgen."

Dann legt er den Hörer auf.

Mittlerweile ist es dunkel. Trotzdem setzt er sich wieder auf die Terrasse und lauscht den Geräuschen des Spätsommers, atmet den Duft feucht werdender Erde, verscheucht eine Mücke, die sich auf seinen Arm setzen will. Seine Nachbarn klappen ihre Gartenstühle zusammen. Gläser werden vom Tisch geräumt. Er hört das leise Klirren aneinanderstoßender Gläser. Wahrscheinlich Weingläser. Sie klingen anders als Bier- oder Wassergläser. Eine Tür wird geschlossen, ein Fenster geöffnet. Dann das typische Geräusch des Fernsehers, Stimmengewirr, ein bisschen laut. Nachbar Schrock sollte zum Ohrenarzt. So kann man nicht träumen. Immer häufiger hat er den Eindruck, dass die Menschen jeden Ort der Stille mit Krach verseuchen. Lärmverschmutzung. In einer Nachbarstadt kennt er ein Cafe, in dem keine Musik gespielt wird. Wenn er Ruhe am allerdringlichsten braucht und gleichzeitig die Anwesenheit einzelner, ebenso stiller Menschen, dann sitzt er dort und liest. Neuerdings legt er immer öfter das Buch an die Seite und hängt seinen Gedanken und Träumen nach, den Blick nach innen gerichtet, eingesponnen in eine lebhafte Welt der Fantasie, in der alles möglich ist. Grenzenlos.

Claudia.

Sie schmunzelt, als ihre Mutter wie erwartet erst nach dem Spielfilm um viertel vor zehn ins Zimmer kommt. Claudia legt ihr Buch zur Seite.

„Wo warst du so lange, mein Kind?" Ihre Mutter setzt sich auf die Bettkante. Claudia schiebt das Buch unter die Decke.

„Wieso? Ich war doch den ganzen Abend hier."

„Ach, ich habe dich gar nicht kommen hören."

„Ich war eben leise, wollte euch nicht stören. Wo ist eigentlich Tim?"

„Er kommt gleich. Ist vorhin noch kurz zu einem Freund rüber. Er müsste aber um zehn hier sein." Sie erhebt sich von dem Bett. Um die Augen herum sieht sie sehr müde aus.

„Schlaf gut, Mama."

„Du auch. Und leg mal das Buch jetzt fort, das, was du gerade hast verschwinden lassen. Was liest du denn da überhaupt?"

„Demian, von Hesse."

„Aha." Sie zieht die Augenbrauen hoch und nähert sich der Tür.

Und schon wird das Licht gelöscht. Claudia hört, wie ihre Mutter sich entfernt. Dann das typische Geräusch der Badezimmertür. Sie starrt in die Dunkelheit. Erst allmählich nehmen die Gegenstände schwache Konturen an. Etwas Licht dringt durch einzelne Spalten der Rollladen herein. Sie hört die Schritte ihres Vaters auf der Treppe. Nur noch zwei Stufen, dann ist er oben auf dem Treppenabsatz. Damit er nicht stürzte, mussten sie als Kinder abends immer ganz sorgfältig alles Spielzeug aus dem oberen Flur räumen. Murmeln und Matchboxautos waren besonders gefährlich. Jetzt geht er an ihrer Zimmertür vorbei. Niemals kommt er herein, um gute Nacht zu sagen.

Niemals.

Seine Schritte entfernen sich. Die Schlafzimmertür der Eltern wird geschlossen.

Leise öffnet sich ihre Tür und durch den Spalt lugt Tim hinein.

„Claudia, bist du noch wach?"

„Ja. Komm rein."

Vorsichtig schließt er die Tür.

„Wo warst du den ganzen Tag? Martina und Rüdiger haben angerufen. Ihr wolltet doch ins Kino."

Er setzt sich auf ihren Schreibtischstuhl. Als er sich nach hinten lehnt, knarrt es.

„Ach Gott! Habe ich ganz vergessen. Mist!"

Sie setzt sich auf, lehnt sich mit dem Rücken an die Wand.

„Das kann man wohl laut sagen. Ich glaube, Rüdiger war sehr traurig. Du solltest ihn nicht so hängen lassen. Er hat dich richtig gern. Hat er mir verraten."

„Tut mir echt leid. Und du meinst, er hat mich wirklich gern?"

„Mensch, Schwesterchen, wieso denn sonst sollte er hier immer anrufen? Aber du bist ja wie vom Erdboden verschluckt."

Tim macht eine Drehung mit dem Stuhl und stößt sich das Knie am Rollcontainer.

„Aua! Tut das weh."

Er reibt sich das Knie. Claudia schiebt die Bettdecke an die Seite und steht auf.

„Hast du Lust auf eine Kippe?"

Tim nickt. Noch immer hält er sein Knie fest.

Claudia legt ihr Ohr an die Wand und lauscht.

„Mama und Papa unterhalten sich noch. Aha, jetzt legen sie sich ins Bett. Und jetzt noch einen kurzen Moment, dann macht es klick. Genau. Jetzt hat Mama die Nachttischlampe gelöscht. Super. Dann können wir jetzt das Fenster öffnen. Jetzt kommt keiner mehr."

Langsam, um möglichst kein Geräusch zu machen, zieht Claudia den Rollladen ganz sacht nach oben. Während sie das Fenster öffnet, sucht Tim auf dem Schreibtisch nach Zigaretten.

„Sie liegen im Rollcontainer. Oberste Schublade, ganz hinten drin."

Er nimmt die Packung heraus. Sie setzen sich auf die Fensterbank. Claudia gibt ihm das Feuerzeug. Er zündet beide Zigaretten an, reicht eine seiner Schwester.

Der Nachbar von gegenüber fährt seinen Mercedes in die Garage, prüft dann dreimal, ob das Tor auch wirklich geschlossen ist. Er läuft auf sein Haus zu und dann die breite Vortreppe aus dunklem Stein hinauf. Sein Gang ist schwerfällig, der Oberkörper leicht nach vorn gebeugt. Dabei ist er höchstens um die Vierzig. Seine Frau, eine stets gepflegte, schlanke Frau mit langem, rot gefärbtem Haar, dessen Farbe nicht ganz zu dem Rot seines Mercedes passt, ist im sechsten Monat schwanger. Sie erwartet ihr erstes Kind, ziemlich spät mit ihren fünfunddreißig Jahren.

Bevor er den Schlüssel ins Schloss steckt, wartet er einen Moment auf der Treppe und blickt nach links zum Nachbarhaus. Doch Frau Grieth öffnet ihre Tür heute nicht, um ihm einen verstohlenen Kuss zu schenken. Dann dreht er seinen Kopf, schaut sich noch einmal um und sieht zwei aufleuchtende rote Punkte in der Dunkelheit, in der Höhe von Claudias Zimmer. Sie wissen, dass er sie nicht verraten wird. Er geht ins Haus.

„Wo kommt er denn so spät her? Lässt seine Frau den ganzen Tag alleine."

„Wenn ich später eine Frau habe, dann bin ich abends aber eher zu Hause. Besonders, wenn wir ein Baby erwarten. So ein Arschloch. Und dann noch das Techtelmechtel mit Frau Grieth."

Plötzlich hören sie den herannahenden Zug. Sie lehnen sich aus dem Fenster, sehen seine Scheinwerfer durch das Gestrüpp hindurch, die drei weißen Lampen, Eckpunkte eines gleichschenkligen Dreiecks, die Spitze oben. In einer halben Stunde kommt der nächste Zug. Jede halbe Stunde ein Zug, eigentlich zwei Züge, weil es zwei Gleise und zwei Richtungen gibt.

Der schreckliche Moment steht ihnen sofort wieder vor Augen.

„War es wirklich nur ein Unfall? Oder haben wir alle versagt, weil wir nicht erkannt haben, dass er mehr Kummer hatte, als wir sehen wollten? Er war doch absolut auffällig in seinem Verhalten. Hätten wir irgendetwas für ihn tun können?" Tims Stimme bricht unter seinen Tränen. „Wir haben ihn im Stich gelassen!"

Er wirft sich bäuchlings auf Claudias Bett, vergräbt sein Gesicht im Kissen und weint bitterlich. Ängstlich schaut Claudia zur Zimmertür in Erwartung, dass ihre Mutter herein kommt. Eigentlich müsste sie Tims Schluchzen hören. Sie schläft ja direkt nebenan und die Wände sind sehr durchlässig. Aber nichts passiert. Claudia legt ihr Ohr an die Wand. Vater schnarcht. Ansonsten Stille.

Sie setzt sich neben ihren Bruder. Hilflos legt sie ihre Hand auf seinen Rücken, zupft an seinen Haaren.

„Ich weiß auch nicht. Immer habe ich diese Bilder vor Augen. Es war bestimmt einfach nur ein Unfall." Was für ein armseliger Trost, überlegt sie und wischt sich mit ihren Händen die Tränen von den Wangen. Der Geruch von Nikotin steigt in ihre Nase. Ihr Zeigefinger ist gelb an seiner Spitze.

„Haben Mama und Papa noch mal ´was gesagt? Oder irgendetwas gefragt?" Sie schaut ihn ängstlich an. Tim richtet sich auf und schüttelt seinen Kopf. Die Mulde auf dem Kissen ist voller nasser Flecken.

„Nein. Sie fragen nichts und sagen nichts. Sie gehen über alles hinweg. Nichts ist von wesentlicher Bedeutung, außer Schule vielleicht und was die Nachbarn denken. Kann´s mir nicht erklären. Irgendwie sind sie mit sich selbst beschäftigt. Sie sind wie Straßenbahnen, die auf ihren Schienen fahren. Als du heute Nachmittag fort warst, hat Papa sich betrunken. Wir haben ihn im Keller gefunden. Er wollte eigentlich die Wände streichen. Ist nicht weit gekommen. Auf dem Boden lag er und neben ihm zwei leere Thermosflaschen. Er hatte sich schwarzen Tee mit Rum und Zucker gemixt. Die Flasche Rum war fast leer. Irgendwie haben wir ihn nach oben geschleppt und ins Bett gelegt. Eine halbe Stunde später klingelte das Telefon. Mama hob ab und legte wortlos wieder auf. Sie kam in die Küche, kalkweiß im Gesicht. Ich fragte, was los sei. Wie ein Roboter mit monotoner Stimme sagte sie, es sei eine Frau am Apparat gewesen, die behauptet habe, Papa habe sein Duschgel bei ihr vergessen. Danach schrubbte sie das ganze Haus. Sie putzte und putzte und putzte. Ihre Hände sind schon ganz wund. Sie sieht so schrecklich traurig aus, aber sie sagt kein Wort. Ich habe mich nachher verdünnisiert, als Papa wieder aufgestanden ist. Du warst ja leider nicht hier, sonst hätten wir irgendetwas zusammen machen können."

„Manchmal möchte ich einfach nur fort. Aber sofort fühle ich mich schrecklich, weil man Mama doch nicht alleine lassen kann."

Claudia setzt sich wieder auf die Fensterbank und lässt die Beine zum Fenster hinaus hängen.

Das Bett knarrt, als Tim sich aufrichtet und auf die Bettkante setzt.

„Irgendwie kann man *beide* nicht allein lassen. Ich habe immer den Eindruck, dass man auf sie aufpassen muss. Sie wirken so zerbrechlich."

„Ja, Tim, du hast Recht."

Er tritt zu ihr ans Fenster. Sie hört, wie er schnuppert. Er riecht an ihren Haaren, dann an ihrem Pullover.

„Du riechst so nach Vanille. Hast du ein neues Parfum?"

„Ach, echt? Aha. Vielleicht mein Duschgel."

Verlegen zupft sie an ihrem Ohrläppchen. Dann hält sie ihm die Packung mit den Zigaretten hin.

„Möchtest du noch eine?"

„Eine können wir noch. Aber danach sollten wir doch mal schlafen. Der Vanilleduft kommt mir aber irgendwie bekannt vor." Er zieht eine Zigarette aus der Packung und hält sie unter seine Nase.

„Scherzbold. Aus unserem Badezimmer natürlich."

„Nein, nein. Irgendwo anders habe ich ihn auch schon gerochen."

„Ist ja egal. Gib mal Feuer, bitte."

„Ihr seid doch bald auf Klassenfahrt. Mit Belt wahrscheinlich, stimmt's?"

„Ist immerhin der Klassenlehrer. Also kommt er mit."

„Irgendetwas gefällt mir nicht an ihm. Kannst du mir vielleicht sagen, was?"

„Nein. Keine Ahnung." Nervös zieht sie an ihrer Zigarette.

„Rüdiger meint, er steht auf junge Mädchen." Nachdenklich beobachtet er Claudia von der Seite. Sie wippt mit den Beinen.

„Unsinn! Man kann einfach gut mit ihm reden."

„Pass auf dich auf, o.k.?"

„Mach dir mal keine Gedanken, Bruderherz. Tolle Luft heute Nacht. So mild. Am liebsten würde ich jetzt aus dem Fenster klettern. Man sollte sich eine Strickleiter organisieren."

Tim schaut nach unten und schätzt die Entfernung bis zum Boden. Dabei spuckt er aus dem Fenster und wartet, bis es unten klatscht. Im Haus gegenüber wird das letzte Licht gelöscht. Frau Grieth hat nicht ein einziges Mal die Tür geöffnet. Ungewöhnlich. Sollte sie eher die Nase von ihrem Geliebten voll haben als die Ehefrau selbst?

„Eine Strickleiter könnte ich dir besorgen. Von einem Freund. Und dann? Dann haust du nachts heimlich ab?"

Tim beugt sich vor, um Claudias Gesichtsausdruck zu erkennen. Sie wendet ihr Gesicht ab.

Er rückt näher an sie heran und riecht wieder an ihrem Haar. Eindeutig Vanille.

„Lass das!" Was geht dich das an?"

„Eine ganze Menge."

„Quatsch! Du bist nicht mein Vater!"

„Nee, zum Glück! Denn der kriegt doch sowieso nichts mit!"

„Lass mich in Frieden!"

Wütend springt Claudia ins Zimmer und legt sich aufs Bett. Der Gedanke, nachts heimlich davon zu schleichen, gefällt ihr. Niemand würde bemerken, wenn sie noch mal zu Alexander fahren würde. Es würde gar nicht auffallen. Und damit Papa auch gut schläft, füllt man ihn abends einfach mit ein bisschen Alkohol ab. Dann merkt er schon mal überhaupt nichts mehr. Genau. Abends mit ihm Schach spielen, dazu ein paar Gläschen Wein, Bier oder Tee mit Rum. Dann wacht er bestimmt erst spät morgens wieder auf. Und Mama? Sie hat doch kürzlich eine Packung Beruhigungsmittel, Lexotanil, vom Hausarzt verschrieben bekommen. Hilft hervorragend beim Einschlafen und auch beim Durchschlafen. Auch ganz einfach. Wenn Papa trinkt, gerät Mama in Wut und die beiden streiten sich. Papa trinkt dann noch mehr, sozusagen aus Trotz, um sich unabhängig und frei zu fühlen. Und Mama nimmt vor lauter Kummer ihr Beruhigungsmittel. Super. Sicherlich sind sie anschließend sehr, sehr müde, verschwinden früh im Schlafzimmer und fallen in einen tiefen Schlaf.

„Was überlegst du?" Tim setzt sich auf den Schreibtischstuhl.

„Nichts!", wehrt Claudia ab. Sie kneift die Augen zusammen.

„Ich geh jetzt mal rüber in mein Zimmer. Ist besser so."

„Ja, gute Nacht."

Kaum hat Tim die Tür ins Schloss gezogen, holt Claudia das Buch von Hermann Hesse unter der Bettdecke hervor. Der Autor auf der Titelseite sieht sehr nachdenklich aus. Sie streicht mit ihrem Zeigefinger über sein Gesicht. Schon komisch, vor Jahren schrieb dieser Schriftsteller dieses Buch. Wer weiß, warum? Tagelang wird er an seinem Schreibtisch gesessen und sich die Geschichte ausgedacht haben. Oder hatte er die Geschichte schon komplett in seinem Kopf? Bevor sie ihre Nachttischlampe anknipst, schließt sie das Fenster und lässt den Rollladen herunter.

Sie legt sich bäuchlings ins Bett und schlägt die erste Seite auf.

Dort heißt es:

*„Ich wollte ja nichts als das zu leben versuchen, was von selber aus mir heraus wollte. Warum war das so sehr schwer?"*

Sehr langsam, um jede Zeile auszukosten und auf sich wirken zu lassen, liest sie weiter. Auf der nächsten Seite hat Alexander ein paar Sätze mit Bleistift unterstrichen, so geradlinig, dass sie annimmt, er habe ein Lineal benutzt. Nachdenklich liest sie die markierte Passage, von Hesse geschrieben, einem Mann, der längst verstorben ist und von einem Mann, Alexander, markiert, für den diese Sätze, diese Gedankengänge eine besondere Bedeutung haben:

*„Ich war ein Suchender und bin es noch, aber ich suche nicht mehr auf den Sternen und in den Büchern, ich beginne die Lehren zu hören, die mein Blut in mir rauscht. Meine Geschichte ist nicht angenehm, sie ist nicht süß und harmonisch wie die erfundenen Geschichten, sie schmeckt nach Unsinn und Verwirrung, nach Wahnsinn und Traum wie das Leben aller Menschen, die sich nicht mehr belügen wollen."*

Seltsam berührt liest sie diesen Absatz noch ein zweites und auch ein drittes Mal. Es kommt ihr so vor, als spreche Hesse ihr aus der Seele, als wenn er direkt zu ihr spreche. Und warum hat Alexander diese Passage markiert? Findet er sich darin wieder? Offensichtlich geht es auch anderen Menschen so, überlegt sie. Aber wahrscheinlich hat jeder Mensch seine eigene Verwirrung, seine eigenen aufwühlenden Träume, die nach Verbotenem schmecken. Sie denkt an Alexander, an ihre gemeinsame Geschichte. Mit welchen Begriffen würde sie umschrieben werden, falls sie eines Tages ans Licht kommt? Verwirrung? Entgleisung? Missbrauch? Worauf mag Hermann Hesse sich beziehen? Wovon spricht er? Hat Sinclair auch Dinge getan, die er verbergen musste, ja, vielleicht sogar vor sich selbst? Mehr denn je fühlt Claudia, dass sie Alexander und ihre Beziehung zu ihm schützen muss. Nach einem flüchtigen Küsschen auf das Foto, auf die Nasenspitze von Hermann Hesse, legt sie das Buch unter ihr Kopfkissen.

Sie setzt sich an den Schreibtisch, holt ihr Tagebuch hervor und schreibt.

### *Ein heimlicher Nachmittag im Sommer 1980*

*Ich bin heimlich zu Alex gefahren, habe geklingelt. Wir haben den ganzen Nachmittag und auch den Abend miteinander verbracht. So etwas habe ich noch nie erlebt. Es war wunderschön. Er hat mir gezeigt, wie man Spaghetti Bolognese kocht. Und dann haben wir in aller Ruhe zusammen gegessen. So viel esse ich sonst nie. Ich kann es kaum beschreiben, aber ich bemühe mich, die richtigen Worte zu finden. Ich fühle mich so unglaublich wohl bei ihm, auch wenn ich manchmal etwas Angst habe, aber die ist weniger geworden. Er tut mir nichts. Wie bekloppt sich das anhört. Er zeigt mir so viel: Kochen, Musik, Bücher. Er hat mir den Demian geschenkt. Bei ihm fühle ich mich so geborgen. Wir haben uns auch geküsst. Ich bin sogar in seinen Armen auf der Couch eingeschlafen – muss man sich mal vorstellen. Ich habe ihn sehr gern. Er mich auch, sagt er zumindest. Ich sei etwas ganz Besonderes. Ich darf niemandem von uns erzählen, denn ich glaube, dass niemand den Wert und die Schönheit unserer Beziehung begreifen kann. Wer wäre denn be-*

*reit, etwas Gutes in dieser Beziehung zu sehen? Man würde ihn doch nur verurteilen. Und das würde ich nicht ertragen.*

Sie klappt das Tagebuch zu und legt es auf ihren Schreibtisch.

Dann kippt sie das Fenster und zieht den Rollladen ein Stückchen hoch, löscht das Licht und legt sich ins Bett. Sie liebt den Duft der Sommernacht und die nächtlichen Geräusche. Ein paar Autos sind noch unterwegs, Menschen, die noch irgendwo ankommen müssen, die noch nicht zu Hause sind.

Erst allmählich erwacht Claudia an ihrem freien Samstag. Regen prasselt gegen die Fensterscheiben und als sie neben sich schaut, erkennt sie, dass Richard das Bett bereits verlassen hat. Früher hatten sie jedes gemeinsame Wochenende mit zerwühlten Laken eingeläutet. Wehmütig erinnert sie sich an diese Zeit, die sie trotzdem nicht mehr herbei wünscht. Selbst wenn es noch hin und wieder zum Beischlaf kommt, so ist es ihr seit einiger Zeit unmöglich, ihn zu küssen. Sie dreht einfach den Kopf weg und schaut aus dem Fenster oder an die Decke. Er ist ihr nicht unangenehm. Ein attraktiver, athletisch gebauter Mann, der trotz der vielen Arbeit regelmäßig ins Fitnessstudio geht. Immer in Aktion.

Ihren sexuellen Begegnungen ist jedoch im Laufe der Jahre jegliche Sensibilität und Hingabe abhanden gekommen. Alles läuft immer nach demselben Schema und innerhalb desselben Zeitplans ab, in dem es nur minimale Variationen gibt. Sie fühlt seine Hände auf ihrer Haut, mechanische Bewegungen ohne Leidenschaft. Manchmal fragt sie sich, ob er beim Akt in Gedanken schon wieder bei seiner Arbeit ist, bei einem Vortrag oder einer modernen Theorie zur Erklärung neuer Phänomene in der Arbeitswelt.

Als sie aus dem Schlafzimmer kommt und über den Flur läuft, hört sie ihn telefonieren. Die Tür seines Arbeitszimmers ist nur angestoßen. Dann lauscht sie an Johannas Tür, die ebenfalls mit irgend jemandem spricht. Langsam geht Claudia hinein. Johanna, die Kopfhörer auf dem Kopf hat, bemerkt ihre Mutter nicht sogleich. Erst als sie direkt neben ihr steht und sich mit ihren Händen auf den Schreibtisch stützt, setzt sie die Kopfhörer ab.

„Hallo Mama. Auch schon wach?"

„Wieso bist du denn schon auf?"

„Wollte ein bisschen *World of Warcraft* spielen. Hatte eine Verabredung."

„So früh schon am Computer? Am Wochenende könntest du doch mal ausschlafen."

„Ja. Um sieben hatten wir ein Treffen vereinbart."

„Wer ist wir?"

„Glumoto und ich."

„Wer ist Glumoto?"

„Ein Krieger."

„Ein Krieger?"

„Seinen echten Namen kenne ich nicht."

„Wie alt ist denn dein Glumoto? Und wo wohnt er?"

„Ach, Mama. Das ist doch unwichtig. Wir spielen doch nur."

„Samstagmorgen spielst du um sieben Uhr mit einem fremden Mann, von dem du nichts weißt. So ganz gefällt mir das nicht."

„Was du dir wieder für Gedanken machst. Ich weiß nur, dass er drei Kinder hat und vierzig Jahre alt ist."

„Und dann hat er nichts Besseres zu tun, als früh morgens mit einem Mädchen WoW zu spielen? Hast du irgendetwas von dir preisgegeben?"

Nachdenklich kratzt Johanna sich am Kopf. Auf dem Bildschirm fliegt ein gefährlich aussehendes Phantasiewesen durch eine Eiswüste.

„Ich glaube nicht. Bin nicht sicher. Was meinst du denn so?"

„Zum Beispiel wie alt du bist oder wo du wohnst und wann du alleine zu Hause bist. Und so weiter und so fort."

„Wir haben nur unsere Handynummern getauscht."

Claudia setzt sich auf Johannas Bett, an dessen Kopfende sich die Kuscheltiere stapeln. In der Mitte liegt Gwen, der Riesentiger mit dem samtweichen Fell.

„Mama, pass auf, dass du dich nicht auf meinen Tiger setzt."

„Schon gut. Kind, warum machst du nur so was? Warum gibst du deine Handynummer einem völlig Fremden? Das kann ins Auge gehen. Wer weiß, wer das ist? Nachher passiert dir etwas. Ich möchte nicht, dass du irgendetwas von dir erwähnst. Und wir werden dir jetzt eine neue Handynummer besorgen. Was will ein Vierzigjähriger von einem Teenager? Findest du das nicht auch ein bisschen seltsam? Und wer sagt, dass das stimmt? Vielleicht ist er ja noch älter oder jünger. Vielleicht hat er auch gar keine Kinder und tut nur so, weil das Vertrauen erwecken soll."

„Keine Ahnung", mault Johanna verärgert.

Wütend sieht sie zu ihrer Mutter, die dem Kuscheltiger das Fell streichelt. In Richards Arbeitszimmer klingelt das Telefon. Er schließt die Tür.

„In einer halben Stunde schaltest du den PC aus und dann frühstücken wir, o.k.?"

„Ja. Kann ich denn später noch mal spielen?"

„Hat denn Alexandra heute keine Zeit? Triff dich doch mit ihr."

„Ich habe ihr eine SMS geschickt und sie hat noch nicht geantwortet."

„Und das reicht dir? Ruf doch nachher mal an. Vielleicht ist die SMS nicht angekommen."

„Kann ich denn später noch etwas WoW spielen?"

Seufzend steht Claudia vom Bett auf. Ihr Magen knurrt.

„Am Abend, nachdem du dich mit Alexandra verabredet hast oder mit jemand anders. Jedenfalls hockst du nicht den ganzen Tag vor dieser Mattscheibe."

Als Claudia aus dem Raum geht, ist Johanna längst schon wieder in der Welt von World of Warcraft eingetaucht. Sie wundert sich, dass Richards Tür geschlossen ist. Vorhin war sie doch noch offen. Behutsam drückt sie die Klinke herunter und linst durch den Türspalt. Er sitzt an seinem Laptop. Sie hört das schnelle Klappern der Tasten. Rechts von ihm auf dem Schreibtisch steht eine Tasse Kaffee. Auf dem Tisch liegen Brotkrümel. Ein Teller ist nicht zu sehen. Offensichtlich hat er das Brot einfach auf den Tisch gelegt. Sein dunkelgrüner Bademantel aus Feincord, dessen Gürtel an den Seiten herunterhängt, lässt sie an ihren ersten Sommer denken. Damals saß er noch spät in seinem Büro und war dabei, ein neues Programm auf dem Computer zu installieren. Plötzlich stand sie hinter ihm. Er war so sehr in seine Arbeit vertieft, dass er das Öffnen der Tür nicht bemerkt hatte. Sie schlich sich von hinten an ihn heran und ließ ihre Hände an seinen Schultern hinunter, über die Brust hinweg, in den Bademantel gleiten. Sein Gürtel löste sich wie von selbst. Heute fährt sie mit ihrer Hand durch sein dichtes, dunkles und ungekämmtes Haar. Erschrocken dreht er sich zu ihr hin. Sein Gesicht hat etwas Mongolenhaftes und in seinen braunen Augen spiegelt sich seit einiger Zeit jene Müdigkeit, die sie schon oft bei ihren herzkranken Patienten gesehen hat.

„Seit wann arbeitest du denn schon wieder?"

Sie fühlt an der Tasse. Sie ist kalt.

„Schon ein bisschen. Ich muss noch etwas für Montag vorbereiten."

„Hast du denn niemals frei?"

„Es gibt halt viel zu tun."

„Wer hat denn vorhin eigentlich angerufen?"

„Hat sich verwählt."

„Soll ich Frühstück machen?"

Er zieht sie zu sich heran und umklammert sie mit seinen Armen.

„Richard, weißt du noch, früher? Wie soll es nur weiter gehen mit uns?"

Sofort lässt er sie los und wendet sich wieder seinem Laptop zu.

„Die Konkurrenz schläft nicht. Ich muss besser sein als die anderen. Aufträge sichern."

„Ich mache mir Sorgen um Johanna."

Nur kurz blickt er von seinen Tasten hoch.

„Brauchst du nicht. Sie ist doch so vernünftig. Mach mal Frühstück. Ich komme gleich."

„Liebst du mich eigentlich noch?"

Sie wuselt mit ihren Fingern durch sein Haar.

„In zehn Minuten bin ich fertig."


Die Kaffeemaschine gurgelt leise vor sich hin und Johannas Tee hat lange genug gezogen. Claudia entfernt den Beutel aus der Tasse. Die Fensterscheibe ist beschlagen und sichtbar wird das mit dem Finger an die Scheibe gemalte Herz, in das   Johanna *Mama* geschrieben hat.

Sie öffnet das Fenster. Kühle Luft strömt herein. Sie streckt ihre Arme nach draußen und fühlt die Regentropfen. Allerdings regnet es nicht mehr ganz so stark wie vorhin. Während sie die Roggenbrötchen zum Aufbacken in den Ofen schiebt, den Käse aus dem Papier wickelt und einzelne Scheiben abschneidet, muss sie immer wieder an Frau Zesabuk denken. Die extremen Kreislaufwerte treten immer dann auf, wenn Jens im Dienst ist. Nur über das, was es zu bedeuten hat, ist sie sich nicht im Klaren. Am liebsten würde sie mit jemandem darüber sprechen. Doch mit wem? Und wenn man sie fragt, was sie denn damit andeuten will?

Sie zieht die Kaffeekanne unter der Maschine hervor und trägt sie ins Esszimmer. Es riecht so gut, denkt sie. Sie freut sich auf das Frühstück. Johanna kommt aus ihrem Zimmer, noch immer im Schlafanzug. Ganz der Vater.

„Alexandra hat soeben eine SMS geschrieben. Sie kann heute nicht."

„Schade."

„Ich habe eine andere Idee. Wie wär's, wenn wir heute nach Duisburg ins Forum fahren? Ein bisschen bummeln. Kino vielleicht. Was meinst du?"

Sie stellt den Käse, Wurst und Marmelade auf ein Tablett und trägt es ebenfalls ins Esszimmer.

„Und was ist mit Papa?"

„Er kommt mit."

„Ihr könnt ruhig alleine fahren." Richard betritt das Esszimmer.

Claudia runzelt die Stirn.

„Wieso willst du denn nicht mitkommen?"

Er setzt sich an den gedeckten Tisch.

„Dann kann ich noch ein bisschen arbeiten. Das trifft sich gut."

Johanna schaut ihre Mutter an, die mit ihrem Kopf nickt.

„Mama, dann machen wir halt einen Frauentag."


Nach dem Frühstück, während Claudia noch den Tisch abräumt, verschwindet Johanna schnell in der Dusche. Richard wandert mit einer weiteren Tasse Kaffee in Richtung Arbeitszimmer. Als sie erneut aus der Küche kommt, fällt ihr Blick auf die Stereoanlage und sie erinnert sich an die CD von Sylvan, die sie von Dennis Kringel, Johannas Klassenlehrer, bekommen hat. Sie stellt das Tablett ab, kniet sich vor die Anlage und schaltet sie ein.

Den Lautstärkeknopf dreht sie bis zur Hälfte herum. Laute Musik, die an Kirche und irgendwie an Göttliches erinnert, erfüllt den Raum. Unwillkürlich bekommt sie eine Gänsehaut.

Dann sammelt sie die letzten Utensilien vom Frühstück ein und geht in die Küche zurück. Früher war ich mutiger, überlegt sie. Da hätte ich Herrn Kringel längst angerufen. Wieder tritt sie ans Fenster. Es hat aufgehört zu regnen. Einzelne Sonnenstrahlen dringen durch die grauen Wolken, die der Wind schnell voran treibt. Dachpfannen dampfen. Claudia beobachtet den aufsteigenden Dunst. Sehnsucht steigt in ihr auf, eine intensive, ungerichtete, fast schmerzliche Sehnsucht. Die Musik hört man bis draußen, eine sehr heftige, ergreifende und emotionale Musik. Sie versteht nicht jedes Wort. Aber auch der Sänger muss von einem tiefen Gefühl durchdrungen sein. Es ist, als schreie er sein Empfinden in die Welt hinaus.

Eine Stunde später bummeln Claudia und Johanna durch das Einkaufszentrum in Duisburg. Nachdem Johanna eine schwarze Jeans und einen roten Rolli aus Feinstrick abgestaubt hat, schlendern sie weiter, bis sie ein nettes Café gefunden haben. Erst mal Pause machen. In aller Ruhe beobachten sie die unterschiedlichen Leute. Und plötzlich, völlig unerwartet, entdeckt Johanna Herrn Kringel im Gewühl.

„Mama, schau mal, wer da ist."

Nervös stellt Claudia ihre Tasse auf den Tisch.

„Ich sehe schon. Mach mal nicht so einen Aufstand."

Doch schon winkt Johanna ihrem Klassenlehrer zu. Lächelnd kommt er auf die beiden zu, während er mit seinem Handy telefoniert. Mit der anderen Hand gestikuliert er heftig und es sieht so aus, als wolle er jemandem etwas begreiflich machen. Kurz bevor er an den Tisch tritt, steckt er das Telefon in seine Jeansjacke.

„Hallo Frau Mertens, hallo Johanna! Beim Bummeln?"

„Ja. Und Sie, Herr Kringel?"

„Mensch, Johanna, so fragt man Leute aus!"

Claudia schüttelt den Kopf.

„Wieso, er fragt doch auch."

„Ganz schön selbstbewusst die Jugend heutzutage", kontert Claudia entschuldigend.

„Also, ich suche eine neue Arbeitstasche für die Schule. Ich habe auch nicht so viel Zeit, muss direkt weiter, schade."

Schmunzelnd beobachtet Johanna den Blickwechsel zwischen ihm und ihrer Mutter, die sich ziemlich angespannt an ihrer Tasse festhält und mit ihrem Fuß wippt.

„Haben Sie mal einen Stift, Frau Mertens?"

„Ja, wieso?"

„Mama, frag doch nicht so. Wahrscheinlich will er etwas aufschreiben."

Er lacht.

„Ihre Tochter ist ganz schön schlau."

Mit seiner Hand streicht er eine Locke aus der Stirn, die jedoch sogleich wieder herunter fällt und sogar für einen kurzen Moment wippt. Claudia reicht ihm einen Kugelschreiber. Daraufhin nimmt er sich eine Serviette und schreibt seine Handynummer darauf.

„Wenn Sie mögen, melden Sie sich doch mal."

„Meine Mutter hat übrigens vorhin Ihre Musik gehört, total laut."

„Johanna, jetzt reicht es aber."

Claudia errötet. Sie zieht ihr buntes Seidentuch etwas höher, um ihren roten Hals zu verdecken. Als er ihr den Stift anreicht, berühren sich ihre Finger. Verlegen rutscht sie auf ihrem Stuhl nach vorne. Dann schiebt er die Serviette über den Tisch, streift dabei einen Kaffeefleck, so dass die Serviette sich an einer Ecke bräunlich verfärbt.

„Ich würde mich freuen, wenn Sie sich melden. Aber ich muss jetzt los. Tschüss."

„Tschüss."

„Bis Montag, Herr Kringel."

Claudia liest sich die Nummer durch. Sehr leicht zu merken. Für ein wandelndes Telefonbuch wie sie es ist, ist es kein Problem, sich irgendwelche Telefonnummern einzuprägen. Selbst Nummern, die sie seit Jahren nicht gewählt hat, kann sie mühelos quasi aus dem Nichts aktivieren. Auch Richard nutzt sie als Telefonregister.

Nachdenklich mustert Johanna ihre Mutter und versucht, sie mit den Augen eines interessierten Mannes zu sehen. Dafür, dass sie die Vierzig schon überschritten hat, sieht sie erstaunlich jung aus. Figur auch noch passabel, überlegt Johanna. Die dunkelbraun gefärbten Haare stehen ihr nicht ganz so gut. Etwas heller würde ihr Gesicht nicht so blass erscheinen lassen. Und ihr langes Haar hat an Volumen bisher nichts eingebüßt. Was Johanna besonders witzig findet, ist, dass ihre Mutter sich freut, wenn sie mal einen Pickel bekommt. Dann steht sie grinsend vor dem Spiegel und sagt, wie schön es doch sei, wenigstens etwas Jugendliches an sich zu haben. Seit einigen Monaten nämlich fühlt Claudia sich irgendwie alt, starr, wie brüchiges Leder. Bisher ist Johanna einfach darüber hinweggegangen, konnte nichts damit anfangen. Aber in den letzten Tagen beobachtet sie ihre Mutter immer häufiger vor dem Spiegel und die Anzahl an Cremes, Peelings und Ampullen haben im Badezimmer deutlich zugenommen. Vielleicht fühlt Mama sich einfach alt, überlegt Johanna, weil Papa sie nicht mehr richtig wahrnimmt und ihr nichts Liebes mehr sagt.

„Woran denkst du, mein Kind?"

„Sag nicht immer *Kind*. Das nervt. Ich überlege so dies und das."

Unwillkürlich müssen sie beide lachen, so spontan und laut, dass sich die Leute am Nachbartisch abrupt zu ihnen umdrehen.

„Sag mal, meine ich das nur, oder hat dich Herr Kringel angebaggert?"

„Nein, das meinst du nur." Claudia schmunzelt und Johanna lacht laut drauf los.

„Was gibt's da zu lachen?"

„Gar nichts, Mama. Rein gar nichts."

Claudia hebt die Tasse zum Mund und versucht, einen Schluck Kaffee zu trinken, was ihr aber nicht gelingt. Schnell stellt sie die Tasse wieder auf den Tisch. Als Herr Kringel ein zweites Mal an dem Café vorbei kommt, diesmal mit einer braunen Ledertasche in der Hand, sieht er die beiden, wie sie sich schütteln vor Lachen. Er hebt seinen Arm zum Gruß, bevor er die Treppe nach unten läuft und aus dem Blickfeld verschwindet.

„Hoffentlich denkt er jetzt nicht, dass wir über ihn lachen."

„Ach, Mama! Worüber du dir schon wieder einen Kopf machst!"

Doch Claudia ist längst mit ihren Gedanken woanders. Sie beobachtet einen alten Mann, der sich in einiger Entfernung damit abmüht, seinen verstreuten Einkauf vom Boden aufzusammeln. Eine Mandarine kullert in Richtung Rolltreppe, die

Orangen bleiben in seiner Nähe liegen. Ein junger Mann, der vorübergeht, tritt aus Versehen gegen eine der Orangen. Achtlos geht er weiter, fährt die Rolltreppe hinunter. Die Orange lässt er liegen.

„Mama, was ist los? Was ist denn da?"

Als die Mutter nicht sofort antwortet, folgt sie dem Blick ihrer Mutter.

Sie entdeckt den alten Mann, der seine Tüte hat fallen lassen. Sehr unbeholfen versucht er, das Obst vom Boden aufzuheben und wieder einzuräumen. Es fällt ihm schwer, sich zu bücken. Neben ihm liegt ein Krückstock. Offensichtlich hat er eine Gehbehinderung.

„Mama, was ist los? Hat es mit diesem Mann dort zu tun?"

Ein wortloses Nicken. Claudia schließt ihre Augen, senkt den Kopf und stützt ihre Stirn mit der Hand ab.

„Soll ich ihm helfen? Ich gehe mal zu ihm hin."

Schon läuft sie los und sammelt Orangen, Tomaten und Mandarinen auf. Vorsichtig legt sie die Sachen in die Tüte.

„Bitte schön. Warten Sie, hier liegt noch eine Mandarine. Bitte."

„Danke. Das ist sehr lieb von dir."

Ein verlegenes Lächeln lässt ihn jünger aussehen, als er ist.

Johanna bemerkt, dass er sie sehr intensiv anschaut, als suche er etwas in ihrem Gesicht.

„Du kommst mir irgendwie bekannt vor."

Sie kann ihm beinahe beim Denken zuschauen, als mache er jede Schublade in seinem Gedächtnis auf in der Hoffnung, das passende Bild zu finden.

„Sind wir uns denn schon einmal begegnet?", will Johanna wissen.

„Könnte sein. Wie alt bist du denn?"

„Vierzehn. Ich bin mit meiner Mutter hier. Sie sitzt dort vorne in dem Café."

Johanna zeigt in die Richtung, doch der Stuhl ist leer. Nur die Jacken hängen beide über den Stühlen.

„Komisch. Wahrscheinlich ist meine Mutter eben zur Toilette gegangen."

„Nun, ich danke dir, dass du mir geholfen hast."

Er nimmt seinen Stock in die eine Hand, in die andere seine Einkaufstüte, aus der das Grünzeug der Petersilie herausragt und geht auf die Treppen zu.

„Warten Sie. Halt. So warten Sie doch."

Er dreht sich um und bleibt stehen.

„Ich kann Ihnen die Tüte nach unten tragen. Warum nehmen Sie nicht einfach den Fahrstuhl?"

„Nein, nein. Fahrstühle sind kleine Gefängnisse. Aber wenn du möchtest, kannst du gerne meine Tüte nach unten tragen."

Verstohlen beobachtet sie ihn beim Laufen. Jede Stufe nimmt er einzeln und geht erst dann eine Stufe weiter, nachdem beide Füße auf einer Stufe angelangt sind. Dabei hält er sich am Geländer fest. Johanna fragt sich, wie er den Weg mit Tüte in der Hand überhaupt geschafft hätte. Unten angelangt, überreicht sie ihm seine Sachen.

„Nochmals danke, mein Mädchen. Magst du eine Mandarine haben?"

„Ich will Ihnen doch nicht Ihr Obst wegessen."

Unbeholfen zieht sie ihre Schultern hoch.

„Doch, nimm schon. Ich gebe sie dir gern."

Sie nimmt die Mandarine entgegen und riecht an der kräftig leuchtenden Schale. Eine schöne, pralle Mandarine, sogar mit zwei grünen Blättchen dran.

„Meine Tochter musste auch immer an allem riechen. Ist lange her. Ich muss weiter, sonst verpasse ich meinen Bus. Gott segne dich."

Lange schaut sie ihm nach, eigentümlich berührt. Ein unbestimmtes Gefühl von Traurigkeit hält sie fest. Gerne würde sie hinter ihm her rennen, um ihm irgendetwas zu sagen, wenn sie auch nicht weiß, was es denn sein sollte. Ein großer Mann, bestimmt über achtzig Jahre alt, der in seinem dunkelblauen Anzug mit Krawatte und Hut sehr gepflegt aussieht, wie ein Kavalier der alten Schule. Auf dem Weg zurück zum Café denkt sie noch, dass er die gleiche hellblaue Augenfarbe hat wie sie und das gleiche Muttermal an derselben Stelle im Gesicht.

Johanna setzt sich. Beim Kellner bestellt sie sich noch eine Cola. Kurz darauf taucht ihre Mutter wieder auf. Ihre Augen sind gerötet.

„Was ist denn los, Mama? Hast du geweint?"

Wieder bilden sich Tränen in ihren Augen. Verwundert stellt der Kellner die Cola auf den Tisch. In Zeichensprache macht Claudia verständlich, dass sie auch noch eine Cola möchte. Johanna legt ihre Hand auf Claudias Arm, streicht über ihre nasse Wange.

„Kanntest du den Mann?"

„Ja." Sie spricht so leise, dass Johanna sie kaum versteht.

„Wer ist er?"

„Er ist mein Vater, dein Großvater."

„Wie bitte!? Das kann jetzt nicht sein. Unmöglich."

Mit offenem Mund starrt sie ihre Mutter an, schnappt nach Luft. Der Kellner bringt die zweite Cola und verschwindet schnell.

„Warum hast du ...? Warum bist du ...? Ich verstehe nicht ... Warum bist du nicht zu ihm hin gegangen?"

„Ich weiß es nicht. Es ist wie eine Lähmung. Ich kann nicht."

„Wann habt ihr euch denn das letzte Mal gesehen?"

„Als du vier Jahre alt warst. Vor zehn Jahren."

„Ich dachte, er ist tot. Aber er lebt! Nicht zu fassen! Gibt es auch noch eine Oma?" Johanna lehnt sich in ihrem Stuhl zurück und schüttelt den Kopf.

„Nein. Sie starb vor zehn Jahren an den Folgen einer Darmspiegelung. Man hatte den Darm durchstoßen."

„Oh, nein!"

Fahrig führt Johanna das Glas zum Mund, trinkt hastig ein paar Schlucke. Ein paar Tropfen rieseln an ihrem Kinn entlang. Sie wischt sie mit dem Ärmel fort.

„Mama, ich glaube, du musst mir noch einiges erzählen. Weißt du denn, wo Opa wohnt?"

„Ja. Er hat eine Eigentumswohnung in Duisburg, ganz hier in der Nähe."

„Und wie alt ist er jetzt?"

„Sechsundachtzig."

„Dafür sieht er aber sehr gut aus! Wie konntest du mir das nur verschweigen? Ich fasse es nicht!"

„Er hat schon immer sehr gut ausgesehen. Leider wusste er das auch. Und das war Omas Kummer."

„Verstehe ich nicht."

„Erkläre ich dir irgendwann einmal."

„Willst du ihn denn gar nicht wiedersehen? Was ist, wenn ich ihn besuchen möchte? Hättest du etwas dagegen?"

„Lass uns zahlen. Wir reden zu Hause weiter darüber."

„Er hatte das gleiche Muttermal wie ich."

„Ich weiß. Es wird ihm aufgefallen sein. Hat er dich nach deinem Namen gefragt?"

„Nein. Nur nach meinem Alter."

„Das sieht ihm ähnlich. Nur nicht konkret werden. Immer schön in Andeutungen bleiben."

Auf dem Weg nach Hause sitzt Johanna schweigend neben ihrer Mutter. Tausend Fragen regen sich in ihrem Innern. Langsamer als sonst fährt Claudia über die A40 nach Oberhausen, fast wie in Trance. Um ein Haar wäre sie an der Ausfahrt am Ruhrpark vorbei gefahren. Zum ersten Mal hat Johanna eine Ahnung, wie es sich anfühlt, wenn ihre Mutter gedankenverloren aus dem Fenster schaut. Man schaut nach draußen, aber eigentlich nach innen.

Als sie die Wohnung betreten, ist es still und dunkel. Die Tage werden kürzer und kälter.

Richards Zimmertür ist verschlossen. Als Claudia eintritt, findet sie einen leeren Raum vor. Offensichtlich hat er Pommes frites gegessen. Die Überreste stehen noch auf dem Schreibtisch. Die Plastikgabel liegt auf dem Fußboden und ein Klecks Currysauce klebt auf einem Buch mit dem Titel *Das Prinzip Selbstverantwortung*.

Auf seiner Schreibtischunterlage, von der man einzelne Blätter abreißen kann, sind Telefonnummern und andere Stichworte notiert. Neben den Terminen der vergangenen Woche findet sie eine Handynummer, die durchgestrichen wurde. Daneben heißt es 15 Uhr Bero-Center.

Claudia ist sich sicher, dass diese Notizen am Morgen noch nicht dort gestanden hatten. Sie nimmt sich einen Zettel, um die Handynummer aufzuschreiben. Dann schließt sie die Tür.

Derweil steht Johanna bereits in ihrem neuen Pullover entzückt vor dem Spiegel im Flur. Sie dreht sich hin und her, betrachtet sich von allen Seiten.

„Toll siehst du aus. Der steht dir richtig gut."

„Ich lass ihn auch gleich an."

Sie zieht einen feinen roten Faden aus der Schulternaht.

„Ich würde ihn lieber erst mal waschen. Du kannst ihn dann morgen haben."

„Nein. Ich möchte ihn aber jetzt schon anlassen."

„Wenn du meinst. Bitte schön!"

„Können wir gleich zu Abend essen? Ich habe schon wieder Hunger." Johanna reibt sich den Bauch.

„Ich wasche mir nur noch die Hände."

Die Luft im Badezimmer ist warm und feucht. Es riecht nach Richards Duschgel. Sein grünes Badetuch hängt über der Heizung, nicht wie sonst über der Badewanne. Ein müder Versuch, etwas zu vertuschen, denkt Claudia. Er muss es eilig gehabt haben, konnte wohl nicht abwarten, bis das Handtuch getrocknet war. Es ist nicht das erste Mal, dass sie der Verdacht beschleicht, dass er eine Geliebte hat. Nie hat sie versucht, ihn zu überführen. Aufgrund seines Berufs ist Richard nur schwer zu kontrollieren und sie wollte sich dieses Herumschnüffeln nicht antun, denn es führt doch nur zu einer suchtartigen Beschäftigung mit dem Partner, wobei alles andere nebenher dann verloren gehen würde. Zu oft hatte sie dieses Phänomen bei ihren Freundinnen erlebt. Gestandene Frauen, die plötzlich den ganzen Tag an nichts anderes mehr dachten als die vermutete Untreue ihres Partners. Was soll's, überlegt Claudia, als sie für ihre Tochter die Mandarine schält und in kleine Stückchen teilt. Soll er doch. Aber wenigstens mal diese Handynummer anrufen. Mal hören, wer sich da meldet. Mehr nicht.

Claudia schmiert in der Küche ein paar Brote und richtet sie liebevoll auf zwei Tellern an. In der Mitte von Johannas Teller legt sie die Mandarinenstücke. Dann stellt sie alles auf ein Tablett, dazu eine Schale mit Gewürzgurken und zwei

Gabeln. Als sie gerade das Tablett auf den Esstisch stellt, klingelt das Telefon. Richard. Er habe noch spontan zu einem Kunden gemusst. Ja, auch am Wochenende. Man will ja konkurrenzfähig bleiben. Der Familie soll es ja finanziell an nichts fehlen. Im Hintergrund hört Claudia Musik und das Gemurmel von Menschen, wie es klingt, wenn man in einem Restaurant oder Café sitzt. Claudia solle ruhig schon einmal zu Abend essen.

Sie lässt sich nichts anmerken. Alles kein Problem. Du Arschloch, denkt sie. Ein Blick in das Gesicht ihrer Mutter und Johanna weiß Bescheid. Die senkrechte Stirnfalte, die deutlich zu Tage tritt und die Augenlider, die immer wieder etwas zu lange geschlossen bleiben. Für einen Moment hält sie den Atem an, als wolle sie die bösen Worte, die ihr einfallen, lieber herunterschlucken. Als Claudia das Telefon in die  Station stellt, um den Akku aufzuladen, steht Johanna bereits hinter ihr.

Erste Tränen laufen ihr durchs Gesicht.

„Mama." Johanna nimmt ihre Mutter in den Arm und hält sie fest.

„Es ist heute einfach alles ein bisschen viel. Erst Papa, dann Richard."

„Ach, Mama. Es wird schon wieder."

Claudia seufzt.

„Ich habe eine Idee. Kannst du mir einen Gefallen tun?"

„Was denn?"

„Du rufst jetzt deinen Papa an und achtest darauf, ob gleichzeitig das Klingeln eines anderen Handys zu hören ist."

Johanna kratzt sich am Hals, zupft an ihrem Ohrring.

„Und was soll das? Glaubst du, er hat eine Freundin?"

„Ich rufe auf dieser Handynummer hier an, die Papa auf seine Schreibtischunterlage geschrieben hatte. Ich möchte wissen, wer sich da meldet. Und ich möchte wissen, ob die beiden zusammen sitzen. Wenn du es klingeln hörst, während ich diese Nummer anrufe, dann sitzen sie ja wohl zusammen. Und vielleicht hört man ja auch dieselben Geräusche im   Hintergrund."

„Ganz wohl ist mir nicht dabei. Was soll ich Papa denn sagen, warum ich anrufe?"

Claudia schürzt die Lippen, dreht das Telefon in ihrer Hand.

„Erzähl ihm einfach, dass wir Opa getroffen haben."

„Na gut."

Wie vermutet, hört Johanna beim Telefonat mit ihrem Vater ein weiteres Handy klingeln, dreimal, bevor Claudia auflegt. Im Hintergrund Gemurmel und ein Lied von Pink, unverkennbar. Nachdem Johanna kurz mit ihrem Vater gesprochen hat, klopft Claudias Herz bis zum Hals, als sie erneut die fremde Nummer wählt. Sie erwartet eine Frauenstimme, wahrscheinlich eine junge Frau, die sich melden wird. Umso verwunderter ist sie, als sie plötzlich die charmante Stimme eines   Mannes hört. Vom Klang her würde sie ihn um die Vierzig schätzen.

„Sugo."

„Wer ist da bitte?"

„Adam Sugo."

„Und wer sind *Sie*?", fragt die freundliche Stimme.

Claudia überlegt nur kurz, bevor sie antwortet.

„Eva. Hier ist Eva." Schmunzelnd drückt sie das Gespräch weg.

„Stell dir vor, Johanna. Der Typ meldet sich mit *Adam* und ich sage, ich heiße *Eva*. Ich lach´ mich kaputt. Ist wohl doch nur ein Kunde."

„Ach, Mama!"

„Weißt du, was wir heute Abend machen? Ich zeige dir Fotos von Opa. Hast du Lust?"

„Na klar."

Lange sitzen sie auf dem Sofa im Wohnzimmer und schauen sich ein Album nach dem anderen an. Überrascht stellt   Claudia fest, dass ihr Vater zahllose Fotos geschossen hat.

Zwölf Alben und eine Kiste unsortierter Bilder. Als habe er die Zeit festhalten wollen. In der Kiste findet sie Fotos, auf denen ihr Vater als Kind, Jugendlicher und junger Mann zu sehen ist. Viele Bilder in schwarz-weiß. Begierig hört sich Johanna die Geschichten ihrer Mutter an und mit einmal wird ihr sehr bewusst, dass sie auch einmal jung war. Da sind Fotos, auf denen Claudia selbst Kind und Jugendliche ist.

„Wer ist denn das Mädchen neben dir? Die mit den langen schwarzen Locken und der roten Strähne."

„Martina. War eine meiner besten Freundinnen."

„Hast du noch Kontakt zu ihr?"

„Nein."

„Und das da bist du wieder, nicht wahr? Du bist ja ganz hübsch gewesen."

Claudia gibt ihrer Tochter einen Knuff auf die Schulter. Sie lacht und zwickt ihrer Mutter in den Bauch.

„Hast ein bisschen Speck angesetzt."

„Werd du erst einmal so alt wie ich."

„Lass uns Opa besuchen. Oder lade ihn zu uns ein. Er kann ja mit dem Taxi kommen."

„Ich überlege es mir."

Plötzlich steht sie vom Sofa auf, öffnet die Balkontür und geht nach draußen in die Dunkelheit. Kalt liegt das Metallgeländer in der Hand, ein aufsteigender Schmerz, der von ihren Händen ausgehend die Unterarme hinaufkriecht. Der Herbst schreitet voran und der würzige Duft des Septembers, des beginnenden Herbstes, ist längst verschwunden. Jetzt riecht es nach Rauch und Asche. Viele Nachbarn heizen mit Holz, auch mit feuchtem Holz. Dann zieht dicker, beißender weißer Qualm durch die Straße und es ist nicht einmal möglich zu lüften. Sie denkt an den alten Patienten im Krankenhaus, an das, was er ihr gesagt hat. Ihr Vater würde auf einen Anruf von ihr warten. Noch immer weiß sie nicht, wie sie es tun soll. Es könnte so einfach sein. Er könnte es ja auch tun, beruhigt sie ihr Gewissen.

Während sie die Balkontür schließt, kommt Richard nach Hause. Sie begrüßen sich kurz. Er winkt seiner Tochter zu, die noch immer in den Alben blättert. Und schon ist er im Badezimmer. Claudia hört, wie er die Tür von der Dusche schließt, dann den Wasserstrahl, zwanzig Minuten lang. Aus seiner Jeans, die er in seinem Arbeitszimmer über den Stuhl gehängt hat, ertönt ein Piepston, eine SMS auf seinem Handy. Entgegen ihren Absichten greift Claudia in die Tasche, zieht das Handy heraus und liest.

*Mein Böckchen, du bist echt scharf.*
*Ich freue mich auf Hamburg.*
*Da machen wir die Nacht zum Tag.*
*Dicken Kuss von Adam.*

Sie fühlt Übelkeit in sich aufsteigen und lehnt sich für einen Augenblick an die Wand. Ein Flimmern vor ihren Augen macht es ihr schwer, sich die Worte noch einmal durchzulesen. Dann löscht sie die SMS, bevor Richard aus dem Badezimmer kommt und steckt das Handy zurück in seine Hosentasche.

Fröhlich pfeifend kommt er über den Flur gelaufen, geht ins Wohnzimmer und setzt sich neben Claudia, die sich wieder mit Johanna die Familienfotos anschaut.

Er küsst sie auf die Wange, doch sie wendet ihr Gesicht ab. Sie riecht sein Aftershave.

„Wie war das Gespräch mit deinem Kunden? Erfolgreich?"

„Ja. Gut gelaufen."

Er wippt mit seinem Oberkörper, als lausche er einer inneren Melodie.

„Das Gespräch war wirklich gut. Ich konnte einen Abschluss machen."

Ein hämisches Lächeln umspielt Claudias Lippen.

„Du konntest also einen Abschuss machen. Äh, sorry, Abschluss machen."

Johanna klappt das Fotoalbum zu. Stirnrunzelnd betrachtet sie ihre Eltern.

„Ich gehe dann mal lieber in mein Zimmer.", sagt sie kleinlaut und verschwindet mit zwei Fotoalben unter den Armen. Sie dreht die Musik auf. Claudia fühlt die Bässe in ihren Fußsohlen.

Richard schüttelt den Kopf.

„Dieses Kind macht einfach gerne Krach."

„Was weißt denn du schon von deiner Tochter? Du bist doch ständig weg, oder etwa nicht?"

Nachdenklich malt er mit seinen Fingern Muster auf die Couch. Er spürt die Spannung. Er kann nicht ausweichen. Hier nicht. Es ist nicht eins von den Telefonaten, die er mit ihr in der Woche führt, mal eben zwischen zwei Terminen.

„Ich habe heute noch eine Verabredung mit einer Freundin." Sie spürt einen unbändigen Drang, vor ihm wegzulaufen.

„Davon hast du heute Morgen gar nichts erzählt."

Seine Stimme zittert unmerklich. Claudia fühlt seine Verunsicherung, doch hat sie keine Lust mehr, seine Sicherheit wieder herzustellen. Er schaut sie an, eindringlich, als suche er Antworten in ihren Augen, in ihrer Mimik, irgendein Anzeichen, das ihm verrät, was hier heute Abend gespielt wird Ob sie eine Ahnung hat, fragt er sich ängstlich und fühlt seine Hosentaschen ab. Das Handy ist an seinem Platz. Er atmet auf.

Ihr Wagen fährt sie ziellos durch Oberhausen, die Grenzstraße entlang Richtung A40 und dann immer geradeaus, über die Ruhrbrücke, dann über die Rheinbrücke in Duisburg hinweg. Sie wirft einen kurzen Blick auf den Fluss, der nach den heftigen Regenfällen viel Wasser mit sich führt. Früher sind sie gemeinsam diese Strecke nach Venlo gefahren, um Kaffee zu kaufen und Zigaretten. Sie weiß nicht, wie lange es schon her ist. Ein dumpfes Gefühl treibt sie weiter voran, ein intensiver Drang, möglichst weit weg zu sein, weg von einem Mann, den sie als Fremden erlebt. Wer ist dieser Mann eigentlich? Neben wem bin ich morgens aufgewacht? Seit wann hat er etwas mit Männern? Sie kämpft gegen ihre Tränen an. Allein schon die Dunkelheit erschwert das Fahren. Sie legt ihre Brille auf den Beifahrersitz und reibt sich die Augen.

Wie oft sie diese Geste bei ihrer Mutter gesehen hat, wenn Vater mal wieder nicht zum Abendessen erschienen ist und sie mehrmals die Stunde auf die Uhr geschaut hat. Spätestens um halb acht legte sie ihre Brille zur Seite, rieb sich die Augen und ging in die Waschküche, um Wäsche aufzuhängen, zu bügeln und ihre Tränen vor den Kindern zu verbergen. Alles wiederholt sich, geht es Claudia durch den Sinn. O.k., Vater traf sich nicht mit Männern, aber mit Frauen. Wer weiß, warum er es tat? Wieder denkt sie an Herrn Groß, den alten Mann im Krankenhaus. „Verzeihen Sie ihm.", hatte er zu ihr gesagt. Noch nie hatte sie die Situation aus dieser Perspektive betrachtet, dass ihr Vater ein Haltloser, ein Suchender war, der mit seiner Vergangenheit nicht zurecht gekommen war. Affären und Alkohol als Lösungsversuch? Als unglücklicher Lösungsversuch. Als Mittel, den Schmerz zu betäuben? Wer weiß, was er sonst noch alles erlebt hat? Die Geschehnisse aus diesem Blickwinkel zu sehen, ändert zwar nicht die Tatsachen selbst, aber das Gefühl, das mit diesen Ereignissen verbunden war. Die Wut weicht einem Gefühl der Traurigkeit und einem Gefühl von Mitleid für einen Mann, der inzwischen die Achtzig überschritten hat und seine Tage zählt. Vater, warum nur hast du nicht gesprochen?

Erschrocken erblickt Claudia die Abfahrt *Wankum*. Oh je, so weit schon. Sie nimmt die Ausfahrt und fährt sogleich wieder auf die Autobahn, um zurück zu fahren. Ihr Magen knurrt. Vorhin hat sie nur mit Mühe ein paar Bissen hinuntergewürgt.

Mittlerweile hat es wieder zu regnen begonnen. Die Scheibenwischer schaben quietschend über die Scheibe. Sie schaltet das Radio ein, Verkehrsnachrichten: *Der Verkehr fließt störungsfrei. Wir wünschen Ihnen gute Fahrt.*

Wieder hängt sie ihren Grübeleien nach. Die Überlegungen, die auf den Vater zutreffen mögen, können aber kaum für Richard gelten. War er denn schon immer schwul? Oder erst seit neuestem? War die ganze Ehe nur eine Farce, eine große Lüge, um den Schein der Normalität zu wahren? Hätte sie besser nicht das Handy kontrolliert? Was soll's, geht es ihr durch den Sinn, schließlich denkt sie selbst schon länger über Trennung nach. Vielleicht sollte man die Ehe einfach weiterführen und jeder geht trotzdem seiner Wege? Sie atmet so heftig aus, dass die Scheibe von innen beschlägt. Sie stellt das Gebläse an. Sehnsüchtig denkt sie an Johanna. Sie zieht ihr Handy aus der Jackentasche und drückt die Zielwahltaste. Sogleich hört sie ihre Stimme.

„Hey, mein Schatz. Was machst du gerade?"

„Hallo Mama. Ich bin in meinem Zimmer, sitze am PC und spiele WoW."

Johanna klingt erleichtert, als habe sie sich schon Sorgen gemacht.

„Wo bist du, Mama?"

„Ich komme jetzt nach Hause. Was macht Papa?"

„Sitzt vorm Fernseher."

„Geht's dir gut?"

„Ja."

„Bin in zwanzig Minuten da. Bis gleich. Küsschen."

„Küsschen."


Claudia grüßt Richard nur beiläufig, als sie durchs Wohnzimmer geht, um auf den Balkon zu gelangen. Sofort schaltet er den Fernseher aus und folgt ihr, stellt sich neben sie und legt ihr seinen Arm um die Schultern.

„Hast du Lust, gleich eine DVD mit mir zu sehen? Und ein Gläschen Wein dazu?"

„Keine Ahnung."

„Was ist los mit dir?"

„Nichts."

Richard, der die Veränderung in Claudias Verhalten erkennt und ihre innere Distanzierung spürt, bemüht sich, den Rest des Abends für gute Laune zu sorgen. Sie aber sieht in ihm einen Schauspieler, der seiner Frau nur etwas vormacht. Jede nette Geste, jedes freundliche Wort kommt ihr unecht vor. Drachenfutter, Beschwichtigungspolitik. Wenn man einmal die Grenze des Vertrauens überschritten hat, ist es schwer, wieder zurück zu kommen. Als er später mit ihr schlafen will, dreht sie sich angewidert zur Seite. Er streichelt ihren Rücken, doch rührt sie sich nicht. Sie schließt die Augen und träumt sich woanders hin. Tränen quellen unter ihren Lidern hervor. Unauffällig wischt sie sie fort. Er soll nicht merken, dass sie weint. Es geht ihn nichts mehr an.

Schweigen. Lass den Schlaf über mich kommen, wünscht sie sich, als er seine Hand von ihrem Körper nimmt.

Nach dem Wochenende, an dem ihre schlimmste Befürchtung noch übertroffen worden war, war sie froh, Montagmorgen wieder in die Klinik fahren zu können. Entkommen. Flüchten. Abstand gewinnen.

Während sie in der Klinik im Aufzug steht, um zur Station hoch zu fahren, widersteht sie dem Impuls, einfach los zu schreien. Schreien, einfach nur schreien. Wie soll es nur weiter gehen?

Der Aufzug ruckt. Dann schiebt sich die Tür zur Seite. Auf dem Weg zum Dienstzimmer kommt ihr Herr Groß entgegen, in Hose und Pullover.

„Ich hatte gehofft, Ihnen noch einmal zu begegnen. Ich bedanke mich ganz herzlich für Ihre Mühe. Und das hier ist für die Kaffeekasse."

Er überreicht ihr einen Zwanzigeuroschein.

„Kommen Sie doch bitte mit zum Stationszimmer. Dann können Sie das Geld direkt in die Kasse stecken. Ist mir lieber."

„Immer korrekt, stimmt´s?"

„Ja."

Sie sind allein, als sie das Zimmer betreten.

„Was ich Ihnen noch sagen wollte, Schwester Vanessa ist vorhin völlig aufgelöst von der Station gegangen. Fast gerannt."

„Ich kümmere mich darum."

Seine Frau erscheint in der Tür, die Reisetasche in der Hand.

„Ich glaube, diese Brille hier gehört Ihnen. Sie haben sie meinem Mann geliehen."

„Ja, danke."

Claudia legt die Brille auf den Tisch und gibt Frau Groß die Hand.

„Jetzt können Sie ihn endlich wieder mit nach Hause nehmen."

„Ja. Und heute gibt es Steaks. Da freut er sich schon."

„Na klar, endlich etwas Richtiges zum Beißen!"

Er lacht. Zögernd schaut er zu Claudia, als wolle er noch etwas sagen, kratzt sich an der Wange und überwindet sich.

„Denken Sie noch manchmal an unsere Gespräche?"

„Das tue ich, Herr Groß. Mehrfach."

„Ich auch."

Dann verabschiedet er sich und geht. Claudia schmunzelt beim Anblick der beiden. Tragen sie doch fast die gleiche Kleidung und in derselben Farbe.

Claudia sieht ihnen nach, wie sie Hand in Hand über den Flur zum Aufzug laufen, auf den Knopf drücken und warten. Frau Groß stellt die Reisetasche auf den Boden und noch immer lehnt Claudia im Türrahmen und schaut ihnen zu. Da dreht er sich noch einmal um und für einen Moment begegnen sich ihre Blicke. Er nickt kurz wie jemand, der eine Frage bejaht.

Sie steigen in den Aufzug.

Leise schließt sich die Tür.

Claudia setzt sich an den Schreibtisch, auf dem ein ziemliches Chaos herrscht. Neben der Mappe mit den Patientendokumentationen liegen Tablettenschachteln, Spritzen, Verbandsmaterial und eine Rolle mit Klebstreifen. Zu ihrer rechten Seite steht eine halb volle Kaffeetasse mit Lippenstift am Rand. Auf der Untertasse schwimmt ein kleiner Kaffeesee und einige ungeöffnete Briefe haben braune Flecken. Sie zieht ihre Brille auf, nimmt sich die Briefe zur Hand. Einer von ihnen wurde anscheinend geöffnet und wieder verschlossen. Der Versuch, es zu verheimlichen, war nicht gut gelungen. An dem Absender erkennt Claudia, dass der Brief von Vanessa stammt und für die Personalabteilung bestimmt ist. Wieso liegt der Brief dann hier? Sie schaut auf. Niemand in Sicht. Merkwürdig. Wo sind sie denn alle?

Auch wenn sie Gewissensbisse dabei hat, so ist die Neugier doch größer und auch die beunruhigende Vorahnung, dass hier etwas nicht mit rechten Dingen zugeht. Als sie den Brief aus dem Kuvert nimmt, liest sie sofort die dicken, fett

markierten Buchstaben, die zusammen genommen ein un-
heilvolles Wort ergeben.


### Kündigung


*Hiermit kündige ich meine Stelle zum nächstmöglichen
Zeitpunkt. Bitte senden Sie mir mein Zeugnis zu.*


*Mit freundlichen Grüßen*

*Vanessa Borg*

# Kapitel Sechzehn
## Spätsommer 1980

Während Claudia in der Dusche steht, was neuerdings viel Zeit in Anspruch nimmt, liest Tim heimlich in ihrem Tagebuch. So schnell wie möglich blättert er in den Seiten und legt es schließlich an seinen Platz zurück. Während er über den Flur in sein Zimmer schleicht, hört er wie Claudia sich die Haare föhnt. Er legt sich in sein Bett, verwirrt von dem, was er soeben erfahren hat. Was nun? Sie direkt darauf anzusprechen, ist nicht möglich, denn damit würde er sich selbst verraten. Bei Alexander Belt auftauchen, ihm drohen und zum Schweigen verpflichten? Auch nicht gut. Sie schließt die Badezimmertür auf. Dann vier Schritte und sie ist in ihrem Zimmer. Klick, ihre Tür wird ins Schloss gezogen. Er springt aus dem Bett, friert vor Anspannung und Aufregung. Der Flur riecht nach Vanille und erinnert an den Pudding, den Mutter ab und zu als Nachtisch kocht. Seit Wochen benutzt Claudia immer dasselbe Duschgel.

Der Spiegel im Bad ist beschlagen. In der Mitte hat sie mit dem Handtuch eine runde Fläche trocken gewischt. Ein paar rote Frotteeflusen kleben am Spiegel. Das Handtuch hängt über der Badewanne. Im Waschbecken liegen einzelne lange Haare und ein Wattestäbchen lugt aus dem Mülleimer hervor. Er schließt die Tür und steigt ebenfalls in die Dusche. Hier fällt ihm das Nachdenken leichter, wenn er das Wasser auf seinem Rücken spürt. Er riecht an ihrem Duschgel. Gar nicht so übel. Aber dass Belt als Mann dieses Duschgel auch benutzt, ist schon etwas ungewöhnlich. Wenn er schwul wäre, überlegt Tim, würde er sich dann an die Jungen heranmachen? Vielleicht sollte man sich einfach raus halten?

Immerhin hat er eine wichtige Bedeutung für Claudia. Wer weiß, was man anrichtet, wenn man sich einmischt?

Er scheint ja auch einen sehr positiven Einfluss auf sie zu haben. Und wahrscheinlich passt er auch irgendwie auf sie auf. Aber zu welchem Preis? Tim drückt sich etwas von Claudias Duschgel in seine Hand und schäumt sich ein. Nachher schläft er noch mit ihr. Was, wenn sie schwanger wird? Er spült den sahnigen Schaum von seinem Körper. Vielleicht ist es möglich, sie mehr mit Rüdiger zusammen zu bringen. Dann wird Belt unwichtiger. Gute Idee. Das ist es überhaupt. Man muss für Ablenkung und Abenteuer sorgen. Vielleicht hat sie Lust, am Abend mit zum Kanal zu schleichen. Er trocknet sich ab, wickelt das Badetuch um sich herum und geht in sein Zimmer. Nachdem er sich angezogen hat, klopft er an Claudias Tür. Niemand drin.

Sie ist also schon beim Frühstück. Als er ins Esszimmer kommt, sitzen sie bereits zu dritt am Tisch und haben mit dem Essen begonnen. Sein Vater schaut ihn fragend an.

„Sag mal, hast du heute auch erst zur dritten Stunde Schule? Wie kommt das?"

„Die Lehrer haben irgendeine Konferenz. Keine Ahnung."

„Hast mal wieder nicht zugehört."

„Ach, Papa!"

Tim schüttelt den Kopf, während er den Stuhl an den Tisch heran zieht. Claudia lächelt, reicht ihm den Korb mit den Brötchen.

„Hast du etwa mein Duschgel benutzt?"

„Verboten?"

„Das ist meins!"

„Mein Gott! Bist du etwa geizig?"

„Nein. Aber das ist ein besonderes Duschgel."

Tim wittert seine Chance, gibt sich aber arglos.

„Was soll denn an dem Duschgel so besonders sein?"

„Ist einfach so."

Sie zieht die Augenbrauen zusammen und sieht ihn wütend an. Die Eltern wechseln ratlose Blicke. Mutter zieht die Schultern hoch.

„Kannst du mir ja später mal erklären."

Nachdenklich beobachtet sie, wie er sein Brötchen mit Nutella bestreicht. Sie spielt mit ihrem Ohrläppchen.

„Claudia, sollen wir heute eine Runde Schach spielen?"

„Können wir machen, Papa. Ich habe sowieso nicht lange Schule."

„Nach dem Mittagessen?"

Er klingt fast zaghaft, zumindest vorsichtig, als habe er Angst vor einer Zurückweisung.

„Ja. Hausaufgaben kann ich später noch machen."

„Dann stelle ich schon mal die Figuren auf. Wir nehmen doch das neue Schachspiel, oder?"

„Na klar. Mit den Figuren, die du geschnitzt hast."

„Ja.", sagt er knapp und schaut auf seinen Teller. Mit seinem Zeigefinger schiebt er die Krümel hin und her. Traurig sieht er aus und gealtert. Seine Haare werden weiß und sein Gesicht wirkt so fahl, die Haut aschgrau.

Es ist auf einmal so still am Tisch. Tim stupst Claudia unter dem Tisch ans Bein. Dann zeigt er mit dem Daumen nach oben, blitzschnell. Sie nickt. Kurz darauf verlassen sie den Tisch. Ihre Teller stellen sie in die Küchenspüle.

„Claudia?"

„Ja, Papa?"

„Du vergisst doch nicht, dass wir heute Mittag spielen?"

„Nein."

Tim rennt die Treppe hinauf, Claudia hinter ihm her in dem Versuch, ihn einzukriegen, nicht gerade leise, eher wie Kinder, die albern herumbalgen.

Plötzlich fasst sich ihr Vater ans Herz und drückt seine Hand gegen die Brust. Nur ein vorübergehender Schmerz, ein Stechen und ein Gefühl, als stünde jemand mit einem Stiefel auf seiner Brust, während er auf dem Boden liegt.

Frieda starrt ihn an.

„Bernd? Was ist?"

„Nichts. Geht gleich schon wieder."

Er schwankt auf seinem Stuhl, verdreht die Augen, seine Muskeln verlieren an Kraft. Frieda rennt in den Flur und ruft laut nach ihrem Sohn.

„Tim. Tim. Schnell! Komm schnell."

„Was ist?"

An ihrer Stimme erkennt er sofort, dass wieder etwas mit Vater passiert sein muss.

Er rennt bereits nach unten. Seine Mutter hält seinen Vater aufrecht. Sie stützen ihn und helfen ihm aufs Sofa. Claudia hat den Telefonhörer in der Hand und 112 gewählt.

„Ich brauche keinen Arzt. Das geht vorbei."

Frieda fühlt den kalten Schweiß auf seiner Stirn. Seine Lippen sind blau. Schweißflecken bilden sich auf seinem weißen Oberhemd.

„Papa, Papa."

Claudia kniet sich neben das Sofa.

„Keine Bange, mein Kind, wir spielen heute Schach."

Die Andeutung eines Lächelns in seinem Gesicht. Unbeholfen hockt sich Claudia neben ihn. Es klingelt. Tim lässt die Sanitäter und den Notarzt ins Wohnzimmer. Sofort schreiben sie ein EKG, messen Blutdruck und Puls und geben ihm ein Spray aus einer kleinen rosafarbenen Flasche.

Claudia rutscht an die Seite und entziffert *Nitrolingual* auf der Flasche. Wenn ich ihm doch nur helfen könnte! Bitte, lass ihn leben! Tim zieht Claudia am Arm. Sie hat Tränen in den Augen. Er zieht sie zu sich, bemüht sich darum, eine Stärke aufzubringen, die er selbst nicht hat. Der Arzt setzt eine Spritze und nickt mit bedeutungsschwerem Blick den Sanitätern zu, macht mit der rechten Hand eine Geste. Die Helfer laufen raus, kommen mit einer Trage wieder herein. Frieda streichelt Bernds Hand, hält sie fest und weint. Ohne ein weiteres Wort, ohne Protest lässt er sich auf die Trage hieven.

Als sie ihn hinaus tragen, hebt er seinen Kopf.

„Ich komme wieder. Wir spielen Schach."

„Sie dürfen sich nicht anstrengen. Bleiben Sie ruhig liegen."

„Darf ich mitfahren?"

Der Arzt überlegt nicht lange.

„Natürlich. Sie sind seine Frau."

„Mama, fahr du ruhig. Wir kommen schon klar. Wir warten hier auf dich. Ich melde uns in der Schule für heute krank."

„Ach, Tim, mein Großer."

„Zieh dir eine Jacke an. Sonst frierst du nachher, Mama."

Sie klettert von hinten in den Wagen. Die großen Türen werden geschlossen. Dann fahren sie mit Blaulicht davon.

„Ob das gut geht?"

„Ich weiß nicht. Er sah so eingefallen aus. Und so still war er, so ergeben. So kennen wir ihn gar nicht. Ich rufe jetzt die Schule an. Willst du kurz mit Belt sprechen?"

„Wie kommst du darauf?"

„Nur so. Ich rufe in der großen Pause an. Komm wir gehen in mein Zimmer. Das liegt schon in der Sonne."

Er öffnet beide Fensterflügel, legt zwei flache Kissen auf die Fensterbank. Sie setzen sich mit dem Rücken an die Scheiben, die Beine längs ausgestreckt. Ihre Füße berühren sich. Claudia zündet eine Camel an, hält sie ihrem Bruder hin. Dann nimmt sie sich selbst eine Zigarette.

„Weißt du noch, wie wir damals im Urlaub in Bayern immer Fußdrücken gespielt haben? Ich habe immer verloren, weil du ja älter warst. Außerdem hattest du mehr Muskeln vom Fußballspielen."

„Ich erinnere mich. Da war Papa sogar im Schwimmbad."

„Das war vor seinem ersten Infarkt. Da durfte er noch ins Wasser. Wenn ich groß bin, werde ich Krankenschwester."

„Und ich, ich weiß noch nicht. Vielleicht Arzt?"

„Ja. Und wir arbeiten dann in demselben Krankenhaus. In der Mittagspause gehen wir zusammen in die Kantine und rauchen uns dann eine."

„Die Sonne tut richtig gut. Die Wärme hat so etwas Beruhigendes. Am liebsten möchte ich hier den ganzen Tag sitzen bleiben."

„Und Musik hören."

„Weißt du eigentlich, dass mich dein Duschgel an Belt erinnert? Er riecht so ähnlich."

Sie schürzt die Lippen, zwirbelt mit ihren Fingern an den Augenbrauen herum.

„Kann schon sein."

Sie zieht eine zweite Camel aus der Packung und steckt sie an der ersten an.

„Möchtest du auch noch eine?"

„Gib mal rüber."

Er seufzt.

„Hast du eigentlich Lust, nachher mit zum Kanal zu kommen? Auf die Schiffe springen. Es liegt wieder eins vor Anker. Martina und Rüdiger kommen auch mit und Ludger und Marion."

„Sind Martina und Rüdiger ein Paar?"

„Ach, Claudia, begreif doch endlich, dass er nur Augen für dich hat. Martina ist ein Fall für mich. Sie hat jetzt übrigens eine feuerrote Strähne in ihrem schwarzen Haar. Cool."

„Und Mama? Wir können sie doch nicht alleine lassen."

„Warten wir mal ab. Ich rufe jetzt erst mal in der Schule an."

Langsam rutscht er von der Fensterbank herunter, nachdem er den Zigarettenstummel mit Daumen und Mittelfinger in hohem Bogen aus dem Fenster geschnipst hat. Die Asche fällt im Flug heraus, während der Filter auf der Straße landet. Claudias Finger gleiten erneut in die Packung. Schon zieht sie die Zigarette hervor, schiebt sie jedoch wieder zurück. Sie tritt in den Flur und lauscht. Das typische Surren der Wählscheibe des Telefons. Tim wählt die Nummer des Schulsekretariats.

Ein paar Sekunden vergehen. Dann hört sie ihn sprechen. Knapp schildert er den Vorfall. Nein. Es ist nicht möglich, dass wir heute noch zur Schule kommen. Wir sind völlig neben der Spur und warten auf unsere Mutter. Ja, morgen wird es schon wieder gehen. Bestimmt. Er legt den Hörer auf, setzt sich auf die Treppe und legt den Kopf an die kalte Wand. Was, wenn Papa stirbt? Wie soll es dann weiter gehen? Mutter müsste arbeiten und wir wären mittags alleine, wenn wir aus der Schule kommen. Sie würde immerzu weinen. Claudia wundert sich, dass er noch nicht wieder nach oben gekommen ist. Sie schaut über das Treppengeländer und sieht ihn dort sitzen. Schwunglos läuft sie hinunter, setzt sich neben ihn. Mit ihrer Hand streicht sie über seinen Oberarm.

„Tim?"

„Ja?"

„Wir schaffen das schon irgendwie."

„Irgendwie ist alles zu viel. Das Leben wartet einfach nicht, bis man mit einem Problem fertig ist. Da kommt schon das nächste."

Sie legt ihren Arm um ihn und ihren Kopf an seine Schulter.

„Kann das nicht alles einmal aufhören?"

„Ach, Tim!"

Claudia zuckt zusammen, als plötzlich das Telefon klingelt. Sie springt die letzten drei Stufen nach unten und nimmt das Telefonat entgegen.

„Hallo?"

„Claudia, hier ist Alexander. Wie geht es euch? Ich habe es gerade im Lehrerzimmer erfahren."

„Es geht. Nicht so gut."

„Ist deine Mutter noch im Krankenhaus?"

„Ja."

„Wenn du mich brauchst, falls du heute Nachmittag vorbei kommen möchtest, ich bin zu Hause. Du kannst gerne kommen."

Tim steht auf und geht ins Wohnzimmer. Die Stufen knarren.

„Danke. Ich weiß noch nicht. Vielleicht bleibe ich auch bei meinem Bruder und meiner Mutter. Tim geht's auch nicht gut."

„Ist in Ordnung. Wenn du kommen willst, egal wann, ruf mich einfach vorher an."

„Ja. Ich habe solche Angst."

„Das kann ich mir denken. Ruf mich später auf jeden Fall zu Hause an. Ich möchte wissen, wie es deinem Vater geht und euch."

„O.k. Bis später."

Tim liegt bäuchlings auf dem Teppich im Wohnzimmer und spielt mit den Teppichfransen.

„Wozu kauft man Teppiche mit Fransen? Würde sie am liebsten alle abschneiden."

Claudia stupst ihn mit ihrem Fuß von der Seite an. Er verrenkt sich fast den Hals, um sie anzusehen.

„Mama kämmt sie sogar."

„Mit wem hast du eigentlich telefoniert?"

„Alexa..., äh, mit Herrn Belt."

„Ach? Und du willst mir immer noch weismachen, dass er kein besonderes Interesse an dir hat?"

Tim wirbelt die Teppichfransen durcheinander. Claudia kniet sich neben ihn, gibt ihm einen Klaps auf den Po.

„Au! Lass das!"

„Ist eben mein Klassenlehrer."

„Also meiner hat hier noch nie angerufen."

Claudia bindet Schleifchen mit einzelnen Fransen.

„Kuck mal, sieht aus wie Zöpfchen bei kleinen Mädchen."

„Papa würde einen Ausraster kriegen. Oh! Das Telefon klingelt schon wieder. Vielleicht dein Verehrer Belt. Wie heißt er eigentlich mit Vornamen? Heißt er nicht Alexander?"

Claudia errötet.

„Schau mal, noch zwei Schleifchen."

„Jetzt hab´ ich´s kapiert. Du wolltest vorhin *Alexander* sagen, als ich fragte, mit wem du telefoniert hast. Du hast doch *Alexa* ... gesagt. Ich werd´ bekloppt. Du duzt ihn.“

Sie rennt aus dem Zimmer. Das Telefon klingelt unaufhörlich.

„Hallo?“

„Mama hier. Hallo, mein Kind.“

"Wie geht´s Papa?"

Sie kaut auf ihren Fingernägeln.

„Es geht ihm etwas besser. Er ist auf der Intensivstation, aber er wird es überleben, haben die Ärzte gesagt. Ich komme jetzt nach Hause, nehme mir ein Taxi.“

Sonst fährt Papa doch immer Taxi, mit anderen Frauen, schießt es Claudia durch den Kopf. Tim hatte es gesehen, als er abends mit dem Rad nach Hause kam. Papa stieg zwei Straßen vorher aus an der Bushaltestelle, als wäre er mit dem Bus gefahren. Als das Taxi losfuhr, winkte ihm eine fremde Frau zu, hellblondes Haar, sah gefärbt aus. Sie trug große, silberne Ohrhänger, die beim Winken wippten und bestimmt klirrende Geräusche machten. Mutter würde nie so herumlaufen.

„Habt ihr denn auch in der Schule angerufen?“

„Ja, Mama, alles paletti.“

„Bis gleich.“

„Bis gleich.“

Claudia wartet noch einen Moment, bis sie auflegt. Mutter zögert und wundert sich, dass Claudia noch in der Leitung ist, als warte sie auf etwas, irgendetwas Bestimmtes, doch weiß sie nicht, worauf.

„Claudia, ist noch etwas?“

Sie atmet schwer, als müsse sie gegen einen Widerstand anatmen, damit die Lungen sich weiten.

„Nein, Mama. Bis gleich."

Im Wohnzimmer angelangt, erblickt sie Tim, der auf dem Boden sitzt und mit der Schere einzelne Fransen vom Teppich abtrennt.

„Sag mal spinnst du?"

„Wie geht's Papa?"

„Besser. Er lebt. Mama kommt mit dem Taxi."

„Und noch eine Franse. Schnipp! Und noch eine. Willst du auch mal? Macht richtig Spaß. Ich hasse Fransen. Ich hasse Fransen!"

„Schrei nicht so laut. Sonst muss ich noch die Fenster schließen."

Seine Wangen glühen. Er weint. Mit dem Handrücken wischt er sich den tropfenden Schleim von der Nase.

„Tim! Lass das! Hör doch auf damit!"

„Nein!"

Mit wildem Blick starrt er sie an. Einzelne Wimpern kleben zusammen. Sie versucht, ihm die Schere zu entreißen, doch wehrt er sie ab.

„Was ist nur los mit dir? Du machst mir Angst."

Er greift sich ein ganzes Büschel und schneidet es ab. Dann legt er sich auf den Rücken, wirft die Fransen in die Luft. Sie fallen auf ihn herab, auf seinen Bauch, seine Beine. Einige landen auf seinen Haaren.

„Deine Schleifen habe ich dran gelassen."

„Die Fransen müssen wir wegräumen, bevor Mama das sieht."

„Letztes Mal hat sie still in sich hinein geweint, als sie auf dem Boden kniete, Fransen kämmte und Papa abends mal wieder zu spät nach Hause kam. Du schliefst schon, als ich ihn die Tür habe reinkommen hören. Mama soll nie wieder auf dem Boden kriechen und Fransen kämmen. *Er* hat doch diese Scheißteppiche gekauft. Wer braucht schon Orientteppiche? Wozu eigentlich? Um sich von seinem schlechten Gewissen frei zu kaufen? Er macht Mama so viel Kummer."

Claudia rutscht über den Boden und sammelt die abgeschnittenen Teppichfransen auf.

„Die auf deinem Kopf sehen lustig aus. Könnte man ja mal ins Haar flechten. Dann siehst du aus wie ein flippiger Musiker."

„Musik ist das einzige noch, was mir Spaß macht. Meine Zuflucht. Ich fühle mich so schrecklich. Ich weiß nicht, wie. So irgendwie gar nicht und doch so überflutet. Vom Nichts überflutet. Geht das überhaupt? Es ist immer so still hier, dabei ist es doch so laut. So oft wie Mama und Papa sich streiten. Ich weiß irgendwie nicht mehr weiter. Will ich nach links, dann will ich nach rechts. Ich will weg, aber ziehe mich    zurück. Kennst du so was?"

Claudia sieht ihn ratlos an.

„Weiß nicht. Ich bin ein Suchender."

„Wie bitte?"

„Belt hat mir ein Buch geschenkt, *Demian* von Hermann Hesse. Ich leihe es dir, wenn du magst."

„Er schenkt dir also Bücher. So, so. Jetzt sag doch endlich mal die Wahrheit."

Sie kriecht weiter über den Boden, um die Fransen aufzuheben. Unter dem Esstisch liegen Krümel. Tim krabbelt ihr entgegen und versperrt ihr den Weg. Er fixiert sie mit seinem Blick.

„Ich rede mit dir."

„Er mag mich einfach. Und ich ihn."

„Packt er dich an?"

Tim setzt sich in den Schneidersitz ohne wegzuschauen.

„Du darfst es aber niemandem erzählen. Versprochen?"

„Versprochen."

„Niemandem."

„Niemandem."

„Ich habe ihn zu Hause besucht."

Tim zieht die Augenbrauen hoch und wartet.

„Und?"

„Wir haben Nudeln gekocht, Musik gehört, gequatscht. Was guckst du so?"

„Nichts. Und sonst?"

„Gar nichts."

Claudia zieht ihm eine letzte Teppichfranse aus seinen Haaren und lacht.

„Du könntest dir gut helle Strähnen machen lassen. Passt gut zu deinem dunklen Haar."

Sie steht vom Boden auf, wickelt die Fransen in Küchenpapier und wirft sie draußen in die Mülltonne. Das Taxi fährt vor. Der typische Klang eines Dieselmotors. Claudia geht nach draußen und setzt sich auf die Vortreppe. Das Auto hält. Nach ein paar Sekunden steigt Mutter aus. Sie ist sehr blass, ihre Haltung gebeugt. Mit ihrer unfrisierten Dauerwelle erinnert sie an die englischen Frauen, wenn sie morgens früh über die Straße zum Kiosk laufen. Manchen macht es sogar nichts aus, mit Lockenwicklern über die Straße zu laufen. Drei Wochen Sprachurlaub in England im letzten Sommer haben sie gelehrt, die deutsche Küche zu schätzen. Hier gibt es wenigstens keine Pommes frites mit Essig.

Die Nachbarn kommen angelaufen mit besorgten Gesichtern und fragen, was passiert ist, bieten ihre Hilfe an, schauen zu Claudia, die noch immer auf der Treppe sitzt und sehen zu Tim, der mittlerweile im Türrahmen steht. Mutter weint und bedankt sich für die Hilfsangebote, dann geht sie die Treppe hoch und sie gehen zu dritt ins Haus. Claudia läuft schnell ins Wohnzimmer.

„Man sieht sich zwar nicht jeden Tag, aber die Nachbarn sind da, wenn man sie wirklich braucht. Es tut so gut, das zu wissen."

„Komm setz dich doch, Mama. Möchtest du einen Kaffee oder einen Tee?"

Tim hält das Kaffeepulver schon in seiner Hand.

„Gern. Ein Kaffee wäre gut."

Sie setzt sich auf den Küchenstuhl und stützt den Ellbogen auf dem Tisch ab. Ein kleiner weißer Tisch, der nur selten genutzt wird. In der Mitte eine Blumenvase aus Glas mit einer gelben Rose drin. Tim gießt Wasser in die Kaffeemaschine.

„Wie viel Pulver?"

„Ich nehme zwei Tassen. Nimm pro Tasse zwei Teelöffel. Du musst die Bohnen aber vorher noch mahlen. Die Maschine steht da oben im Schrank."

Er schaut ins Wohnzimmer. Claudia kämmt die Teppichfransen. An manchen Stellen sieht es nach Kahlfraß aus. Mit ihren Fingern schnipst sie eine tote Fliege unter die Heizung.

„Wo ist eigentlich Claudia?"

„Ich komme, Mama."

Unbemerkt legt sie den Kamm zurück in die Schublade des Wohnzimmerschranks. Es riecht nach Kaffee. Die Maschine spuckt Dampf aus wie ein kleiner wutschnaubender Drache. Claudia setzt sich zu ihr und schiebt die Vase an die Seite.

„Wenn du da schon so stehst, Tim, machst du mir vielleicht einen Tee?"

„Von mir aus."

„Wie lange muss Papa denn im Krankenhaus bleiben?"

„Vielleicht zwei oder drei Wochen. Weiß nicht."

„Dürfen wir ihn besuchen?"

„Könnte sein, dass Tim auf die Intensivstation darf. Du bist, glaube ich, noch zu jung."

„Dann warte ich, bis er auf der Offenen ist."

„Ich kann ja mit Claudia zusammen hin. Wir besuchen ihn, wenn er runter ist von der Intensiv."

Er reicht seiner Mutter die heiße Tasse.

„Milch?"

„Gern. Keinen Zucker. Muss abnehmen."

„Tim hat uns für heute in der Schule entschuldigt."

Er nickt.

„Welchen Tee willst du?"

„Schwarzen Tee mit Vanillegeschmack."

„Das hätte ich mir ja fast denken können. Vanille, Vanille. Meine Schwester liebt Vanille."

Sie streckt ihm die Zunge heraus und steht auf, um ihm etwas ins Ohr zu flüstern.

„Ich warne dich."

„Ist ja schon gut."

„Was habt ihr beide zu tuscheln?"

„Nichts", antworten sie im Chor.

„Was wollt ihr denn nachher essen?"

„Ich würde so gerne mal wieder Pommes essen. Bitte Mama."

„Und du Tim?"

„Ja. Warum nicht."


Der Nachmittag vergeht wie im Flug und es ist früher Abend, als Claudias Mutter ihr gute Nacht sagt und einen Teller mit geschmierten Käse- und Wurstbroten ins Zimmer trägt, dessen Ränder sie mit halben, längs aufgeschnittenen Gürkchen verziert hat. Ihre Augen sind müde und traurig, ihre Bewegungen mühsam, der Gang schleppend, als sei ihr ganzer Körper von unsäglicher Schwermut ummantelt.

Zaghaft regt sich in Claudia der Wunsch, ihre Mutter in den Arm zu nehmen, jedoch mehr andeutungsweise, an der Grenze des Gewahrwerdens. Direkte Berührungen ereignen sich sonst nur zufällig für einen winzigen Moment auf der Treppe, oder im Vorbeigehen auf dem Flur, oder wenn man sich bei den Mahlzeiten das Essen anreicht. Sie schaut ihrer Mutter noch lange hinterher, schon als die Tür bereits geschlossen ist. Ein undefiniertes Sehnen reißt in ihrem Innern. Schon will sie aufspringen, noch etwas sagen, ihrer Mutter irgendetwas Liebes sagen, etwas, das sie beide brauchen. Wie angenagelt bleibt sie sitzen, sinkt in sich zusammen und dreht sich wieder zum Schreibtisch herum.

Manche Chancen kehren nicht wieder.

Sie beugt sich nach vorn und legt den Kopf auf die Schreibtischplatte. Die Augen sind geschlossen und in ihrem Innern tobt ein verwirrendes Gemisch an unsortierten Gefühlen. Sie denkt an Alexander, der sich am Nachmittag noch einmal telefonisch gemeldet hatte. Ein kleiner Lichtblick in der Dunkelheit. Claudia steht auf und stellt sich ans Fenster. Auf dem Rasen liegen die Schatten der gegenüberliegenden Häuser. Das Licht ist mild und warm. Sie schiebt den Stein an der Fensterbank zur Seite, öffnet ihr kleines Mauerversteck. Sie zupft Alexanders Briefchen hervor, öffnet sie kurz und steckt sie wieder weg. Durch die Wand hindurch hört sie das Schnarchen ihrer Mutter. Bestimmt hat sie ein Beruhigungsmittel genommen.

Sie setzt sich im Schneidersitz auf die Fensterbank und starrt hinaus. Frau Grieth hebt ihre Hand zum Gruß und verschwindet im Haus. Alles verschwindet, geht es Claudia durch den Kopf. Nichts ist für die Ewigkeit. Also wozu dann alles? Wozu aufstehen, sich waschen, anziehen, essen und zur Schule gehen? Wozu das alles? Wir zerfallen doch eh zu Staub. Die Fliegen und das Ungeziefer werden uns überleben. Ob die tote Fliege noch unter der Heizung liegt? Nicht auszudenken die Vorstellung, dass wir von diesen Viechern zerfressen werden, wenn wir eines Tages unter der Erde liegen. Ob Papa wirklich überlebt? Wer weiß, wie lange er überhaupt noch hat? Ob Holger schon angefressen wurde? Es ist alles so schrecklich still hier. Die Stille tut weh. Und wenn ich euch Vögelchen auf dem Rasen zuschaue und so lebhaft singen höre, fühle ich mich glücklich und traurig zugleich. Wo ist nur mein Tagebuch? Ich sollte schreiben. Es liegt auf dem Schreibtisch. Ob Tim darin gelesen hat? Es kommt mir so vor. Er macht so komische Anspielungen. Ob er Alexander verrät?

Sie gleitet von der Fensterbank hinab und nimmt das Tagebuch. Wahllos blättert sie in den Seiten, liest mal hier, mal dort. Ihr Magen knurrt. Sie beißt in ein Käsebrot und wischt ihre Finger an der Jeans ab.

In ihren Aufzeichnungen findet sie einen Eintrag vom letzten Winter, einen Satz, der sie fesselt und den sie mehrmals hintereinander liest. Er bezieht sich auf die Fahrt mit dem Bus, morgens auf dem Weg zur Schule.

*Ich sehe hinaus, hinaus in die einsame, ruhige und wohltuende Dunkelheit, die in dem Bus, der mich zur Schule fährt, endet.*

Mit Bleistift fügt sie jetzt hinzu:

*Ich bin ein Freund der Dunkelheit und des warmen Abend-
lichts, das mich sanft umhüllt und mir Ruhe schenkt. Endlich
ist der Tag vorbei. Das weiße, gleißende Mittagslicht ist so
heiß und hell wie das Licht der Inquisition, stets bereit, jedem jedes Geheimnis kalt zu entreißen. Ich liebe die Dämmerung, auch die des Morgens, in dem noch jede Hoffnung
enthalten ist. Doch worauf will ich noch hoffen? Nichts ist
für immer. Das Leben ist vergänglich und eingespannt in
einen engen Rahmen der Zeit. Doch danach, jenseits dieses
Rahmens herrscht der endlose Tod. Ist die Finsternis wirklich unendlich? Und wenn ich nach dem Tod nicht mehr
existiere, wo war ich denn dann eigentlich vor meiner Ge-
burt?*

*Ich weiß nicht, wovor ich mehr Angst habe: Vor dem Le-
ben oder vor dem Tod?*

Es ist finster wie die Nacht, obwohl erst später Abend, als
sich die Freunde auf dem Spielplatz am Ende der Straße
versammeln.

Wie abgesprochen, tragen sie dunkle Kleidung, Turnschuhe und sind mit jeweils einer großen und einer kleinen
Taschenlampe ausgerüstet. Rüdiger sitzt auf dem Drehkarus-
sell, einem schlichten eisernen Gestell, und stößt sich mit
den Füßen ab. Er dreht sich immer schneller und mit ihm
sein Schattenbild. Verträumt schaut er nach oben in den
endlosen Sternenhimmel. Es fällt ihm schwer zu glauben,
dass das, was er sieht, längst Vergangenheit ist, dass zumindest manche Sterne längst erloschen sind und er nur noch
deren Licht sieht, weil es so lange dauert, bis es auf der Erde

ankommt. Nichts ist, wie es scheint. Immerhin der Mond ist tatsächlich noch vorhanden, doch auch hier trügt der Schein. Das Licht, das er ausstrahlt, ist nicht sein eigenes. Er hat es sich von der Sonne geborgt.

Rüdiger denkt an seinen Vater, Kriminalkommissar, der perfekte Zweifler, jeden Tag mit Lug und Trug konfrontiert. Sein Misstrauen wächst mit seiner Berufserfahrung. Bemüht, seinen Sohn Rüdiger zu schützen, versucht dieser beständig sich abzugrenzen gegenüber der argwöhnischen Einstellung seines Vaters. Wenn nichts so ist, wie es scheint, worauf kann man dann noch vertrauen? Worauf sich beziehen? Seine Frau verließ ihn, weil sie seine Kontrolle, seine Bespitzelungen nicht mehr ertrug. Er wollte doch nur Sicherheit, den Beweis ihrer Liebe, den Beweis, dass sie nicht fremd geht. Zu vertrauen, war ihm fremd geworden.

Rüdigers Füße schleifen über den Sandboden. Er bremst und steigt ab. Martina, Ludger und Marion sitzen auf einer Bank im Mondlichtschatten einer Eiche. Die Glut ihrer Glimmstängel leuchtet meterweit. Als sie Tim und Claudia erblicken, lassen sie kurz ihre Taschenlampen aufleuchten, ein Lichtgruß – alles ist in Ordnung. Rüdiger klopft Tim auf die Schulter und gibt Claudia einen flüchtigen Kuss auf die Wange.

„Ich habe schon gehört, was passiert ist. Belt hat es uns gesagt. Wie geht es eurem Vater?

„Besser. Er ist wohl noch auf der Intensiv“, antwortet Claudia knapp.

„Und wie geht's eurer Mutter?“

„Schläft.“

„Du bist ja echt gesprächig.“

„Tut mir leid. Bin halt nicht gut drauf.“

„Und? Ist Belt bei dir vorbei gekommen?“

Rüdiger nimmt Claudias Hand, die sich kalt anfühlt.

„Nein. Wieso sollte er auch?"

„Ich dachte nur so. Weil er ja auch Martina heute nach Hause gefahren hat, da dachte ich, dass er vielleicht auch bei dir vorbei fährt, um dich zu trösten."

„Sag mal, spinnst du?"

Claudia stößt seine Hand weg. Nachdenklich beobachtet sie Rüdiger von der Seite. Kein Grinsen. Er scheint es ernst zu meinen.

„Woher weißt du, dass er Martina nach Hause gefahren hat?"

„Hat sie mir vorhin gesagt. Er soll so unglaublich nett gewesen sein."

Nach kurzer Begrüßung klettern sie alle über einen Jägerzaun und gehen einen schmalen, mit Sträuchern zugewucherten Weg entlang. Marion schlägt ein Zweig ins Gesicht. Die kleinen Dornen stechen in ihre Haut.

„Aua! Wie soll ich morgen meiner Mutter diese Schrammen erklären?"

„Hast dich halt im Schlaf gekratzt."

„Sehr witzig, Rüdiger."

Auf der Alstadener Straße knipsen sie ihre Taschenlampen aus, schauen vorsichtig nach links und rechts. Niemand Bekanntes zu sehen. Martina meint, die Taschenlampen könne man im Notfall als Waffe benutzen. Sie besitzt mit Abstand die größte und schwerste Lampe.

„Die solltest du vielleicht mit zur Schule nehmen. Damit kannst du Belt 'was auf die Nuss geben, wenn er dich begrapscht."

„Halt doch deine Klappe, Rüdiger, du Blödmann."

Claudia gibt ihm eine Kopfnuss und schlägt ihm die Taschenlampe auf den Po.

„Ah, ich habe vergessen, er ist ja für dich reserviert, meine Claudia."

„Könntet ihr vielleicht mal mit dem Quatsch aufhören",, schaltet sich Tim ein, „sonst können wir unseren Abend hier vergessen. Wir sollten leise sein und nicht herum krakeelen. Wenn die Bullen uns nämlich sehen, werden wir angehalten."

Der Verkehr hat bereits nachgelassen. Nur vereinzelt fährt ein Auto oder ein Fahrrad an ihnen vorbei. Tim macht Schellemännchen und drückt an einer Eingangstür gleich sechs Klingeln auf einmal. Sie rennen los, lachen und schleichen dann hintereinander an den Hauswänden entlang.

„Und du willst uns erzählen, wir sollen unauffällig sein? Aber Schellemännchen machen. Sehr clever!"

„Was ist nur los mit dir? Was bist du so genervt?"

Rüdiger zuckt die Achseln.

„Weiß nicht."

Am Obermeidericher Bahnhof überqueren sie die Duisburger Straße und biegen in die Niebuhrstraße ein, eine von jenen Straßen, vor denen ihre Eltern sie immer gewarnt haben.

„Hier müssen wir ganz schnell durch und sehr leise sein."

„Tim, du kennst dich hier wirklich aus?"

„Ja, Rüdiger. Haltet eure Lampen gut fest. Hier ist gefährliche Zone. Bald sind wir am Kanal. Dauert nicht mehr lange."

Claudia drängt sich ganz dicht an Rüdiger. Angst macht Mädels geschmeidig, überlegt er. Schmunzelnd legt er seinen Arm um ihre Hüfte.

„Ich habe dich vermisst in der Schule."

Sie lächelt verlegen.

„Hast du morgen vielleicht Zeit? Wir könnten ins Kino. Letztes Mal hat ja leider nicht geklappt."

„Ich hab´s verpennt. Sorry."

„Schon gut. Martina geht´s übrigens auch nicht so toll." Rüdiger verlangsamt seinen Schritt und flüstert.

„Ihre Eltern lassen sich scheiden."

„Ach!"

Claudia hält abrupt, während Martina und die anderen weiter vorlaufen.

„Lass mich raten. Der Vater hat ´ne andere."

„Falsch. Die Mutter hat einen Freund und ihr Mann ist dahinter gekommen."

„Scheiße. Arme Martina."

„Sie hat im Unterricht geweint. Belt hat hinterher mit ihr gesprochen und sie dann mit seinem Auto mitgenommen. Lass uns mal weiter gehen."

Rüdiger zieht an Claudias Arm. Sie beschleunigen ihren Gang. Aus einem Hauseingang direkt vor ihnen kommen zwei düstere Gestalten heraus. Ihre Schultern streifen sich. Der größere der beiden Männer dreht sich um und hebt die Faust. Er riecht nach Alkohol, Schweiß und Rauch.

„So ganz wohl ist mir hier nicht. Wäre ich doch nur zu Hause geblieben. Hoffentlich wird meine Mutter nicht wach und sucht Tim und mich."

„Wir bleiben ja nicht so lange am Kanal."


Tatsächlich liegt ein Schubschiff am Kai. Es sieht verlassen aus. Das Wasser glitzert silbern im Mondschein und plätschert leise gegen die Schiffswand. Aus der Ferne hören sie die Autobahn, ein unaufhörliches Rauschen. Ein Käuzchen ruft. Obwohl es noch ziemlich warm ist, zieht Claudia den Reißverschluss ihrer Jacke hoch. Sie bietet ihre Zigaretten an.

„Dann sieht man uns doch direkt", mahnt Ludger, „die Glut siehst du meilenweit."

„Später vielleicht?"

„Wenn wir wieder gehen."

Er tritt an die Uferkante heran, spuckt ins Wasser. Dann wendet er sich zu den anderen.

„Wer von uns hat denn den größten Mut?"

„Du, Ludger." Martina grinst.

„Kommst du mit?"

Martina schüttelt den Kopf und malt mit ihrer Fußspitze Kreise auf den Boden.

„Ich warte hier. Aber Claudia vielleicht."

„Von mir aus."

„Nein, Claudia bleibt hier!"

Rüdiger stellt sich mit dem Rücken vor sie, breitet seine Arme aus, um sie aufzuhalten.

„Ich komme mit dir, o.k.?"

Sie betreten das Schiff, Gummisohlen auf Metall. Ihre Schritte kommen ihnen laut vor in der Dunkelheit.

„Ihr müsst Wache halten da oben. Zweimal mit der Taschenlampe aufleuchten, heißt Gefahr."

Sie laufen über das Schiff in Richtung Heck. Als Ludger hinten die Nationalflagge erblickt, flitzt er los.

„Wie wär's mit einer Fahne als Trophäe?"

Er stürzt über ein Seil und fällt. Erschrocken schaut Rüdiger zum Führerhaus, in dem gerade ein Licht angeknipst wird.

„Da ist doch jemand an Bord. Nichts wie weg!"

Ludger springt vom Boden auf, reibt sich seine Knie. Rüdiger lässt seine Taschenlampe zweimal aufleuchten. In

Windeseile klettern sie von Bord. Von den anderen keine Spur. Nur ein leises Flöten wie von einem Vögelchen. Es ist Marion, die ein Zeichen gibt.

„Hallo? Ist da jemand?"

Gerade noch rechtzeitig finden Rüdiger und Ludger das Versteck.

Sie ducken sich und halten den Atem an. Durch die Zweige der Sträucher erkennt Tim einen mittelgroßen, gedrungenen Mann, der vom Schiff klettert. Er hält eine große Stange in der Hand und läuft auf und ab, links ein paar Schritte und rechts ein paar Schritte am Ufer entlang. Dann springt er auf das Schiff zurück, wartet aber noch, liegt auf der Lauer mit einem Fernglas in der Hand. Die Gläser spiegeln das Mondlicht.

„Ich muss", flüstert Martina.

„Pst, leise", zischelt Rüdiger.

Erst nach einer weiteren Viertelstunde trauen sie sich aus ihrem Versteck, schweigend. Martina kommt zuletzt, hinterlässt noch ein Bächlein, bevor sie in gebeugter Haltung aus den Büschen hervortritt. Die umstehenden Platanen und Ahornbäume zeichnen gespenstische Schattengeflechte auf den Boden, die wie riesige Verästelungen von Nervensträngen und Blutgefäßen aussehen.

„Lass uns bloß weg von hier. Ich hätte mir fast in die Hosen gemacht."

Tim gesellt sich zu ihr, berührt ihre Hand wie zufällig. Sie zieht ihre Hand weg, steckt sie in ihre Jeansjacke.

Still laufen sie durch die Niebuhrstraße zurück. Erst auf der Duisburger Straße beginnen sie wieder zu sprechen in dem Gefühl, entkommen zu sein. Die Schranken an dem verlassenen Bahnhof, an dem nur zwei Personen warten, senken sich gerade mit dem üblichen Gebimmel. Eine kleine

Nachtmusik. Sie überqueren die Straße. Die Fahrgäste steigen in den Zug und laufen durchs Abteil, setzen sich und schauen nach draußen.

Tim schlägt vor, über den Radweg an der Parallelstraße nach Hause zu gehen, am Bahndamm entlang. Unwillkürlich blickt er zu Claudia hinüber. Sie nickt zustimmend, aber zaghaft.

„Da sind die Laternen nur auf der gegenüberliegenden Straßenseite. Dann entdeckt man uns nicht so leicht."

Er weiß, dass sie an Holger denkt, an den Unfall, seinen letzten Schrei. Er sieht es in ihrem Blick, an seinem glasigen Glanz. Sie wirkt dann so abwesend.

Holger begleitet sie wie ein stummer Geist. Er wacht am Bahndamm und in manchen Nächten, in so einer wie dieser, einer Vollmondnacht, da ist es Claudia, als hörte sie ihn rufen und als der Zug an ihnen vorüber fährt, bleibt Claudia plötzlich stehen und starrt hinauf zu den Gleisen. Tim flüstert Rüdiger ins Ohr, er solle sich um Claudia kümmern.

Er nimmt sie in seine Arme und sie legt ihren Kopf an seine Schulter. Er riecht nach Shampoo. Tim bittet die anderen zu warten.

„Ich kann es nicht vergessen."

„Wir können es alle nicht vergessen."

Er drückt sie an sich. Sie fühlt den Schlüsselanhänger an ihrer Hose, die kleine Weltkugel.

„Claudia?"

„Ja?"

„Ach nichts. Ist schon gut."

„Nun sag schon."

„Habe ich überhaupt eine Chance bei dir?"

„Ach, Rüdiger."

Sie hebt ihren Kopf und schaut in sein jugendliches und traurieges Gesicht. Er steckt eine blonde Ponysträhne hinters Ohr. Sein Haar ist deutlich gewachsen, schon mittellang jetzt. Er ist etwas kleiner als Alexander, blitzt es in ihren Gedanken auf.

„Claudia, ich habe dich wirklich sehr gern."

„Ich dich doch auch. Ich bin nur so durcheinander."

Zögernd nähert er sich ihrem Mund. Sie lässt es geschehen.

# Kapitel Siebzehn
# Herbst 2009

Claudia steckt den Brief mit der Kündigung in ihre Kitteltasche und rennt auf den Flur. Mehrere Patienten haben bereits die Notglocke betätigt, doch hört sie kein Getrappel auf dem Flur, das typische Gerenne fehlt, wenn das Pflegepersonal von einem Zimmer zum nächsten hetzt. Vanessa ist laut Aussage von Herrn Groß sozusagen von der Station geflohen. Von Jens keine Spur und Kollegin Uschi hat nur eine kurze Nachricht auf einem Zettel hinterlassen. Erst nach einigem Suchen findet Claudia die Notiz in dem Durcheinander auf dem Schreibtisch. Uschi hole eine Patientin von der Intensivstation. Nacheinander arbeitet Claudia die Notrufe ab: Ein Mann ist im Badezimmer ausgerutscht und schafft es nicht, alleine wieder aufzustehen. Eine ältere Patientin, die nach ihrer Bauchoperation bettlägerig ist, hatte auch geklingelt, weil sie Durst hat und nicht an die Flasche Wasser herankommt.

Claudia entschuldigt sich bei der Frau, sucht Ausreden, um ihre Kollegen zu schützen. Als sie schließlich auf dem Weg zum Dienstzimmer ist, hört sie, wie jemand hinter ihr herruft.

„Hallo, Schwester Claudia, gibt's einen Kaffee bei Ihnen?"

Sie schaut zurück. Dr. Michels kommt mit wehendem Kittel hinter ihr her.

„Haben Sie denn Zeit?"

„Ein bisschen."

Zum Glück sind alle Notrufe versorgt, schießt es Claudia durch den Kopf. Keine Lampe mehr, die leuchtet. Gerade noch mal gut gegangen. Obwohl ... sie hadert mit sich selbst. Was ist denn das für ein Zustand? Eine verwaiste Station, auf der sich niemand kümmert.

„Dann kommen Sie mal mit. Ich mache Ihnen einen Senseo-Kaffee."

„Mit viel Milch, bitte."

„Kein Thema."

Er zieht seinen Kittel aus, hängt ihn an einen Haken hinter der Tür. Er seufzt, als er sich setzt. Dann streicht er sich mit seinen großen Händen durchs Gesicht wie jemand, der müde und abgespannt ist. Seine dunklen Augenringe erwecken den Eindruck, er habe eine Brille auf der Nase.

„Ich wollte Sie mal etwas fragen, Frau Mertens."

Sein Tonfall, der plötzlich sachlich und förmlich klingt, bereitet ihr Unbehagen.

„Ja?"

Angestrengt beobachtet sie, wie der heiße Kaffee in die Tasse fließt.

„Zucker?"

„Nein, danke."

Sie stellt die Tasse an seinen Platz. Im Kühlschrank findet sie noch einen angebrochenen Liter Milch. Das Mindesthaltbarkeitsdatum war überschritten. Sie füllt etwas Milch in eine kleine gelbe Porzellankanne und riecht an der Tüte.

„Bitte schön, für Sie."

„Mir sind Beschwerden zu Ohren gekommen."

Claudia schließt die Tür. Stirnrunzelnd setzt sie sich neben ihn.

„Was denn für Beschwerden?"

„Patienten haben mir zugetragen, dass es irgendwelche Probleme mit dem Teamleiter gibt."

„Ach ja?"

„Jetzt tun Sie doch nicht so, als wenn Sie nichts davon wüssten."

Seine Miene verfinstert sich und er trommelt mit seinen Fingern auf den Tisch.

„Es läuft halt nicht immer alles rund."

„Ach, so bezeichnen Sie das, wenn junge Kolleginnen, um nur ein Beispiel zu nennen, schikaniert werden."

*Reden ist Silber, Schweigen ist Gold*, geht es ihr durch den Sinn.

Wie verrückt, denkt sie, dass sich immer wieder uralte Gedanken und Erinnerungen dazwischen mogeln. Und manche sind wie innere Aufforderungen, die einem nicht immer bewusst sind. Innerer Widerstand regt sich in ihr. Sie fühlt Wut in sich aufsteigen, den Wunsch, das Schweigen zu durchbrechen: *Schweigen ist Silber, Reden ist Gold*. Ja, wieso eigentlich nicht, überlegt sie. Nachdenklich zwirbelt sie an ihrer Augenbraue, den Ellbogen abgestützt auf dem Tisch und den Kopf gesenkt. Dann gibt sie sich einen Ruck.

„Sie meinen die Belästigungen von Herrn Schneider gegenüber Vanessa Borg?"

„Ganz genau. Das hat mir Herr Groß vorhin noch vor seiner Entlassung verraten. Warum hat mir niemand davon erzählt? Es ist ein Unding, dass ich so etwas von den Patienten erzählt bekommen muss."

Claudia sieht zur Uhr. Jens ist noch immer nicht aufgetaucht. Nur Uschi hat eine Entschuldigung. Sie ist auf der Intensivstation.

„Hätte ich ja, irgendwann. Ich wusste nicht, wie schlimm es ist. Übrigens fand ich die Station vorhin ohne Personal vor, als ich den Dienst antrat."

„Wie bitte?"

Impulsiv springt er von seinem Stuhl auf. Der Tisch wackelt.

„Wo sind die anderen?", brüllt er.

„Ich weiß es nicht. Doch, Schwester Uschi holt jemanden von der Intensivstation. Aber wo Herr Schneider und Frau Borg sind, das weiß ich nicht."

„Das darf doch wohl nicht wahr sein! Das hat Konsequenzen!"

In dem Moment geht die Tür auf und Uschi kommt herein. Leicht außer Atem schaut sie verwundert von einem zum anderen. Intuitiv spürt sie, dass dicke Luft ist.

„Guten Tag, Herr Dr. Michels."

„Wo waren Sie?"

Sein harscher Tonfall lässt sie zurückweichen. Mit dem Po drückt sie die Tür zu.

„Ich habe doch einen Zettel geschrieben. Ich habe einen Patienten von der Intensivstation geholt und ins Zimmer geschoben."

Claudia nickt.

„Das stimmt."

„Wissen Sie, wo Herr Schneider und Frau Borg sind?"

„Nicht so wirklich."

„Was ist das denn für eine Antwort? Ja oder nein?"

Er läuft auf und ab, wie ein Tiger im Käfig.

„Als ich weg ging, war Herr Schneider noch da."

Mit ihren Fingern drückt sich Frau Borg die Nase zu, als mache ihr ein übler Geruch zu schaffen.

Dr. Michels tritt an sie heran, durchbohrt sie fast mit seinen Augen. Als sie zu Boden schaut, legt er eine Hand unter ihr Kinn und hebt ihren Kopf hoch, vorsichtig, aber bestimmend.

„Sie sagen mir jetzt, was los ist."

„Die beiden hatten wieder heftigen Streit. Vanessa schrie, er sei ein perverses Schwein. In dem Zusammenhang fiel auch der Name Zesabuk. Ich habe nur Bruchstücke verstanden, denn ich bin ja die ganze Zeit hin und her gerannt, habe alles alleine gemacht. Er hat ihr gedroht. Sie werde nie mehr irgendwo eine Stelle finden. Dafür werde er schon sorgen. Er hätte Kontakt zu vielen anderen Kliniken."

Schluchzend hält sie sich die Hände vor den Mund.

„Der macht mich fertig, wenn er erfährt, dass ich etwas gesagt habe."

„Wo bin ich denn hier?! Das wird ja immer verrückter!"

Er tritt ans Fenster und reißt es ruckartig auf. Für einen Moment ganz still schaut er nach draußen, ohne irgendetwas wirklich zu sehen. Es gelingt ihm nicht, sich zu konzentrieren und einen klaren Gedanken zu fassen. Schwester Uschi weint so laut und heftig, dass er sich umdreht und zu ihr hingeht.

„Kommen Sie mal her. Sie haben nichts zu befürchten."

Benommen, als habe er einen Schlag auf den Kopf bekommen, drückt er sie an sich, legt seine Arme um sie und versucht, sie zu beruhigen.

„Er macht mich kalt.", flüstert sie schluchzend.

„Nein. Hier hat nur Herr Schneider etwas zu befürchten und zwar ganz gehörig!"

Er löst die Umarmung und lässt sich auf seinen Stuhl sinken. Die Augenränder treten noch schwärzer hervor.

Claudia hört die lauten Schritte von Jens auf dem Flur. Offensichtlich ist er zurück, wo auch immer er war.

„Wissen Sie, was es ist, das Vanessa ihm vorgeworfen hat? Es muss ja irgendetwas sein, das ihn total in Rage bringt."

„Ich weiß es nicht mit Sicherheit. Es hat irgendwie mit Frau Zesabuk zu tun. Ich weiß ja auch nicht. Da kam der

Anruf von der Intensivstation, dass jemand den Patienten holen sollte. Dann lief ich auf den Flur, weil ich die Kollegen suchte. Jens, äh, Herr Schneider und Vanessa kamen aus dem Zimmer von Frau Zesabuk. Vanessa schrie ihn an. Ich habe ihre Worte nicht verstanden. Sie war außer sich und sie haben völlig vergessen, wo sie sich befinden. Dann dachte ich mir, ich gehe lieber selbst zur Intensivstation. Die beiden waren ja gar nicht in der Lage dazu. Ich schrieb diesen Zettel da."

Sie zeigt auf den Zettel, der auf dem Schreibtisch liegt.

„Den habe ich noch schnell geschrieben. Dabei hörte ich, wie er ihr drohte. Mitten auf dem Flur! Er verschwand dann auf der Herrentoilette und sie kam ins Dienstzimmer und begann, irgendeinen Brief zu schreiben."

Claudia holt den Brief aus ihrer Tasche.

„Wahrscheinlich handelt es sich um diesen hier. Sie hat ihn aus Versehen liegen lassen. Er sollte wohl in die Personalabteilung."

„Ich verstehe überhaupt nichts mehr."

Dr. Michels reibt sich die Stirn.

„Jedenfalls bin ich gegangen, als Vanessa am PC saß. Ich fragte sie, was denn passiert sei, doch antwortete sie mir nicht. Sie hat nur noch geweint. Dann bin ich gegangen. Seitdem habe ich beide nicht mehr gesehen."

„Wir gehen jetzt zu Frau Zesabuk. Ich habe ein ungutes Gefühl, Herr Doktor."

„Wissen Sie irgendetwas, Schwester Claudia?"

„Doktor, kommen Sie! Und du Uschi, beruhige dich erst einmal. Es war gut, dass du alles erzählt hast."

Wieder beginnt sie zu weinen. Claudia lächelt ihr zu.

„Es wird schon wieder."

Ein übler Geruch nach Kot, Urin und Schweiß schlägt ihnen entgegen, als sie die Tür von Frau Zesabuk öffnen. Die Luft ist unangenehm warm und feucht. Die Fenster sind beschlagen. Ein Vorhang, der zur Hälfte heruntergerissen wurde, hängt nur noch zum Teil in seiner Schiene. Einzelne Gardinenröllchen liegen auf dem Boden verteilt an der Heizung und in der Nähe der zerrissenen Windel von Frau Zesabuk, die unter Inkontinenz leidet. Neben ihrer fortschreitenden Demenz hatte sie einen Schlaganfall erlitten, so dass sie zunehmend hilfloser geworden war. Sie musste die Windel wohl an ihrem Bett ausgezogen haben, denn an der Bettkante finden sich Schmierstreifen von Kot. Darunter eine große Pfütze mit Urin und nasse Fußspuren in Richtung Badezimmer.

„Oh Gott! Was ist denn hier passiert? Frau Zesabuk, Frau Zesabuk!"

Panisch rennt Dr. Michels ins Badezimmer, wo die Patientin splitternackt in der Duschtasse kauert, die Knie an den Körper gezogen. Heißes Wasser rieselt auf sie hinab. Leise murmelnd wiederholt sie ständig dieselben Worte und wiegt sich hin und her, in sich selbst versunken.

„Knecht Ruprecht. Knecht Ruprecht kommt dich holen. Schlaf Kindlein, schlaf. Knecht Ruprecht hütet deinen Schlaf."

Sofort stellt er das Wasser ab. Ohne mit dem Schaukeln aufzuhören, hebt sie ihren Kopf und schaut Dr. Michels mit dem orientierungslosen Blick derer an, deren Geist in Auflösung begriffen ist.

„Frau Zesabuk? Ich bin´s, Dr. Michels."

„Stummes Fleisch spricht nicht. Vergessen ist vergessen."

Er hockt sich neben die Duschtasse, greift ihre Hand, doch zieht sie sie weg. Er versucht, sie aus der Dusche zu heben, doch schreit sie wie ein wildes Tier.

„Knecht Ruprecht! Knecht Ruprecht war hier! Kommt wieder. Nein!! Aua!"

Sie ist sehr verwirrt, denkt er sich. Trotzdem irritiert ihn dieses irrsinnige Geschrei.

„Claudia, bitte helfen Sie mal. Versuchen Sie, sie zu beruhigen. Ich besorge Diazepam. Sonst kriegen wir sie nicht ins Bett, ohne sie zu traumatisieren."

In Sekundenschnelle ist er zurück, gibt ihr eine Spritze und wartet ab, während Claudia das Bett frisch bezieht. Als sie sich allmählich entspannt und beruhigt, hebt er sie aus der Dusche, ein abgemagerter, leichter Körper, und legt sie aufs Bett. Ihre wenigen weißen Haare kleben durchnässt am Kopf. Claudia trocknet sie ab und dann ziehen sie ihr ein rosafarbenes Nachthemd mit Blümchenaufdruck über. Ihre Augen sind geschlossen. Sie wimmert leise. Dr. Michels streicht über ihre Wange und deckt sie zu. Dann wischt er eine Träne fort. Mit hochrotem Kopf wendet er sich zu Schwester Claudia, die die Fenster geöffnet hat und dabei ist, den Boden zu wischen.

„Herr Schneider tut hier keinen Schritt mehr in das Zimmer. Haben Sie mich verstanden?"

„Ja. Ich schwöre es Ihnen. Aber da ist noch etwas."

„Reicht das denn nicht schon?", sagt er kraftlos beim Hinausgehen.

„Ich habe die Dienstpläne mit den Eintragungen in der Dokumentationsmappe von Frau Zesabuk verglichen. Sie hatte immer nur dann extreme Kreislaufwerte, wenn Herr Schneider im Dienst war. Ich nehme an, dass er etwas damit zu tun hat. Wahrscheinlich hat sie Panik, sobald er zu ihr kommt. Auch zu dumm, dass sie auf einem Einzelzimmer liegt. Ich habe den Verdacht, dass er ihr irgendetwas antut, aber ich wollte ganz sicher gehen. Man kann ja nicht einfach seine Kollegen    denunzieren."

„Welchen Verdacht haben Sie denn konkret?"

„Wir sollten Vanessa Borg anrufen, die vorhin die Flucht ergriffen hat."

Claudia reicht ihm den Brief, der Vanessas Kündigung enthält.

„Ich glaube, sie hat eine Antwort."

Nicht viel später sitzen alle versammelt im Dienstzimmer. Zur Vorsicht hat Dr. Michels die Tür des Stationszimmers verschlossen. Jens Schneider kaut an seinem Daumennagel, Uschi Turm sitzt wie ein Häufchen Elend auf ihrem Stuhl mit krummem Rücken und verquollenen Augen, Claudia und Dr. Michels trinken unaufhörlich Kaffee und Vanessa Borg, die nach einem Anruf widerwillig erschienen ist, lässt sich die Worte aus der Nase ziehen, wohl auch weil sie nicht mehr ganz nüchtern ist. Claudia schiebt ihr ein Aspirin über den Tisch und ein Glas Cola.

„Ich fahre dich nachher nach Hause, bevor du noch deinen Führerschein verlierst."

Mit zugekniffenen Augen starrt Dr. Michels zu Pfleger Jens, fixiert ihn mit seinem Blick.

„Sie wollen also wissen, warum ich die Station verlassen habe. Ich wollte Fixiergurte besorgen, weil Frau Zesabuk nicht mehr zurechnungsfähig war. Sie war verwirrt und äußerst aggressiv. Ich wollte sie nur schützen. Das kannst du doch sicher bestätigen, Vanessa, oder nicht?"

Nur kurz schaut sie ihn an, sieht dann zu Claudia, die mit ihrem Kopf nickt, kleine ruckartige Bewegungen, rauf und runter, mit denen sie Vanessa zum Sprechen ermutigen will.

Dr. Michels ist überrascht, wie hart und inquisitorisch er das Gespräch gestaltet.

„Ich will jetzt die ganze Wahrheit hören. Die ganze, klar?"

„Aber Doktor, das ist die Wahrheit."

„Herr Schneider, ich will jetzt von Frau Borg hören, wie sie die Sache sieht."

„Ich, ich, äh, also.."

„Die stottert ja nur, hat wohl ein bisschen getrunken. Was wollen Sie von der schon hören?"

„Sie sind jetzt still, Herr Schneider!"

Dr. Michels richtet sich auf seinem Stuhl auf. Seine rechte Hand ist zur Faust geballt.

„Wag dich!", zischelt Jens zu Vanessa.

„Gar nichts lass ich mir mehr von dir verbieten. Du hast Frau Zesabuk angepackt, du Schwein!"

Wutschnaubend schnellt er in die Höhe, stützt sich auf dem Tisch ab und langt mit einer Hand nach Vanessa, als wolle er sie beim Kragen packen.

„Du bist doch nicht ganz dicht! Wer macht denn hier immer die Fehler im Dienst? Tabletten fallen lassen, falsch einräumen, zu spät kommen? Vielleicht auch Saufen?"

„Hör mal, Jens", schaltet sich Claudia ein, „darum geht es jetzt nicht. Wir wollen wissen, was hier und heute auf der Station passiert ist. Zum einen war die Station unbesetzt, als ich ankam. Zum anderen haben wir bei Frau Zesabuk ein Horrorszenario vorgefunden, das erklärungsbedürftig ist."

„Mein Gott, die alte Frau ist halt wirr im Kopf und hat mit der Pampers gespielt. Mehr nicht!"

„Schwester Uschi hat aber noch etwas anderes erwähnt."

„Ach, Dr. Michels, sie war doch gar nicht dabei."

„Aber ich habe euch streiten gehört. Vanessa hat dich als perverses Schwein tituliert und gesagt, du solltest sofort Frau Zesabuk los lassen."

„So eine Verleumdung! Ich zeige euch an!"

Er schlägt so kräftig mit der Faust auf den Tisch, dass der Kaffee aus den Tassen schwappt.

„Jetzt reicht's!"

Alle schauen mit weit geöffneten Augen zu Vanessa. Sie errötet, wie immer, wenn sie sich beobachtet fühlt.

„Ich hörte euch im Badezimmer und da habe ich mich angeschlichen und euch durch den Türspalt gesehen."

„Rede nicht so einen Scheiß!"

Schweißperlen glitzern auf seiner Stirn. Unterm Tisch tritt er Vanessa gegen das Knie.

„Aua! Was trittst du mich? Ich rede keinen Scheiß. Als ich in das Zimmer kam, war der Boden mit Kot und Urin verdreckt und du warst mit Frau Zesabuk in der Duschtasse und du hattest weder Schuhe noch Socken an und deine Hosenbeine hoch gekrempelt. Und außerdem... Es fällt mir schwer, das zu sagen, ja, ich schäme mich fast, aber, äh, also, es war so, dass Herr Schneider, äh, seine Hose, seinen Reißverschluss offen hatte. Sein Ding da unten, ihr wisst schon, hing raus. Und seine Schuhe und Socken standen direkt an der Badezimmertür und da habe ich mir einen Socken von ihm geklaut. In dem Moment hast du mich bemerkt und bist raus gekommen."

„Das ist alles gelogen, Dr. Michels! Alles gelogen!"

Vanessa zieht einen braunen Socken aus der Tasche, an dessen Seite ein Golfschläger abgebildet ist.

„Du spielst doch Golf, oder? Und außerdem sind deine Sportsocken allen hier bekannt. Zudem riecht er auch nach dir. Igitt."

Sie hält den Socken hoch und gibt ihn Dr. Michels, der ihn am Bündchen fasst und in eine Tüte steckt.

„Ich bin aber noch nicht fertig. Als Frau Zesabuk sagte, du seiest doch der Pfleger, da hast du ihr eingeredet, dass du Knecht Ruprecht seiest und sie jetzt für ihre Sünden büße müsse. Eine Alte, die so wenig Besuch bekomme, könne nur eine böse Frau sein. Du hast sie völlig fertig gemacht. Und nicht nur sie, ständig hast du auch auf mir herum gehackt und mir an den Hintern gefasst. Du bist das Allerletzte hier! Du gehörst doch weg gesperrt. Und das absolut Hinterletzte ist, dass du, wenn du über Frau Zesabuk gesprochen hast, sie immer als *stummes Fleisch* bezeichnet hast. Du dachtest wohl, du hast leichtes Spiel, weil du angenommen hast, dass sie sich eh nicht mehr verständlich machen kann. Jeder würde sie für verrückt halten, wenn sie von Knecht Ruprecht spricht, nicht wahr? Das war deine Hoffnung. Du kotzt mich an! Du kotzt mich so sehr an, dass ich dir am liebsten 'was in die Fresse hauen möchte."

Dr. Michels hält Vanessas Arm fest.

„Ist gut Frau Borg. Ist gut."

Jens Schneider, der plötzlich sehr ruhig geworden war, schiebt langsam seinen Stuhl zurück, steht auf, geht um den Tisch, als wolle er zum Waschbecken. Doch als er hinter Vanessa vorbei geht, verpasst er dem Stuhlbein einen Tritt, so dass sie mit dem Stuhl nach hinten fällt.

„Sorry, war ein Versehen. Was kippelst du auch so mit deinem Stuhl? Übrigens habe ich der Alten nur gegeben, was sie sich doch schon lange gewünscht hatte. Sie hat doch ständig von Sex gesprochen, wollte noch mal etwas erleben.

Ja und? Außerdem hat sie es bei ihrer Demenz bis morgen sowieso schon wieder vergessen. Oder?"

Und blitzschnell flüstert er Vanessa mit seinem heißen Atem ins Ohr: „Draußen krieg ich dich. Ich freu mich schon."

Noch während Claudia Vanessa beim Aufstehen hilft, greift Dr. Michels zum Telefon.

„Jetzt ist Schluss. Das hier ist eine Sache für den Staatsanwalt."


Als Claudia an diesem Abend nach Hause fährt, hält sie kurz an der Grillstube, um sich eine Portion Pommes frites und eine Currywurst zu bestellen. Der Geruch breitet sich in ihrem Wagen aus. Bei jeder roten Ampel schielt sie zu der weißen Plastiktüte auf dem Beifahrersitz. Während des Dienstes war ihr der Appetit vergangen. Dafür ist ihr Hunger jetzt umso größer. Vorsichtig wühlt sie in der Tüte, zupft an dem Papier und legt die Schale mit den Pommes frei. Vorsichtig zieht sie ein langes, goldbraunes und knuspriges Stäbchen heraus und schlingt es gierig in sich hinein. Sie fährt Schlangenlinien. Ein Radfahrer, dem sie zu nahe kommt, schreit irgendetwas Unflätiges und ballt seine Faust.

Müde und überreizt stellt sie den Wagen in ihre Garage. Dass niemand zu Hause ist, war ihr schon im Krankenhaus klar, da Johanna ihr eine SMS geschickt hatte. Sie übernachtet bei ihrer Freundin. Und Richard ist wieder auf Tour. Wie auch immer. Im Flur zieht sie ihre Schuhe aus, ohne die Schuhriemen zu lösen, hängt ihre Jacke an die Garderobe und stellt das Essen auf den Wohnzimmertisch. Sie entfernt das Papier von der Pappschale, schüttet die Pommes auf einen Porzellanteller und legt die Currywurst dazu. Die Plastikgabel landet im Müll und sie holt sich normales Besteck aus der Schublade in der Küche. Sie verspürt eine intensive Lust auf ein kühles Bier. Im Kühlschrank liegen noch vier Flaschen Krombacher. Sie setzt die Flasche an den Mund und nimmt ein paar große Schlucke. Den Rest gießt sie in ein Bierglas, das sie ebenfalls auf den Tisch stellt. Dann dreht sie die Stereoanlage auf und setzt sich mit ihrem Essen auf die Couch, auf der sie Chipskrümel vorfindet. Sie fühlt die Bässe unter ihren Füßen. Die Musik kann gar nicht laut genug sein. Sylvans *Posthumous Silence* füllt den Raum, Klänge, die ihr durch Mark und Bein gehen. Verzweifelt schreit der Sänger seinen Text hinaus, versetzt er sich doch in die Rolle eines Vaters, der um seine Tochter trauert.

Claudia leert das Bierglas mit einem Zug. Unbändig ist der Wunsch, sich zu betäuben. Nichts mehr hören, nichts mehr sehen. Nichts mehr denken. Sie holt sich eine weitere Flasche Bier und öffnet sie. Der Kronkorken fällt auf den Boden. Achtlos lässt sie ihn liegen. Die kalte Flüssigkeit rinnt ihre Kehle hinunter. Sie ertappt sich dabei, wie sie wieder ihren Kopf schüttelt. Es sind die Gedanken, die sie abzuschütteln versucht, die Personen, von denen sie sich bevölkert fühlt: Jens Schneider, Frau Zesabuk, Richard und auch ihr Vater. Kann es nicht endlich mal still sein in den Gedanken? Aus der Tischschublade holt sie ihre Camel hervor und auch den kleinen Aschenbecher. Sie steckt sich eine Zigarette an. Mit der Fernbedienung erhöht sie die Lautstärke der Musik. Ist ja sowieso keiner da, der sich gestört fühlen könnte. Sie findet keine Ruhe und läuft durch den Raum. Ascheteilchen rieseln von der Zigarette herab. Sie hockt sich vor die Musikanlage. Wie von selbst ziehen ihre Hände die CD von Peter Maffay aus dem Regal: *Frei sein.*

Sie tauscht die Musik aus und drückt auf *Play*. Ja, sie wünscht sich nichts mehr als frei zu sein. *So bist du*, das erste Lied auf der Scheibe.

*Du gibst alles, wenn du gibst. Du verlierst dich, wenn du liebst. Junges Mädchen, reife Frau und auch Kind. Das bist du, du, nur du. Wenn mich deine Hand berührt und ich deine Wärme spür, dann weiß ich, was auch geschieht, es wird gut. So bist du, du, nur du.*

Sie nimmt einen weiteren Schluck aus der Flasche, holt die Zigaretten vom Tisch, das Feuerzeug und auch den Aschenbecher, setzt sich auf den Boden in die Nähe der Stereoanlage und lehnt sich an die Wand. Leise singt sie mit.

*Und wenn ich geh, dann geht nur ein Teil von mir und gehst du, bleibt deine Wärme hier.*

Wie oft hatte sie dieses Lied gehört und wie oft zusammen mit *ihm*, damals in der Zeit vor der Zeit. Alexander. *Junges Mädchen, reife Frau und auch Kind* – was für Worte. Sie war alles auf einmal, zumindest kam es ihr so vor. Der Reiz des aufblühenden Lebens, unverfälschte Lebendigkeit. Das liebte er. Doch die reife Frau war damals nur eine Erfindung, auch wenn er sie noch so sehr heraufbeschwor.

Sie drückt ihre Zigarette im Aschenbecher aus und geht ins Badezimmer, schaut sich im Spiegel an. Von den ersten grauen Haaren und kleinen Lachfältchen um die Augen herum einmal abgesehen, würde er sie bestimmt wieder erkennen auf der Straße, falls man sich zufällig begegnen sollte.

So sehr sie in ihrem Gedächtnis sucht, gelingt es ihr nicht, sich an das Ende zu erinnern. Es war einfach vorbei. Sie kann das Ende nicht erinnern. Mittlerweile klingt Maffays

*Josie* durch die Wohnung, während sie ihr Tagebuch aus dem Schlafzimmer holt und ins Wohnzimmer zurück geht. Sie zieht Richards Tür vom Arbeitszimmer zu, sperrt ihn aus, selbst wenn er gar nicht da ist. Eintritt verboten. Frei sein. Allein sein.

Sie setzt sich auf die Couch, öffnet das Tagebuch und betritt das Reich der Vergangenheit.

### *Klassenfahrt 1980*

*Es fällt mir schwer zu schreiben, so unendlich schwer. Aber ich muss es tun. Es wird mir helfen, die Dinge zu ordnen. Ich war schon aufgeregt auf der Hinfahrt. Wie sollte ich alles unter einen Hut bringen? Rüdiger und Alexander in einem Bus. Von Alexander erhoffte ich mir ein Lächeln, ein Augenzwinkern, Vertrautheit, aber Rüdiger und die anderen durften ja nichts merken. Hat sich Alexander bestimmt auch gedacht. Er war zwar freundlich zu mir, aber schon im Bus ist mir aufgefallen, dass er irgendwie neutral mit mir umging. Verstehe ich ja auch. Sonst fliegt er von der Schule. Aber es tat mir so weh.*

*Erst als wir an der Jugendherberge in Koblenz ausstiegen, schob er mir schnell einen Zettel in meine Jackentasche, ging dann wortlos und zügig weiter. Rüdiger hat es nicht gesehen, denn er lief vor mir. Alexander drehte sich noch einmal kurz um. Er sah mich an, dann Rüdiger und warf ihm einen Blick zu, der irgendwie böse aussah. Vielleicht bilde ich mir das aber auch nur ein.*

*Morgens war ich immer die letzte, die zum Frühstück ging. Dann sind wir uns auf dem Flur begegnet. Schnell und verstohlen nahm er dann meine Hand für einen winzigen Au-*

*genblick oder warf mir einen Handkuss zu. Ich steckte ihm auch Zettelchen zu. Einmal schob ich einen unter seiner Tür durch.*

*Mir ging es nicht so gut. Ich war völlig durcheinander und fühlte mich wie ein Verräter sowohl Alexander als auch Rüdiger gegenüber. Wenn Alexander mich Hand in Hand mit Rüdiger sah, wäre ich am liebsten im Boden versunken. Er ging dann einfach an uns vorbei und grüßte nur sehr knapp. Es zerriss mir das Herz. Aber ich konnte ja nicht hinter ihm her und um Entschuldigung bitten. Wofür denn auch?*

*Einmal steckte mir Alexander einen Zettel zu und bat mich, abends zu ihm in sein Zimmer zu kommen. Er schloss die Tür ab und wir schmusten miteinander, haben uns aber nicht ganz ausgezogen, fast eine ganze Stunde lang. Selbst ich bekam da schon Angst, weil ich dachte, dass man ihn bestimmt suchen würde. Wir sprachen auch über den „Demian". Er zitierte eine Stelle aus dem Buch, die mir selbst auch aufgefallen war. Außerdem hatte er sie im Text markiert.*

*„Liebe muss nicht bitten, auch nicht fordern. Liebe muss die Kraft haben, in sich selbst zur Gewissheit zu kommen. Dann wird sie nicht mehr gezogen, sondern zieht." (Hermann Hesse, Demian)*

*Wir waren uns so nah. Zum Schluss kämmte er mein Haar und band mir einen Zopf, damit ich nicht so zerwuschelt aussähe. Als wir an seiner Tür standen, nahm er mich ganz fest in seinen Arm und sagte, er freue sich darauf, wenn wir wieder zu Hause seien. Dann könne er mir noch viele andere Bücher zeigen.*

*Ich schwebte wie auf Wolken. Doch einen Tag später kam der Absturz. Vielleicht hat es ja auch gar nichts zu bedeuten. Es hat mich so verwirrt, dass ich nur noch nach Hause woll-*

te. Rüdiger fragte ständig, was denn los mit mir sei. Natürlich konnte ich meine schlechte Stimmung nicht vor ihm verbergen. Ich weinte viel. An besagtem Abend wollte ich noch mal schnell bei Alexander vorbeihuschen. Ich wusste ja, dass er wieder in seinem Zimmer war vor dem Abendessen. Als ich vor seiner Tür stand und schon klopfen wollte, da hörte ich ihn sprechen. Jemand war bei ihm. Ich schreckte zurück. Es war eine Mädchenstimme. Ich versteckte mich auf dem Flur hinter einer großen Pflanze und habe einfach abgewartet. Dann ging die Tür auf und heraus kam Martina. Sie schaute sich auf dem Flur um, schnell und verhuscht, als fürchte sie, beobachtet zu werden. Ich duckte mich hinter dieser Riesenpflanze und blieb dann auf dem Boden sitzen. Nach fünfzehn Minuten kam     Alexander heraus, schloss seine Tür ab und ging zum Speisesaal. Als er weg war, kam ich aus meinem Versteck hervor. Ich folgte seiner Spur, was nicht schwierig war. Es roch nach Vanille.

Martina wirkte sehr nervös beim Abendbrot. Ich schaute sie ständig an, doch wich sie mir aus. Ich stocherte in meinem Salat herum, bekam keinen Bissen herunter. Tausend Fragen schossen mir durch den Kopf. Vielleicht hatte sie einfach nur ein Problem und wollte es mit ihm besprechen? Oder … Ich konnte keinen klaren Gedanken mehr fassen. Mir war so elend. Soll ich ihn vielleicht darauf ansprechen, wenn ich nächste Woche zu ihm fahre? Er hat mir Lasagne versprochen und ein neues Buch, das mir bestimmt gefallen würde.

Ich bin doch etwas Besonderes für ihn. Sagt er doch immer.

Claudia schließt das Buch und legt es neben sich. Sie öffnet die Balkontür und tritt hinaus in die kühle Abendluft. Mit ihren Händen umfasst sie das Geländer und schaut in die Dunkelheit. In der Blockhütte in Nachbars Garten ist noch Licht. Durch die leicht beschlagenen Fenster sieht sie tanzende Menschen und gedämpfte Musik liegt über den Gärten. Wieder ertappt sie sich dabei, wie sie ihren Kopf schüttelt, zwar nur leicht, aber doch nicht unauffällig. Tim hat sie oft darauf aufmerksam gemacht. Ein Tic, der sich seit Holgers Tod nicht verloren hat. Hier hatte es angefangen, das Kopfschütteln, der Versuch, Gedanken und Erinnerungen einfach fort zu wischen, als benutze man einen Schwamm. Nie hatte sie Alexander gefragt, ob sie die einzige war. Was hätte es geändert? Was würde es heute noch ändern? Wie viele Schülerinnen hatte er bloß? Hatte er allen das gleiche gesagt? Oder war es wirklich nur ein dummer Zufall mit Martina auf dem Flur? Und selbst wenn der Verdacht zuträfe, würde es irgendetwas ändern an seinem damaligen Einfluss? All die schönen Stunden, die innigen Gespräche, das Gefühl, einen Ort gefunden zu haben, an dem man bleiben konnte, sich entfalten konnte – all das wäre doch dadurch nicht zunichte gemacht. Oder doch?

Als das Telefon klingelt, geht sie in die Wohnung zurück. Es ist Tim, der erst spät am Abend zu sich nach Hause gekommen ist.

„Claudia, ich bin's, Tim."

„Hallo Tim."

„Du hörst dich mitgenommen an. Getrunken?"

„Ein bisschen Bier."

„Ich habe schon gehört, was bei euch auf Station los war. Dr. Michels hat es mir erzählt. Leider konnte ich dich nicht eher anrufen, ich musste noch operieren. Ein Unfall."

„Ich kann dir sagen, ich habe die Schnauze voll. Keinen Bock mehr."

„Bist du alleine?"

„Ja."

Sie kratzt sich am Hals. Er weiß ja noch gar nicht, dass Richard auf Freiersfüßen ist und das Ufer gewechselt hat.

„Jens Schneider fliegt."

„Den soll der Teufel holen."

„Was machst du morgen früh?"

„Rausch ausschlafen."

„Wie viel hast du denn getrunken?"

„Drei Flaschen. Mehr nicht. Von Rausch kann man da eigentlich nicht sprechen. Ist einfach zu viel passiert in der letzten Zeit."

„Komm doch morgen zu mir. Wir frühstücken zusammen."

Für einen Moment ist es still in der Leitung. Claudia seufzt.

„Ist 'ne Idee. Ich habe übrigens Papa gesehen, zufällig beim Bummeln. Stell dir vor, er hat mit Johanna gesprochen, ohne dass sie wusste, wer er war. Rein zufällig. Wenn man das in einem Roman liest, kann man es kaum glauben."

Tim lacht, zündet sich eine Zigarette an. Sie hört, wie er den Atem ausstößt.

„Da hast du wahrscheinlich Recht. Ich sehe ihn nächste Woche. Komm doch endlich mal mit."

„Ich weiß nicht."

„Mensch, Claudia, wer weiß, wie lange er noch lebt."

Sie schluckt, räuspert sich dann.

„Ich überlege es mir."

„Hast du nächstes Wochenende Dienst?"

„Ja. Und du?"

„Ich auch. Wir können mittags in die Kantine gehen, wenn nicht gerade wieder ein Notfall rein kommt. Hast du Lust?"

„Gern."

Sie fährt mit dem Fahrstuhl in die dritte Etage zu ihrem Bruder. Der Aufzug ruckt beim Halten. Dass sich die Aufzugtür nur so langsam öffnet, ärgert sie heute besonders. Den ganzen Morgen schon treibt sie eine innere Unruhe umher. Mit schnellen Schritten läuft sie über den Flur und klopft an seinem Zimmer. Im weißen Kittel sitzt er am Schreibtisch und sieht eine Akte durch. Als er Claudia erblickt, zieht er seine Brille ab, schlägt die Akte zu und dreht sich zu ihr herum. Blass sieht er aus und unrasiert, wie man so aussieht nach einem Nachtdienst, in dem man geweckt wurde. Sofort steht er auf, zieht seinen Kittel aus und legt ihn auf die altmodische Liege, die an der Wand hinter einem klapprigen Schrank steht, dessen Türen sich nicht mehr richtig verschließen lassen. Aus dem Schlüsselloch lugt ein leicht verbogener Schlüssel hervor, der seinen Dienst quittiert hat. Zum Abschließen ist er jedenfalls nicht mehr zu gebrauchen.

„Komm, lass uns gehen. Ich brauche dringend einen Kaffee. Die Nacht war anstrengend."

„Dann wollen wir mal."

„Du glaubst nicht, wer hier gestern Nacht eingeliefert worden ist."

Er gähnt und reibt sich die Augen.

„Dann sag schon."

„Martina."

„Wer?"

„Martina, deine Freundin von damals. Schwarze Haare, rote Strähne. Du erinnerst dich?"

„Nein! Das kann nicht sein!"

„Warum nicht? Sie ist es aber. Habe schon mit ihr gesprochen. Und du glaubst nicht, mit wem sie verheiratet ist. Rate mal."

„Woher soll ich das denn wissen? Jetzt sag′s schon!"

„Belt. Alexander Belt. Er hat sie ins Krankenhaus gebracht mit heftigen Bauchkrämpfen."

Ungläubig schaut sie ihren Bruder an. Sie setzt sich auf einen der Sessel im Flur, die vor den Aufzügen stehen.

„Bist du ganz sicher?"

„Sie haben doch ihre Namen gesagt. Alexander und Martina Belt."

„Das ist jetzt nicht wahr."

Tim setzt sich neben sie und gähnt schon wieder.

„Ob er damals schon etwas mit ihr hatte?"

„Die Vermutung liegt nahe. Muss aber nicht so sein."

Gedankenverloren beobachtet Claudia die blinkenden Zahlen über den Aufzugstüren. Besucher und Patienten steigen ein und aus. Ein hagerer Mann im blau-grau gestreiften Bademantel schiebt seinen Infusionsständer in den Aufzug, als die Tür gerade schließt. Tim springt auf und rennt zu ihm hin, hält die Tür zurück. In dem Moment hört Claudia das mechanische Surren der schweren Tür des Stationsflurs. Ein sportlich gekleideter älterer Mann, dessen hellblond gefärbtes Haar einen dunklen Ansatz zeigt, kommt in ihre Richtung und will zu den Aufzügen.

Erst auf den zweiten Blick erkennen sie sich. Tim hält sich abseits, wartet in der Nähe der Treppe. Als der Mann sich auf Claudia zu bewegt, geht sie ihm entgegen wie im Traum. Mit ihrer Hand umfasst sie ihren Hals. Etwas schnürt ihr die Kehle zu.

„Claudia? Bist du es?"

„Ja, Alexander."

Er greift nach seiner Kette. Seine Finger spielen mit dem kleinen goldenen Löwen.

„Gut siehst du aus. Was machst du hier?"

„Ich arbeite als Krankenschwester."

Seine Haare sind ein bisschen dünner geworden.

„Und was führt dich hierher?"

„Meine Frau ist gestern eingewiesen worden."

„Ach so."

Tim verweilt bei den Aufzügen, als wolle er mitfahren. Er wendet ihnen den Rücken zu.

„Ich habe oft an dich gedacht, Claudia. Sehr oft."

Stumm schaut sie ihn an.

Der hagere Mann mit dem Infusionsständer läuft wieder über den Flur, betätigt den Türdrücker. Surrend öffnet sich die schwere Tür. Schließlich verschwindet er in einem der Zimmer.

„Ich habe auch an dich gedacht."

Tim linst über seine Schulter und schmunzelt.

Sie nickt stumm.

„Ich habe mich oft gefragt, wie es dir geht. Ich gebe dir meine Handynummer. Dann können wir uns verabreden."

„Ja, können wir mal machen."

Er wühlt in seiner Innentasche und neigt seinen Kopf, um in seine Jacke zu schauen. An seinen Schläfen glänzen graue Härchen.

„Ich möchte dich gern wiedersehen. Würde mich sehr freuen."

Während er seine Handynummer auf einen Zettel schreibt, wirft Claudia ihrem Bruder einen flüchtigen Blick zu. Er verdreht die Augen und schaut zur Decke. Sie nimmt den Zettel entgegen, stopft ihn in ihre Hosentasche.

„Wie ist denn deine Nummer? Schreib sie doch auch auf."

Er reißt ein kleines Stück von dem Zettel ab und reicht es ihr zusammen mit dem Kugelschreiber. Sie hält den Zettel an die Wand und schreibt krakelige Ziffern auf.

„Geht nicht besser an der Wand. Das hier soll eine *Drei* sein."

Lächelnd nimmt er den Papierfetzen und schiebt ihn in seine Jackentasche.

„Ich melde mich bei dir. Ganz bestimmt."

Unverhofft nimmt er sie in seinen Arm und als er sich langsam von ihr fort bewegt, rückwärts und mit kleinen Schritten auf den Fahrstuhl zu, da löst er nur sehr zaghaft seine Hand aus ihrer. Schon will er den Knopf am Aufzug drücken, da erblickt er Tim direkt neben sich, erschrickt, macht einen Satz zur Seite, grüßt kurz und verlegen und läuft wie eine verhuschte Schattengestalt nervös die Treppen hinunter, ein ewig  Suchender, der vor sich selbst flieht.

„Du siehst traurig aus."

„Ach, Tim, ihm kann man alles glauben, auch das Gegenteil. Was war denn damals eigentlich wahr und was nicht? Ob er sich noch an seine eigenen Worte erinnert? Dahin gesprochen, während er sich beim Sprechen selbst nicht zuhörte? Ich muss an dieses Unsinns-Gedicht denken, von dem man nicht so recht weiß, wer es geschrieben hat. Du kennst es bestimmt."

*Dunkel war's, der Mond schien helle,*
*Schnee lag auf der grünen Flur,*
*als ein Auto blitzeschnelle*
*langsam um die Ecke fuhr.*
*Drinnen saßen stehend Leute,*
*schweigend ins Gespräch vertieft,*
*als ein totgeschossner Hase*
*auf der Sandbank Schlittschuh lief.*

„Dass du das Gedicht immer noch auswendig kannst."

„Klar. Ich bin doch eine Sammlerin."

„Ich weiß. Du bist eine Schatztruhe."

„Komm, lass uns in die Kantine gehen. Ich habe einen fürchterlichen Hunger."

„Hast du Rüdiger mal wieder irgendwo gesehen?"

„Nein. Ich weiß nur, dass er Informatik studiert hat."

„Was war das damals eigentlich mit dir und Rüdiger?"

„Nichts Halbes und nichts Ganzes. Ich war nicht frei. Apropos frei, ich denke darüber nach, mich von Richard zu trennen."

Abrupt bleibt Tim auf der Treppe stehen.

„Wie bitte? Warum das?"

„Er hat einen anderen."

„Einen anderen? Du meinst, er hat eine andere Frau?"

„Nein. Er hat einen Kerl."

Tim lehnt sich an die Wand, hält sich die gefalteten Hände vor den Mund und pustet hinein.

„Bist du sicher?"

„Ziemlich. Ist mir aber fast egal. Dann bin ich frei und habe nicht mehr das Gefühl, dass ich auf jemanden warte."

Am nächsten Morgen erwacht Claudia mit fürchterlichen Halsschmerzen, einem Gefühl, als habe sie Rasierklingen verschluckt. Sie ruft in der Klinik an, um sich krank zu melden und spült eine Schmerztablette mit einem Glas Wasser hinunter. Jeder Schluck schmerzt. Dann legt sie sich wieder ins Bett. Nach einigen Minuten findet sie endlich in den Schlaf zurück. Als sie nach zwei Stunden aufwacht, erinnert sie sich nur an einzelne Bruchstücke ihres Traumes. Ein riesiger schwarzer Vogel mit weiten Schwingen, einem langen Schnabel und dem Gesicht einer Eule fliegt über eine große Wiese direkt auf sie zu und macht ihr Angst. Sie will ihn mit einem Baseballschläger vertreiben, doch bleibt er einfach vor ihr auf dem Boden sitzen, gesellt sich zu ihr und schaut sie friedlich an. Dann plötzlich türmen sich meterhohe Wellen am Strand vor ihr auf. Schon fühlt sie sich verschlungen und begraben, doch das Wasser geht vor ihr nieder und fließt sanft an ihren Füßen entlang.

Sie setzt sich auf die Bettkante, putzt sich die Nase und nimmt eine Halslutschtablette. Der Schmerz hat nachgelassen. Barfuß geht sie ins Badezimmer, wirft sich mit ihren Händen warmes Wasser ins Gesicht und trocknet sich ab. Ihre Augen haben einen durchsichtigen Glanz. Sie faltet das Handtuch und hängt es zurück an seinen Haken. Dann zieht sie ihren lindgrünen Bademantel aus dickem Frottee an und ihre grauen Norwegersocken mit dem perlweißen Muster. An Johannas Zimmertür hängt ein Zettel, mit Tesafilm festgeklebt:

*Hallo Mama, ich habe dich schlafen lassen. Bin um 16 Uhr wieder zu Hause. Kannst du Nudeln mit Pesto machen? Hab dich lieb. Johanna.*

Sie zieht den Zettel von der Tür. Ein kleiner Rest von dem Tesafilm bleibt kleben.

In der Küche füllt sie Kaffeebohnen in die Mühle. Das laute Rattern der elektrischen Kaffeemühle erinnert sie an ihre Jugendzeit. Dann löffelt sie das feine braune Pulver in das Glas des Kaffeebereiters und schüttet kochendes Wasser darüber. Nach vier Minuten drückt sie die Presse hinunter. Im Brotschrank findet sie noch einen halben Quarkrosinenstuten. Das Wasser läuft ihr im Mund zusammen. Sie belegt zwei Scheiben mit jungem Gouda, gießt Kaffee und heiße Milch in ihren Porzellanbecher und setzt sich an den Küchentisch. Sie umfasst die Tasse mit beiden Händen und schnuppert gedankenverloren an dem Kaffee, schaut aus dem Fenster und blickt in einen fast wolkenlosen, blauen Himmel. Nur vereinzelte bauschige Wölkchen, die wie zerrupfte Watte aussehen, ziehen im Schneckentempo vorüber.

Ein Gemälde in Acryl. Claudia würde es gerne mit ihren Fingern berühren. Als Kind stellte sie sich vor, wie es sein würde, in die dicken, leuchtend weißen Wolken hinein zu springen.

Wenn sie sich auf ihrem Stuhl zurücklehnt, scheint die Sonne direkt in ihr Gesicht. Sie schließt die Augen und fühlt die Wärme auf ihrer Haut. Genüsslich isst sie ihren Stuten. Ihre Gedanken fließen und immer wieder kehrt ihr Traum zurück, der wie eine mythologische Erzählung anmutet. Sie weiß nicht, was er ihr sagen will. Ein Vogel, der mehr als nur eine einzige Gestalt zu haben scheint, ein Fabelwesen, das sich zu ihr setzt. Ein Begleiter vielleicht? Sie stellt den Brotteller und die Tasse in die Spülmaschine, während im Wohnzimmer ihr Handy klingelt. Es ist Dennis, Johannas Klassenlehrer, der sich mit ihr verabreden möchte. Ein kurzes Telefonat. Er wünscht ihr gute Besserung. Sie verspricht, ihn am Abend noch einmal anzurufen. Eine zunehmende innere Unruhe stört sie auf, zieht sie nach draußen. Die Luft ist warm, als sie vor die Haustür tritt und es duftet wild nach lauten, bunten Blumen, die sich selbstverschwendend im Rausch verströmen.

Es ist dieser leichte, ziehende Schmerz in ihrem Innern, der ihr den Weg weist, ein Gefühl von Sehnsucht und Wehmut.

Sie steigt in ihr Auto, öffnet das Fenster und fährt los.

Sie muss zurück an den Ort, an dem alles begann.

Als sie ihren Wagen einparkt und den Motor abstellt, fühlt sie den Vibrationsalarm ihres Handys in der Hosentasche.

An dem spezifischen Signalton erkennt sie, dass es eine SMS ist.

*Hallo Claudia, hast du vielleicht morgen Zeit? Wir könnten etwas Leckeres essen. Vielleicht beim Griechen oder Italiener? Würde mich sehr freuen. Gruß Alex.*

Still verharrt sie auf ihrem Sitz, das Handy in der Hand und träumt vor sich hin. Dann schaltet sie es ab, legt es ins Handschuhfach und steigt aus. Sie läuft den schmalen Weg am Spielplatz entlang, der gepflegter ist als früher und irgendwie zivilisiert aussieht, nicht mehr so ursprünglich und zugewuchert wie damals. Am Ende der Straße stehen neue Häuser, wahrscheinlich Eigentum. Sehr langsam geht sie weiter. Begierig nimmt sie die Eindrücke in sich auf. In einem Vorgarten sieht sie einen älteren Mann in gebeugter Haltung, der Unkraut zupft. Er richtet sich auf, macht ein Hohlkreuz und drückt eine Hand von hinten in seinen   Rücken. Auf seiner Stirn glänzen Schweißtropfen. Mit fragendem Blick beobachtet er Claudia, als suche er etwas in ihrem Gesicht. Im Gegensatz zu ihm hat sich ihr Gesicht jedoch sehr verändert. Sie erwidert seinen Blick und geht mit leichtem Kopfnicken an ihm vorüber. Längst hat sie Herrn Zuber erkannt. Überrascht und mit Freude stellt sie fest, dass sich die Menschen, die hier leben, all die Jahre sehr um ihre Häuser und Gärten gekümmert haben. Manche haben einen Wintergarten angebaut oder den Dachstuhl ausgebaut und mit Gauben bestückt.

Als sie die Einfahrt mit der langen Garagenreihe erreicht, kommen ihr ein paar Kinder entgegen. Ein kleiner Junge mit verschwitztem Haar, vielleicht sechs Jahre alt, hält einen Fußball unter seinem Arm. Sein linkes Knie ist aufgeschürft. Lärmend laufen sie in Richtung Spielplatz. Wie angewurzelt bleibt sie stehen und schaut über den großen Platz.

Der Schotter ist fort und der Boden asphaltiert. Es staubt nicht mehr, wenn ein Auto darüber fährt oder Kinder hier Fußball spielen. Die mächtigen Pappeln hinter den Garagen rascheln leise im Wind. Claudia bewegt sich auf die Mauer zu. Sie ist nicht mehr weiß, sondern altrosa. Und mittlerweile ist es unmöglich, über sie hinüber zu klettern, weil oben auf der Mauer zusätzlich ein großer Zaun angebracht wurde. Der Zug fährt vorüber. Man hat ihm einen Namen gegeben. Er heißt jetzt *Prignitzer Eisenbahn* und es gibt auch nur noch ein Gleis. Das zweite hat man still gelegt. Claudia schaut hinauf zu dem Bahndamm. Das Gebüsch und die Sträucher sind sehr dicht, teilweise hängen Brombeeren in dem Gestrüpp.

Ein Rabe, schwarz wie die Nacht, setzt sich auf den Zaun und krächzt. Claudia schiebt die Ärmel ihres Pullovers hoch. Es wird ein heißer Tag.

Holgers Schrei ist mit den Jahren leiser geworden. Doch manchmal hört sie ihn noch immer, meistens nachts, wenn sie nicht schlafen kann und die Schatten in ihrem Zimmer zum Leben erwachen.

Sie streift die Mauer mit ihrer Hand und geht an ihr entlang. Mit einem Messer hat jemand ein Herz und die Buchstaben C und F in den farbigen Putz gekratzt. Darunter kommt Weiß zum Vorschein.

Sie setzt sich auf den Boden, mit dem Rücken zur Wand und schließt die Augen.

Weitere Romane von Michaela Pavelka:

Michaela Pavelka

# Das Land hinter dem Horizont

ISBN 978-3-743-14330-2
Taschenbuch, 2016
357 Seiten
Roman
11,99 Euro (D)
BoD – Books on Demand, Norderstedt

Marita, Gymnasiallehrerin und alleinerziehende Mutter, spürt ebenso wie der Schuldirektor Gregor, dass das Leben ohne sie stattfindet.

Maritas Freundin Lena, die ihren Lebensdurst und die innere Stille mit Affären ertränkt, sehnt sich danach, alte Ketten zu durchtrennen und eine glückliche Partnerschaft zu finden.

Maritas Vater Günther, der nach dem Tod seiner Frau in eine tiefe Depression gefallen ist, findet durch die Hilfe seines Nachbarn Erich ins Leben zurück.

Und der Psychotherapeut Paul, der durch einen Unfall seine Frau und seine kleine Tochter verloren hat, lebt zurückgezogen mit seinem jugendlichen Sohn Patrick am Rande der Stadt.

Es sind bunte Vögel, schillernde Persönlichkeiten mit ihren Zweifeln und Ängsten, mit verborgenen Wünschen und heimlichen Sehnsüchten, die trotz erlittener Schicksalsschläge vom Land hinter dem Horizont träumen.

Allen gemeinsam ist der Mut, etwas Neues zu wagen und Hoffnung in Handlung umzusetzen.

Michaela Pavelka

# Ausgesprochen unerhört

ISBN 978-3-752-83382-9
Taschenbuch, 2018
172 Seiten
Roman
7,99 Euro (D)
BoD – Books on Demand, Norderstedt

Robert, der unter seinem zynischen Vorgesetzten leidet und zunehmend depressiv wird, plagen lebhafte Mordphantasien. Er wünscht seinem Chef den Tod.

Vera, die einen ausgeprägten Widerwillen gegen die Welt entwickelt hat und die Horrornachrichten im Radio nicht mehr ertragen kann, gerät sporadisch in den Sog ihrer suizidalen Phantasien.

Und der junge Amadeus hat aufgrund einer tiefen seelischen Verwundung seinem musikalischen Talent den Rücken gekehrt.

Als sie nach längerem Leidensweg endlich Unterstützung durch erfahrene Psychotherapeuten erhalten, findet das bis dahin Unausgesprochene Ausdruck und ermöglicht Entwicklungen.

Ausgesprochen Unerhörtes nimmt seinen Lauf.